불안해도 멈추지 않기로 했다

불안해도 멈추지 않기로 했다

불안해도 멈추지 않기로 했다

달리고, 기록하고, 배우며 살아낸 시간들

초 판 1쇄 2026년 03월 30일

지은이 이은설
펴낸이 류종렬

펴낸곳 미다스북스
본부장 임종익
편집장 김가영
디자인 임인영, 윤가희, 윤영빈
책임진행 송가희, 이예나, 안채원, 김은진, 국소리

등록 2001년 3월 21일 제2001-000040호
주소 서울시 마포구 양화로 133 서교타워 711호, 808호
전화 02) 322-7802~3
팩스 02) 6007-1845
블로그 http://blog.naver.com/midasbooks
전자주소 midasbooks@hanmail.net
페이스북 https://www.facebook.com/midasbooks425
인스타그램 https://www.instagram.com/midasbooks

ISBN 979-11-7355-825-2 03810

값 18,500원

미다스북스는 다음세대에게 필요한 지혜와 교양을 생각합니다.

달리고, 기록하고, 배우며 살아낸 시간들

불안해도 멈추지 않기로 했다

이은설 지음

미다스북스

제1장 불안해서 살 수가 없어

운동화 끈을 묶고 집 앞에 있는 영등포 공원을 갔다. 1분 달리기, 2분 걷기로 시작했다. 이 정도는 할 수 있을 것 같았다. 나이가 들었다 해도 아직은 60대 초반이다. 체중은 70kg에 가까웠지만, 몸이 크게 아픈 곳은 없었다. 첫날 코스를 마치고 나니 생각보다 어렵거나 힘들지 않았다. 할 수 있다는 자신감이 생겼다. 둘째 날, 셋째 날도 공원에 갔다, 삼 일째 되는 날, 약간 아팠지만 견딜 만했다. 운동을 하면 모두 그렇다고 생각했다. 그때만 해도 달리기는 일주일에 3일 정도 해야 한다는 것을 몰랐다. 무조건 달리면 되는 줄 알았다. 넷째 날에도 공원을 갔다. 1분 30초 달리고 2분 걷기. 마음은 앞서 있었지만, 몸은 준비되어 있지 않았다. 운동을 마치고 나니 양쪽 발과 복숭아뼈 주변, 발끝, 발뒤꿈치, 발목 종아리가 쑤시고 당겼다. 다음 날에는 걸을 수도 없었다. 다행히 휴일이라 종일 집에서 쉬었다. '괜히 시작했나.' 후회되었다. '나는 원래 달리기를 못 하는 사람인가.' 하는 생각이 머릿속을 맴돌았다. 운동회 때 달리기만 하면 꼴찌를 했던 기억도 스멀스멀 기어 나왔다.

달리기를 오래 한 박 작가에게 전화했다. "처음에는 온 전신이 다 아픕니다. 그렇다고 병원 가면 백 퍼센트 그만두라고 합니다. 그 단계를 넘어서야 합니다. 계속 걸어보세요. 걷다 보면 달리고 싶을 때가 있을 겁니다. 저는 지금 6년째 달리고 있습니다." 박 작가가 말한 '6년'이라는 말이 오래 귀에 남았다. 그녀가 존경스러웠다. 나는 이제 막 시작하는 달리기 왕초보로, 지금까지는 운동을 하지 않아도 건강하다고 믿으며 살아왔다. 비만은 있지만 특별히 아픈 곳이 있거나 약을 먹지 않으니 괜찮다고 여겼다. 달리는 사람을 보면 고개를 갸웃했다. 아까운 시간에 왜 저렇게 땀 뻘뻘 흘리면서 달리는지. 이해할 수 없었다. 그 시간에 책을 읽는 편이 낫다고 생각한 적도 있었다.

정세희 교수의 『길 위의 뇌』를 만났다. 그 책을 읽고 나서야 알 수 있었다. 그랬구나. '그동안 달리기라고는 해 보지 않았던 내 몸이 적응하느라 발버둥 치는 모습이구나.' 그것은 내 몸이 운동하지 않은 나에게 보내는 신호와 반응이었다. 며칠 동안 걷기만 했다. 언제부턴가 다시 달릴 수 있을 것 같다는 생각이 들었다. 다시 달리고 걷기를 반복했다. 하루는 걷고 하루는 달렸다. 서두르지 않았다.

5월의 공원은 살아 있었다. 목련과 철쭉이 피었다. 장미는 푸른 잎과 붉은 꽃으로 자태를 뽐냈다. 은행나무에는 연둣빛 새잎이 올라왔다. 나무마다 새싹이 돋는 모습도 좋았다. 공원에 가면 모든 것이 살아 펄떡거렸다. 생기가 돌았다. 걸으면서 사진도 찍고 매일

보는 사람들과 인사도 나눴다. 여섯 시에 일어나는 일은 여전히 쉽지 않았다. 어느 날부터는 알람을 맞추지 않아도 다섯 시에 자동으로 눈이 떠졌다. 나는 매일 아침 30분 달리기 8주 코스를 마쳤다. 이어서 30분 달리기 능력 향상 코스도 진행했다. 50분 달리기 12회를 진행하면서 나날이 활기차고 신났다. 자신감도 생겼다. 세상 모든 것을 다 가진 것 같았다. 50분 달리기 완주를 마친 그 순간, 세상 누구도 부럽지 않았다.

하지만 삶은 늘 그렇게만 흘러가지 않는다. 6월 말, 보이스 피싱을 당했다. 큰돈을 잃었고 앞날이 보이지 않았다. 그러나 주저앉아 있을 수만은 없었다. 곧바로 경찰에 신고했다. 손이 벌벌 떨렸다. 난생처음으로 검찰청에 갔다. 가기 전에는 겁도 났다. 온몸이 굳어지는 것 같았다. 여름 내내 아무것도 할 수 없었다. 마음이 쪼그라들었다. 더운 여름날 생수 한 병도 마음 놓고 마실 수 없었다. 공과금과 보험료가 나오는 날에는 가슴이 철렁 내려앉았다. 모든 지출을 줄여도 부족했다. 다시 일터를 찾을 수밖에 없었다. 일터는 집에서 5km 거리에 있었다. 나는 자전거 페달을 밟았다. 바람이 얼굴을 때렸다. 가을이지만 땀이 등에 흘렀다. 하루 3,100원, 작지만 내가 지킬 약속이었다. 매일 아침 50분 달리기를 주 3회 하고 자전거를 거의 매일 13km 탔다. 2주 정도 되는 9월 말경이었다. 몸이 먼저 멈췄다. 걷기를 하는 도중, 다리가 당기고 아파서 걸을 수가 없었다. 걷기를 마치지 못하고 집으로 왔다. 근육통인가. 내가 알기로 근육통은 한 곳만 아픈데 이상하게 여기저기 다 아팠다. 병원을 가고 싶었지만, 비용이 걱정됐다. 대신 내 몸의 항상성과 치유력을 믿어 보기로 했다. 다리는 계속 아팠다. 마음대로 걸어 다니는 사람들의 모습이 그렇게 부러울 수 없었다. 내 발로 자유롭게 걸을 수 있고 다닐 수 있다는 것이 얼마나 감사한 일인지 미처 생각지 못했다. 통증 없이 걸을 수 있다면 얼마나 좋을까. 나는 다시 걸을 수 있을까. 내가 만약 걷지 못한다면 어떻게 될까. 마음이 불안했다. 두려움은 꼬리를 물고 점점 커졌다. 내가 무리했다는 것이 느껴졌다. 결국 자전거를 타지 못하고 대중교통으로 다녔다. 아낄 수 있는 만큼 최대한 다리를 아꼈다. 움직임을 줄이고 쉬었다. 천천히 걷기만 했다. 스포츠 지도사의 조언에 따라 10월 한 달은 가벼운 걷기만 했다. 10월 말경이 되니 통증이 거의 사라진 것 같았다. 그 사실 하나만으로도 살 것 같았다. 그냥 감사했다.

11월, 다시 30분 달리기를 시작했다. 달리기의 꾸준한 반복에도 불안은 사라지지 않았다. 하지만 나는 불안을 다루는 법을 배울 수 있었다. 달리기는 삶과 닮아있다. 둘 다 숨이 차는 구간이 있고, 멈추고 싶은 지점이 있다. 삶도, 달리기도 살아 있어야 할 수 있다. 그냥 목숨만 살아 있는 것이 아니라, 생각이 살아야 하고. 몸과 마음이 함께 살아 있어야 가능한 일이다.

30분 달리기를 도전할 때는 숨이 가쁘고 다리가 무거웠다. 몇 번이고 멈추고 싶었다. 포기하고 싶은 적도 있었다. 그 순간마다 전문 코치의 말이 나를 잡아 주었다. 그 말은 내가 멈추지 않게 하는 응원과 격려가 되었다. 달릴 때 발바닥에 전해지는 바닥의 감각이 느껴진다. 차가운 공기가 코끝을 스친다. 피부에 와 닿는 바람이 느껴진다. 심장이 쿵쿵 뛰었다. 내가 살아 있음을 느꼈다. 완주 후 기쁨은 세상 그 무엇으로도 대신할 수 없었다.

삶도 그렇다. 나의 첫 서울살이는 서툴렀다. 마음대로 되지 않았다. 포기하고 싶은 날도 많았다. 주변에서 도와주시는 분들이 있었기에 힘과 용기를 내고 한 발씩 내디딜 수 있었다. 마음이 흔들리고 두려움이 밀려오기도 했다. 그럴 때마다 마음을 내려놓았다. 나는 불안을 이겨내기 위한 노력을 멈추지 않았다. 계속 배우고 책 읽고 글쓰기를 하면서 견디고 버텼다.

달리기는 속도가 아니라 지속이다. 삶도 결과보다 과정이다. 일이 잘되는 날도 있었지만, 제자리걸음 하는 날도 있었다. 그래도 나는 계속 움직였다. 삶과 달리기의 공통점은 멈추지만 않으면 어떻게든 앞으로 간다는 사실이다. 느려도 괜찮다. 오늘도 한 걸음이면 충분하다. 이 책이 말하는 불안을 없애는 삶의 기술은 대단하거나 거창하지 않다. 불안 속에서도 그저 한 걸음을 내딛는 일이다. 도망치지 않고 다시 시도하는 것이다. 나는 그 힘을 '도전'이라고 부른다. 이 책은 불안해도 멈추지 않고 끝내 살아낸 시간의 기록이다. 불안이 사라지지 않아도 삶은 계속 달릴 수 있다는 것을 나는 몸으로 배웠다. 그것을 당신께 전하고자 한다.

불안해서
살 수가 없어

1

결정의 순간들,
나를 키우다

알람이 울린다. 벌떡 일어나는 날은 바로 세면장으로 향한다. 5분만 더. 뒤척이는 날에는 머리 복잡하다. 모든 순간이 선택의 연속이다. 선택이 모여 하루가 되고 삶이 된다. 평범한 하루, 평범하지 않은 선택, 나는 오늘도 선택하며 살아간다.

삶은 선택의 연속이다. 무엇을 선택하느냐에 따라 인생의 결이 달라진다. 며칠 전, 도서관에서 사용할 키보드를 새로 구했다. 기존 것은 덩치가 커서 들고 다니기에 불편했다. 사용할 때도 소음이 있어서 주변에 방해가 되었다. 도서관에서 다른 사람들이 사용하는 키보드를 눈여겨보았다. 노트북 자판을 바로 사용하는 사람도 있고, 미니 키보드를 사용하는 사람도 있었다.

마침 옆자리에 앉은 아가씨가 작지만 야무져 보이는 키보드를 사용하고 있었다. 모델명과 구매처를 물었다. 아가씨는 친절하게 대답해 주었다. 똑같은 것을 구매하려고 사이트에 들어가니, 키보드는 이미 품절이었다. 나는 급하게 다른 제품을 선택할 수밖에 없었다. 크기가 작고 소음이 적은 키보드, 가격도 저렴한 걸로 골랐다. 이튿날 새벽, 택배 박스 하나가 문 앞에 도착했다. 앙증맞은 크기다. 한눈에 반했다. 도서관에 가서 바로 키보드를 연결해 봤다. 자음은 눌러지는데 모음은 숫자로만 표시되었다. 눈앞이 캄캄했다. 퇴고할 원고도 있고, 블로그에 올릴 서평도 있었는데, 아무것도 하지 못하게 생겼다. 옆자리 앉은 아주머니에게 나지막한 목소리로 물었다. "아무래도 기계적인 오류인 것 같네요."

당황한 내 눈에 키보드를 추천해 준 청년이 보였다. 미안함을 무릅쓰고 다가가 도움을 청했다. 그는 말없이 벌떡 자리에서 일어나 내 자리로 오더니 이것저것 만지기 시작했다. 핸드폰으로 사용 설명서를 검색하고, 컴퓨터 설정에 들어가 해결법을 찾아냈다. 그러자 자판이 정상으로 작동했다. 아이쿠! 다행이다. 연식이 되면 젊은 사람 도움받는 것이 가장 빠른 방법이다. 나로서는 큰일이었지만, 그의 손에서는 아이들 장난감 다루는 것처럼 보였다. 몇 번이나 고맙다고 인사를 했다. 청년은 말없이 돌아갔다. 작은 도움 하나가 진심으로 감사한 시간이었다.

이튿날, 사용하다 보니 키보드가 제대로 먹히지 않았다. 키보드의 본질은 제대로 작동되고 입력할 수 있어야 한다. 입력이 제대로 되지 않는 키보드는 아무리 작고 예뻐도 무용지물이다. 아쉬웠지만 반품을 해야 했다. 난생처음 반품 신청을 하는 일이다. 뭐가 뭔지 알아볼 수가 없었다. 어찌하다 보니 반품 등록할 수 있었다. 키보드 하나 선택하는 일로 인생이 달라지는 것은 아니지만, 선택에 따른 결과는 오롯이 나의 몫이다. 제대로 된 선택만이 제대로 된 결과를 얻을 수 있다는 평범한 진리를 다시 한번 깨닫게 되었다.

농업기술센터에서 한식 조리사 자격증반을 개설한다고 했다. 나 날이 바쁘기도 했지만, 요리는 관심이 없었다. 하지만 뭔가 새로운 걸 배우고 싶다는 생각으로 등록했다. 이론 수업을 먼저 하고 이론 합격자만 모아서 실기 수업을 진행했다. 수강생들을 위해 포항에서 선생님이 왔다. 10년 전 실기 시험 칠 때는 교재에 나와 있는 50여 가지 요리를 전부 할 줄 알아야 했다. 실기 수업을 해도 집에 오면 잊어버리기 일쑤였다. 핸드폰으로 사진을 찍고 노트에 메모하면서 열심히 배웠다. 하지만 수업 진도를 따라가기가 쉽지 않았다. 음식을 만들어 놓으면 가장 볼품없는 것이 내가 만든 것이었다. 솜씨가 없다는 말도 한두 번이다. 남들만큼 하지 못하는 내 솜씨가 부끄러웠다. 남들이 능숙하게 음식을 완성할 때 더 그랬다. 나는 늘 뒤처지는 느낌이 들어 자신감이 바닥이었다. 나는 그동안 무엇을 했던가. 내 모습이 점점 작아지는 것 같았다.

매번 수업 마칠 때는 완성품을 제출한다. 모두가 참하게 마무리했지만, 나는 그때마다 쥐구멍이라도 찾고 싶었다. 결석은 하지 않았지만, 시험 칠 자신이 없었다. 음식에 재능도 없고 솜씨 없는 것이 날이 갈수록 드러났다. 남편 눈치를 봐가면서 농사일 대신 요리를 택한 시간과 노력이 헛수고가 될 것 같아 불안했다. 그렇다고 주저앉아 있을 수만은 없었다. 생선 손질을 위해서 군 소재지 영덕까지 가서 조기를 구해다 손질을 직접 해 보기도 했다. 비늘을 칼로 벗기고 지느러미를 잘랐다. 이 정도는 평소에도 할 수 있는 일이지만, 시험인 것처럼 선생님이 알려주시는 대로 실습했다. 결혼하고 학원과 농사일로 요리는 상상하지도 못했다. '내가 과연 한식 조리사 시험을 칠 수 있을까.' 하는 생각이 들었다. 시험 날짜는 점점 다가왔고, 제대로 준비하지 못한 마음은 불안하기만 했다.

시험 날 아침 일찍 준비했다. 큰 가방에 개량 컵부터 냄비, 국자, 석쇠는 물론이고 칼, 도마까지 고사장에서 요구하는 도구를 전부 챙겼다. 시험장에 입장해서 선생님이 일러 주신 대로 핸드 타월과 마른행주를 가지런히 준비하고 칼과 도마도 반듯하게 자리에 정리했다. 감독관이 들어와서 주의 사항을 말하고 시험이 시작되었다. 잡채와 더덕구이가 출제되었다. 메뉴를 보고 주어진 재료로 정한 시간 안에 완성해서 제출해야 한다. 재료 손질부터 조리, 조리 과정, 조리 후, 뒷정리 마무리까지 채점 대상이 된다. 당면 끓일 물을 올려두고, 더덕을 손질해서 칼등으로 잘근잘근 두드렸다. 부스러지지 않도록 조심했다. 더덕은 고추장 양념해서 재워두었다.

다음은 잡채. 도마 위에 놓인 당근, 파프리카, 시금치, 고기를 적당한 크기로 썰었다. 시금치는 끓는 물에 살짝 데쳤다. 시간이 늦지 않을까 시계를 쳐다보면서 당근과 파프리카는 프라이팬에 넣어 하나씩 볶아냈다. 프라이팬에 기름을 두르고 야채를 넣을 때마다 '치익 치익' 소리가 났다. 당면을 끓는 물 속에 넣고 데쳤다. 미리 물에 담가 두어서 익히기 쉬웠다. 딱딱하던 당면이 끓는 물 속에서 점점 부드러워졌다. 꺼내서 찬물에 헹구자 손가락 사이를 미끄러지듯 흘러내렸다. 미리 준비해 둔 잡채를 볶은 양념과 함께 버무렸다. 간장으로 적당한 색을 맞추고 파프리카와 당근, 시금치, 고기가 조화롭게 보이도록 정리했다. 보기 좋은 떡이 먹기도 좋다는 말을 생각하며 정성을 다했다.

재워둔 더덕을 프라이팬에 올렸다. 불판에 얹자마자 고추장 양념이 끓으며 터졌다. 타지 않도록 불 조절 하면서 구워냈다. 시계를 보니 5분 전이었다. 가슴이 두근거렸다. 마음이 급했다. 5분 안에 정리해서 제출하고 뒷정리를 해야 한다. 완성된 작품을 제출하고 뒷정리할 때까지 감독관은 채점표를 들고 내 주위를 빙빙 돌아다녔다. 감독관이 내 옆으로 올 때마다 손에 땀이 나고 숨이 멎는 것 같았다. 완성품을 제출하고 설거지 후 조리대를 깨끗하게 마무리했다. 제출 후에야 잡채와 더덕구이에 통깨를 뿌리지 못한 것이 생각이 났다. 작은 실수지만 그 실수로 합격하지 못할 것 같았다. 좀 더 차분하게 할걸. 역시 나는 요리와 거리가 멀어. 집에 와서도 말 한마디 하지 못하고 혼자 속을 끓였다. 그동안의 노력이 물거품된 것 같아서 일이 손에 잡히지 않았다.

합격자 발표는 한 달 후에 나온다고 했다. 발표 당일, 오전 10시에 발표가 난다고 했다. 사이트에 접속할 시간이 없었다. 오후에 잠시 짬을 내어 사이트에 들어갔다. 떨어진 것은 당연하지만, 결과라도 확인하고 싶었다. 손끝이 떨렸다. 수험번호를 눌렀다. 시험은 내가 봤다. 하지만 합격은 내 힘으로 정할 수 있는 일이 아니다. 나는 최선을 다했지만 결과는 내 손을 떠난 일이었다.

25명 수강했는데 세 사람이 합격했다. 요리 실력 때문만은 아닌 것 같았다. 요리 솜씨는 부족했다. 경력 많은 선생님이 요점을 잘 정리해 주신 덕분이었다. 요리에 관심도 없고 솜씨도 없던 내가 한식 조리사가 될 수 있었다.

인생이란, 많은 선택지 속에서 내 마음에 닿는 가지 하나를 매일 잡는 일이다. 그 가지 끝에는 정답이 아니라, 오직 내가 책임져야 할 선택에 따른 행동이 있다. 새벽 기상을 하고, 키보드를 고르고, 요리를 배우고, 집을 나서기 위해 운동화 신는 것. 살아가는 모습들이다. 선택은 단지 방향이다. 중요한 건 그 방향을 향해 나아가는 행동이다. 서툴고, 빠뜨리고, 낯설고, 실수하기도 하지만 결국 나는 다시 앞으로 간다. 인생은 오직 행동에 대한 보상뿐이다. 도서관 가서 다른 사람 키보드 보고 선택했다. 잘못 구해서 반품 등록하고 새로 구했다. 한식 조리사 자격증 따기 위해 선택했다. 요리에 자신이 없었지만, 노력하고, 정성을 다했다. 실수하고 포기했다. 기대하지 않은 결과는 합격이었다. 모두가 내가 행동한 결과다. 행동이 없었다면 아무 일도 일어나지 않았을 것이다. 삶은 여전히 복잡하고, 매일 선택해야 할 일이 넘쳐난다. 선택에 따른 행동은 내가 해야 할 일이다. 자기 확신으로 시작하는 용기를 선택하여 행동으로 옮기고 싶은 시간이다.

<h1 style="text-align:center">2</h1>

나를 위한 한 걸음

모르는 건 배워야 한다. 모른다는 건 내 세계가 좁다는 의미다. 배우고 알아야 나의 세상이 넓어진다. 책도 읽고 강의도 들으면서 공부하고 살아온 지 5년 되었다. 정세희 교수의 『길 위의 뇌』 세바시 강의를 들었다. 달리기에 관한 내용이었다. 더 자세히 알고 싶어 『길 위의 뇌』 책을 주문했다.

평소에 달리기는 꿈도 꾸지 못했다. 내 나이에 무슨 달리기를 한단 말인가. 50대 초반 85kg 체중을 60kg로 줄였을 때만 해도 달리기를 할 수 있었다. 그러나 나이가 들수록 달리기는 점점 나와 멀어졌다. 세바시 영상 댓글에 '68세에 달리기한다.'라는 댓글을 보았다. 그 정도라면 60대 초반인 나도 할 수 있겠다는 생각이 들었다. 달리기에 대해서 아는 것은 아무것도 없었다. 까짓것 한번 해보자. 그냥 달리면 되는 줄 알았다. 자이언트 박정미 작가가 쓴 『50에 달릴 줄이야』 책을 꺼내서 다시 한번 읽었다. 책에서 나이키 앱을 사용해 달리기를 기록했다는 것을 알 수 있었다. 나도 박 작가를 따라 나이키 앱을 내려받았다. 첫날은 나이키 앱으로 달리기를 해 봤다. 궁금한 것이 생기면 박 작가에게 전화를 걸어 물었다. 요즘 사람들은 러닝 앱 런데이(RunDay)를 많이 사용한다고 말해 줬다. 나는 곧바로 나이키 앱을 지우고 런데이 앱을 설치했다.

매일 아침 런데이 앱과 같이 걷기도 하고 달리기도 했다. 주변에 전문가가 있다는 것이 이렇게 감사한 일인지 처음 알았다. 나 같은 왕초보에게는 달리기에 대한 정보가 가득한 앱이 많은 도움이 되었다. "잘 만난 앱 하나, 열 친구 부럽지 않다."라는 말이 나올 정도였다. 전문 트레이너의 자세하고 친절한 설명으로 첫날 달리기는 재미있게 할 수 있었다. 할 수 있겠다는 자신감이 생겼다. 매번 하는 응원과 격려의 말도 큰 힘이 되었다.

둘째 날은 2분 걷고 2분 달리는 난이도를 반복했다. 이 정도는 할 수 있을 거라는 생각이 들었다. 매일 운동을 마치면 도장을 받는 것도 즐거웠다. 날짜별로 빈틈없이 도장 찍힌 것을 보면 뭔가 해낸 것 같아서 뿌듯했다. 하지만 나는 일주일에 3일 정도 달리기를 하고, 나머지는 걷기나 근력 운동을 해야 하는 사실을 몰랐다. 그냥 매일 달리면 되는 줄 알았다. 아무것도 모른 채 나흘 연속으로 달리기를 계속했다. 그러자 양쪽 발 복숭아뼈 주변이 붓고 아팠다. 하루가 지나니 왼쪽 발목 앞쪽도 아팠다. 오른쪽 발뒤꿈치 주위도 욱신거렸다. 이 모든 증상이 궁금해서 박 작가에게 또 전화를 걸었다. "온 전신이 다 아픕니다. 그렇다고 병원에 가면 백 퍼센트 달리기를 그만하라고 하는데, 그 단계를 넘어서야지만 할 수 있습니다. 저는 지금 6년째 달리고 있습니다." 하고 답을 줬다. 달리지 않던 몸이 달리다 보니 여러 군데서 신호를 보내는가 보다. 일주일쯤 운동하다 보니 허벅지 안쪽에 시퍼런 멍이 크게 든 것이 보였다. '이상하다, 어디 부딪힌 적도 없는데 왜 이렇게 멍이 들었을까.' 생각만 했다. 허벅지 안쪽이 당기고 뒤쪽도 쑤셨다. 모든 증상은 내가 움직였다는 자극에 대한 반응이었다. 내가 달리거나 걷지 않았다면 이런 통증이 있을 리 없었다.

다행히 5월이라 새벽에 공원에 나가서 매일 자연을 만날 수 있었다. 『길 위의 뇌』라는 책을 보면서 돈 저축이 아니라, 운동 저축에 대한 개념도 알게 되었다. 운동 저축은 달리기 같은 유산소 운동을 꾸준하게 일상의 루틴으로 쌓아두는 것을 말한다. 몸과 뇌를 위한 미래 건강 예금쯤으로 볼 수 있다. 평소 루틴으로 한 운동 습관이 나중에 병이나 사고를 당할 때는 회복의 원동력이 되는 것이다. 운동 잔액은 보이지 않는 건강 비상금이다. 지금 작은 걸음 하나가 나중엔 큰 힘이 된다고 작가는 강조했다.

어떤 날은 핸드폰 데이터를 켜지 않아 기록이 제대로 되지 않을 때도 있었다. 며칠 전에는 이어폰을 챙기지 못해서 주변에 소음 공해를 일으키기도 했다. 밤에는 내일 새벽 날씨를 보고 비 예보가 있으면 어떻게 하면 좋을지 생각했다. 비가 오는 날에는 일단 처마 밑에서 달려 봤다. 막상 달리다 보니 처마의 거리가 생각보다 짧아서 달릴 수 없었다. 비를 좀 맞자. 그리 생각하고 나는 모자를 쓴 채 공원으로 갔다. 이슬비가 내리다 그치기를 반복했다. 비가 와서 그런지 평소보다 운동하는 사람들이 적었다. 30분 달리기 도전 1주 차, 3회 코스를 완주했다. 숨이 턱까지 차고 다리에 힘이 없었지만, 해냈다는 성취감은 세상 그 무엇과도 비교할 수 없었다.

운동을 시작할 때는 비가 오지 않아 우산을 따로 준비하지 않았다. 운동 마칠 때쯤 갑자기 비가 주룩주룩 내려서 집으로 도망하는 날도 있었다. 비를 피해 달리는 그 순간, 운동하기 전보다 달리는 것이 수월했다. 며칠 되지 않은 기간이지만 몸은 정확하게 알고 있었다. 오늘 아침은 비가 와서 어쩔까 하다가 우산을 쓰고 나갔다. 어깨가 아프고 다리도 무거웠다. 그래도 묵묵히 내가 할 일을 했다. 2분 30초를 달린 후, 2분 걷기를 6회 반복했다. 1주 차 3회 코스를 완주했지만, 이제 시작이었다.

매일 달리고 난 다음 스티커를 받는 재미도 쏠쏠했다. 오늘은 3km를 3회 달성했다는 어워드를 받았다. 처음에는 달리고 나서 무엇을 받는다는 것이 신기하기도 하고 하나씩 모으는 것이 재미있어서 내려받기도 했다. 아직은 달리기에 대해 아는 것이 하나도 없었다. 단지 앱에서 전문 트레이너가 시키는 대로 할 뿐이었다. 짧은 기간 동안 달리며 내가 알 수 있었던 것은 2분 30초 달리기의 횟수와 시간이 점차 증가한다는 것이다. 시간이 갈수록 시간과 횟수는 더욱 증가하겠지. 8주 코스가 끝나면 30분을 달릴 수 있다는 기대로 매일 연습하고 훈련하고 있다. 달리기가 힘든 날은 걷기를 하면서 매일 도장을 찍고 있다.

『길 위의 뇌』에서는 "내 몸이 건강해야 뇌도 건강하다."라고 서두에 말한다. 몸을 건강하게 관리하는 노력은 몸과 뇌가 건강할 때 시작해야 한다. "당연하다 생각했던 것이 절대 당연하지 않다는 걸 깨닫는 기회가 노화이고 질병이다. 사고일 수도 있다." 이 문장을 보면서 그동안 요양보호사로서 만났던 많은 사람이 떠올랐다. 평소에 당연하게 하던 일상생활에서 갑자기 누군가의 도움이 필요하게 됐을 때, 후회해도 이미 때는 늦다. 죽을 때까지 혼자 화장실을 갈 수 있는 길은 평소에 운동하는 것뿐이다. 병에 걸린 사람들은 기적을 바라지만 "할 것은 기도가 아니라 노력뿐이다. 노력 없이 뇌는 절대 변하지 않는다. 뇌 가소성의 선결 조건이 바로 노력과 수고이기 때문이다."라고 작가는 단언한다. '노력과 수고' 책 속의 문구가 종일 머리 속을 떠나지 않았다. 세상 어떠한 일이라도 노력과 수고 없이 이루어지는 것은 없기 때문이다.

아침에 운동하다 보면 환하고 밝은 표정으로 걷거나 달리는 사람을 찾아보기 힘들 정도였다. 나도 내 모습을 볼 수는 없지만, 그들과 다르지 않았을 것이다. 글쓰기 수업 시간 중 이은대 작가는 항상 환한 표정을 하라고 강조했다. 일하거나 글 쓰면서 나도 모르게 굳어진 표정을 짓는다면 거울을 보면서 바꾸라는 말도 했다. 자기 표정에 신경 써야 한다는 것이다. 생각이 표정을 만들 수 있지만, 표정이 기분을 좌우할 수도 있기 때문이다. 아무리 힘들어도 항상 웃는 표정, 환한 얼굴을 하는 사람은 늘 행복하고 좋아 보인다. '힘들어도 웃자. 얼굴 환하게 웃자.' 다짐했다. 운동하는 사람 중에 자주 마주치는 몇 분은 내가 먼저 인사를 건넸다. 그동안 인사를 나눴던 분들은 만나는 순간 미소를 지었다. 의식적으로 달리다가도 생각나면 웃고, 힘든 표정보다는 환한 표정을 지으려고 애썼다. 달리면서 표정을 바꾸는 연습과 훈련도 했다. 이 모든 것은 분명 나를 만들어가는 과정이다. 운동하는 사람들 얼굴을 보면서 나의 표정도 돌아보게 됐다.

"어떠한 일도 갑자기 이루어지지 않는다. 한 알의 과일, 한 송이의 꽃도 그렇게 되지 않는다. 나무의 열매조차 금방 맺히지 않는데, 하물며 인생의 열매를 노력하지도 않고 조급하게 기다리는 것은 잘못이다." 에픽테토스의 말이 생각난다. 노력 없이 이루어지는 일은 이 세상에 아무것도 없다. 운동 일지에 기록된 도장과 리워드를 보면서 오늘도 공원으로 향한다. 환한 표정으로 운동 저축을 하기 위해서.

3

익숙함을 벗어나
조금만 더

"같은 행동을 반복하면서 다른 결과를 기대하는 것은 미친 짓이다."

_알베르트 아인슈타인

주간 돌봄 센터에 근무할 때는 출근 잘하고 월급 제대로 받는 것이 전부라는 착각으로 살았다. 근무 마치고 집에 오면 남는 시간이 별로 없었다. 새로운 걸 배워야 할 이유도 찾지 못했다. 안전지대에서 벗어나고 싶지 않았다. 잘살고 있다고 스스로를 위로했다. 새로운 도전은 힘들고 낯설고 불편하다. 독서나 글쓰기. 자기 계발은 꿈도 꾸지 않았다. 한편으로는, 이렇게 살아서는 발전이 없겠다는 생각도 들었다. 노력하지 않으면 변화는 없다. 세상은 빠르게 바뀌는데 그 변화를 따라가지 못하면 정체가 아니라 퇴보다.

남편이 오랜만에 왔다. 〈독립전쟁〉 영화를 보러 가자고 했다. 집에서 가장 가까운 상영관은 영등포 타임스퀘어에 있다. 영화에 대해 아는 것이 없고 좋아하지 않기 때문에 영화관을 가는 것은 일

년에 한두 번 갈까 말까 하는 정도다. 남편이 〈독립전쟁〉 영화를 꼭 봐야 한다기에 일단 영화표부터 예매했다. 영등포 타임스퀘어는 일 년 전쯤 막내 선예와 함께 밤에 다녀온 적이 있었다. 그때는 막내가 시키는 대로, 하자는 대로 했기 때문에 어려운 점이 없었다. 관심도 없었던 타임스퀘어인데, 내가 안내자가 되어 찾아가기는 쉽지 않을 것 같았다. 타임스퀘어가 우리 집 가까이 있었지만, 딱히 갈 일이 없었다. 가까운 곳이지만, 딴 세상 같았다. 길치인 내가 남편 안내해야 한다 생각하니 은근히 걱정되었다.

타임스퀘어는 집에서 20분 정도 거리에 있다. 영화 상영 시간보다 한 시간 일찍 집에서 출발했다. 영등포 공원을 지났다. 늘 다니는 길이라 OB맥주 공장 있던 자리라고 알려주면서 걸었다. 술을 증류하는 기계는 공원 한쪽에 기념으로 남겨 두었다는 이야기도 했다. 술을 좋아하는 사람이라, OB맥주, 술을 증류하는 기계라는 말에 고개를 끄덕였다. 영등포 공원에서 영등포역까지는 아는 길이라 빠른 걸음으로 갈 수 있었다. 문제는 영등포역을 내려와서 횡단보도 건너면서 시작되었다. 요즘은 타임스퀘어에 있는 교보문고를 몇 번 드나들어 그곳이 익숙해졌다. 그때는 혹시 찾지 못할까 봐 잔뜩 긴장했다.

네이버 지도를 켜서 따라가기로 설정했다. 핸드폰 화면에 나타난 건물을 확인하면서 걸었다. 혹시 잘못 가고 있지는 않나 하는 생각에 지나가는 아주머니께 물었다. 다음 에스컬레이터를 타고 지하로 내려가서 경비 아저씨한테 물으라고 했다. 에스컬레이터를 타고 내려갔다. 경비 아저씨를 찾았지만, 어디에도 보이지 않았다. 길 가던 아저씨를 붙잡고 물었다. 신세계 백화점을 통해서 타임스퀘어 들어가는 길을 알려 주었다. 그곳은 막혀 있었다. 신세계 백화점 개점이 되지 않은 시간이었다. 외부로 나가서 타임스퀘어를 가야 했다. 그 아저씨는 친절하게 저 건물이라고 알려 주고 갔다.

타임스퀘어라는 글씨만 보고 들어갔다. 분위기가 약간 이상했다. 접수대에는 아무도 보이지 않았다. 상영관이 4층이라는 기억으로 엘리베이터를 타고 4층을 눌렀다. 긴 통로가 보여 걸어 들어갔다. '잘못 왔나.' '이상하다.' 멀리서 청년 한 사람이 수건으로 머리를 닦으면서 걸어오고 있었다. 한국 사람이라 생각하고 영화관을 물었다. 자기가 잘 알아들을 수 없다면서 파파고 앱을 꺼냈다. 한국 사람인 줄 알았는데 동남아에서 온 사람이었다. 내 핸드폰에 예매한 영화표를 보더니. '아! CGV' 하면서 여기가 아니라며 다시 내려가서 올라가라는 손짓으로 설명해 주었다. 우리나라에서 외국인 안내를 받는다는 것이 부끄럽기도 하고 감사하기도 했다. 마음이 급했다. 고맙다는 인사를 바쁘게 하고 엘리베이터를 타고 내려왔다. 시간은 9시 10분. 영화는 9시 30분에 상영을 하는데 혹시 늦을까 봐 마음이 조마조마했다.

빠른 걸음으로 옆 건물에 들어가니 젊은 안내원이 4층이라고 엘리베이터를 안내해 주었다. 이번에는 제대로 온 것 같아서 마음이 놓였다. 4층에 도착했다. 어디가 어딘지, 어떻게 찾아야 하는지 정신이 하나도 없었다. 한 바퀴 둘러봐도 사람 그림자 하나 보이지 않았다. 남편은 말없이 내 뒤만 따라다녔다. 여기저기 기웃거리다가 상영관 입구를 찾았다. 출입구에 서 있는 직원에게 예매한 영화 표를 자신 있게 보여주었다. "출력하셔야 입장 가능합니다." 똑바로 서서 로봇처럼 말했다. 출력은 또 어디서 하나. 여기까지 겨우 왔는데 순간 짜증이 확 올라왔다. '젠장 돌아가 버릴까.' '욱'하는 마음이 들어 영화고 뭐고 다 때려치우고 싶었다. 그래도 남편이 옆에 있으니 참을 수밖에 없었다.

영화 상영 시간은 다 되었고 마음은 급했다. 그들이 요구하는 대로 해야 했다. 팝콘 파는 가게 가서 출력해 달라고 하면 된다고 했다. 영화관 키오스크를 해 본 적이 없으니 신세를 질 수밖에 없었다. 팝콘 가게로 가니 사람이 보이지 않았다. 몇 번을 다급하게 부르니 훈련생이라는 이름표를 달고 키가 훤칠한 청년이 나왔다. 그가 표를 출력해 주었다. 고맙다는 인사를 하는 둥 마는 둥 하고 10시 25분에 출입구를 통과했다. 여기저기 기웃거리다가 3관을 겨우 찾았다. 알파벳을 보고 예매한 자리를 찾아 앉았다. 한 시간 전에 넉넉히 나오길 잘했다는 생각이 들었다. 영화는 아직 시작되지 않았다. 자리에 앉고 나니 한숨이 절로 나왔다. 영화 한 편 보러 오는 것이 물 건너 산 넘어온 느낌이다. 나이가 들었다는 것이 이런 것인가. 나는 왜 영화관 키오스크를 하지 못할까. 영화를 보는 내내, 영화관 찾아오던 내 모습이 떠올랐다.

왜 안전지대에서 벗어나야 할까.

첫째, 성장은 불편함 속에서 이루어진다. 안전지대에서는 익숙함과 편안함이 있지만, 그것은 곧 퇴보로 이어진다. 새로운 기술을 배우고, 낯선 사람을 만나며, 다른 환경을 경험할 때 지식과 경험을 쌓을 수 있다. 그 불편함 속에서 진정한 성장이 시작되기 때문이다. 우리가 편한 순간, 성장은 멈춘다.

둘째, 자기 발견의 기회가 된다. 안전지대 밖에서 우리는 자신이 가진 잠재력, 용기, 문제 해결 능력을 마주하게 된다. 직접 길을 찾고, 모르는 것을 묻고, 실수를 통해 배울 때 나 자신을 더 잘 알게 된다.

셋째, 실패를 통해 강해질 수 있고 더 큰 세상으로 나갈 수 있다. 안전지대에서 벗어나면 실패할 수도 있지만, 실패는 경험으로 남고 나는 점점 더 강해진다. 반복되는 시도 속에서 자신감이 쌓이고, 실패에 대한 두려움도 줄어든다. 안전지대는 좁고 한정된 공간이다. 벗어나지 않으면 다른 가능성과 사람들, 기회를 만날 수 없다. 우리는 다양한 경험을 통해 더 넓은 세상을 만날 수 있기 때문이다.

안전지대에서 벗어나는 일은 두렵고 고통스럽지만, 성장하고 싶다면 하루라도 빨리 벗어나야 한다. 『유연함의 힘』에서 만난 문장이다.

"성장과 편안함은 절대 공존할 수 없다. (…) 끊임없이 위험을 감수할 의지가 있는 사람과 조직만이 현재는 물론 미래에도 성공할 수 있다."
_IBM CEO 버지니아 로메티 (Virginia M.Rometty)

컴포트존 밖은 힘들고 낯설고 불편하다. 잘 모르기 때문에 어렵고 두렵다. 어떤 위험이 있을지 예측할 수 없어서 더 불안하다. 안전지대에서 벗어나는 것이 늘 두렵다. 모른다는 이유로 주저앉고 싶을 때도 있었다. 나이가 들었다는 이유로 포기하고 싶은 적도 많았다. 타임스퀘어에서 영화관을 찾지 못해 더듬더듬 외국인에게도 묻고, 길을 찾았다. 이번 일을 겪으면서 나는 깨달았다. 세상은 기다려 주지 않는다. 안전지대에 머무는 사람은 아무것도 배울 수 없다. 모르면 묻고, 부족하면 배우고, 두려우면 시도해야 한다. 컴포트존은 힘들고 불편한 일을 끝까지 해냈을 때 벗어날 수 있다. 그것이 내가 선택한 삶이다. 이제 나는 안전지대를 넘어 세상 속으로 걸어가려 한다. 남들 눈에는 부족해 보일 수 있다. 그래도 괜찮다. 남의 시선까지 짊어질 필요는 없다. 내가 가야 할 길을 묵묵히 걸어가면 된다.

4

변화에 적응해서 살 수 있을까

내가 만난 서울은 복잡하고, 낯설고, 서먹한 곳이었다. 정 둘 곳 한 군데도 없었다. 시골에서 30년을 지냈다. 사계절을 따라 일하고, 하늘과 구름을 보면서 살았다. 산과 들을 보며 생활하던 내가 차들과 사람들, 회색빛 빌딩으로 가득한 서울의 아스팔트 위에 서 있다.

결혼 후 남편의 직장을 따라 정착한 영해에서 학원을 20년 운영했다. 남편의 퇴직과 함께 과수원을 구했다. 무농약인증 후 유기농 인증을 받아 유기농 사과를 농사지었다. 스마트 스토어를 통해 매출도 남부럽지 않게 올렸다. TV 방송 KBS 〈6시 내 고향〉에도 몇 차례 나갔다. 아침 방송에도 얼굴을 비쳤다. 여성 잡지 'Queen'에도 소개되었다. 상도 몇 번 받았다. 그때는 내가 오래도록 그 자리에 서 있을 줄 알았다.

그러던 어느 날, 바닥이 꺼졌다. 깊이를 모를 정도의 지하로 추락했다. 남동생의 서울로 올라오라는 말 한마디에 모든 것을 버리고 서울행 버스를 탔다. 누가 뭐라고 하는 사람은 없었지만, 나의 등 뒤에는 "가정 폭력 피해 여성"이라는 대문짝만한 딱지가 붙어있었다. 등 뒤에 있는 부족함이라 내보이기 싫어서 감추기도 하고 덮으려고 애썼다. 그럴수록 아픈 상처는 밖으로 더 드러났다. 책 읽고 글 쓰면서 그냥 내보이기로 했다. 내가 죄를 지은 것도 아니고 잘못한 것도 없는데, 왜 죄인처럼 살아야 하나. 물론 도의적 책임은 있다. 열심히 일하고 정신없이 살아온 것이 죄라면 어쩔 수 없는 일이다. 이미 지나간 일이다. 앞으로는 당당하고 자신 있게 살아야겠다. 스스로 다짐했다.

농장으로 가던 내가 아파트 지하상가 작업장으로 향했다. 손에는 호미 대신 교통 카드를 들고 있었다. 교통 카드가 뭔지도 몰랐다. 시골에서 이동할 때는 스타렉스를 운전해서 다녔다. 시외버스를 이용하지 않아서 차비가 얼마인지 교통 카드가 뭔지조차도 몰랐다. 교통 카드를 몰라서 지하철과 버스는 탈 생각도 하지 못했다. 남동생이 카드를 주면서 대중교통을 이용하라고 했다. 큰딸 진희가 와서 카드를 만들고 동생 카드는 보름 정도 사용하다가 돌려주었다.

낯선 곳을 다녀와야 하면 몇 번이나 네이버 지도를 검색했다. 지하철을 이용할 수 있으면 지하철 앱을 수도 없이 열어 보고 또 열어 보았다. 지하철을 타고도 경로를 확인하기 위해 노선도를 확인했다. 언젠가 시간이 바쁜데 고속터미널역에서 9호선을 반대 방향으로 타고 가다가 다시 여의도 방향으로 돌아오는 바람에 시간이 늦어 애를 먹은 적 있었다. 앉은 자리에서 안내 스크린이 보이지 않으면 혹시 지나가 버릴까 봐 안내 방송에 귀를 쫑긋 세우고 온 신경을 집중했다. 가는 곳마다 낯설었다. 시내버스를 탈 때도 경로를 검색하고 안내 방송이 나오는 정류장과 핸드폰 앱에 나오는 정류장 이름을 확인하면서 내릴 정류장에 집중했다.

밤이면 시도 때도 없이 창밖에서 들리는 구급차 사이렌 소리에 화들짝 놀라 수시로 잠을 깼다. 두세 번 깨고 나면 잠을 자도 잔 것 같지 않았다. 내가 설 자리는 보이지 않았다. 대구에서 대학을 다닐 때 밤이 되면 수많은 불빛 속에 내 것이 없던 그때의 처량했던 기억이 떠올랐다. 그 시절의 외로움이 스멀스멀 기어 나왔다. 나의 앞날을 생각할수록 가슴이 답답했다. 견디고 버티고 살아내야만 한다. 도망칠 곳은 보이지 않았다. 이미 올라온 서울에서 돌아갈 길도 마음도 없었다. 퇴로는 차단되었다. 오직 한 가지, "살아내야 한다."라는 절박함만이 내 등을 밀었다.

서울을 알기 위해서는 서울을 배워야 했다. 서울 관광 안내지도한 장을 구했다. 어릴 때 고전 책에서 읽었던 종로에 갔다. 책 속에 있던 서당과 선비의 종로가 아니었다. 북적거림과 소음의 바다였다. 광화문과 청와대 경복궁도 찾아갔다. 시간을 잘 맞추어 문화해설사의 도움을 받으며 견학을 마치는 날도 있었다. 그런 날은 역사 공부를 제대로 한 것 같아 뿌듯한 기분이 들었다. 종묘를 가서 문무관이 서 있던 자리도 돌아봤다. 청와대와 칠궁은 예약해서 갔다. 칠궁 개방 당시 사복 경찰이 동행해서 입구까지 안내받기도 했다.

인터넷에서 한강 다리를 검색했다. 영등포 주변의 한강 다리를 자전거 타고 가기로 했다. 원효대교 위를 지났다. 마포대교를 통과하고 서강대교도 건넜다. 그중에서 마포대교가 1.4km로 길이가 가장 길었다. 길이가 가장 길었지만, 마포에 갈 때는 자전거를 탔다. 버스를 타고 마포대교를 건널 때와는 느낌이 다르다. 페달을 밟으면 다리 위 바람이 얼굴을 스친다. 한강 물빛이 넘실거린다. 숨이 차고 다리가 뻐근하다. 내가 살아 있다는 감각이 느껴진다. 지금은 모두 사라졌지만, 처음 다리를 건널 때 난간에는 짧은 문구들이 붙어있었다. "온도가 가장 높은 복숭아는 천도복숭아.", "무가 화를 내면 무뚝뚝.", 피식 웃음이 났다. 그 다리는 누군가 생을 놓았던 곳이었다. TV에서 보던 장면이 떠올랐다. '아, 여기가 그곳이구나.' 가슴이 서늘해졌다.

페달을 다시 밟았다. 어쩌면 나보다 더 힘든 사람이 있었겠구나 생각했다. 나는 아직 건너고 있었다. 바람 속에서 숨을 고르며 앞으로 나아갔다. 보행자 신호등 스위치를 눌렀다.

서울 50플러스센터를 통해서 그동안 배우지 못했던 것을 강좌를 통해 배웠다. 배움에 목말랐던 내가 갈증을 이기고 허기를 채우는 것 같았다. 내가 모르는 것은 무조건 배웠다. 평소 시골에서 접하기 어려웠던 것들을. 글쓰기를 단기로 배울 때는 아무런 효과가 없었다. 지금이야 글쓰기를 단기간에 완성할 수 없다는 것을 확실히 알고 있다. 당시에는 말도 안 되는 하루 만에 책 쓰기 문구에 현혹되기도 했다. 배우고 싶었던 발 마사지를 배우면서 나의 건강을 체크하기도 했다. 동아리 회원들과 요양원과 경로당에자원봉사를 다녀오기도 했다. 가상 화폐를 배웠다. 앞으로 다가올 메타버스 시대에는 알아야 할 것 같았다.

서울 시립대 평생교육원에서 부동산 경매도 두 학기 배운 적이 있다. 시골에서는 배우지 않아도 경매 참가해서 바로 등기를 할 수 있었다. 권리분석은 배워도 배워도 어렵기만 했다. 앞으로 이렇게 어렵고 복잡한 서울에 살아야 한다는 생각을 하면 가슴이 꽉 막히는 것 같았다. 마음 다스리기를 배우며 나를 돌아보고 나를 챙기는 법을 배웠다. 여행 작가 되는 법도 공부했다. 여행은 시간과 경제적인 여건이 허락할 때 할 수 있다는 나만의 틀 속에 갇혀 엄두도 내지 못했다. 모르는 것은 죄가 아니라 가능성이라는 사실을 서울이 나에게 가르쳐 주었다. 익숙해지기 위해서는 지나가야 했다. 두려워도 낯설어도 자주 가 보고 자꾸 들어야 했다. 배우지 않으면 익숙해질 수 없고 익숙해지지 않으면 살아낼 수 없었기 때문이다.

서울에서 생활한 지 6개월쯤 되었을 때, 나에게 길을 묻는 사람이 있었다. 잠시 당황했지만 나는 길을 가르쳐줄 수 있었다. 똑바로 가서 길모퉁이에서 왼쪽으로 들어가면 된다고 알려줬다. 내가 서울 사람처럼 보였던 건 아닐지라도 나도 누군가에게 도움을 줄 수 있는 사람이었다. 그날 이후 작은 자신감이 생겼다. 물론 여전히 두려움은 존재했고 때로는 뒤처지는 기분이 들 때도 있었다. 포모 증후군에 대해서 배웠다. 내가 하는 일이 어렵고 힘들다. 생각하면 잘 될 가능성은 낮아진다. 그렇다고 쉽다고 생각하면 대충하게 되는 오류에 빠진다. 너무 어렵게 생각할 필요도, 그렇다고 쉽게만 생각할 필요도 없다. 그저 하루하루 담담하게 받아들이고 버텼다.

문제보다 내가 강하다는 사실 하나만 되뇌었다. 지금 여기까지 온 것은 내가 모든 것을 이겨냈기 때문이다. 그러므로 문제보다 내가 강한 결과라고 나 스스로를 격려했다. 변화는 두렵지만, 그 두려움을 끌어안고 살아내는 힘 그것이 적응이었다. 흔들리지 않고 피는 꽃 없고, 아프지 않고 자라는 아이 없다. 나는 시골에서 30년 살던 촌부였다. 지금은 글을 쓰고, 책을 읽으며, 글쓰기를 가르치는 라이팅 코치이며 요약독서법, 메시지 메이커, 자기계발전문 강사다. 낯선 서울에서 견디고 배우고 익숙해지면서 나는 나를 다시 세웠다. 또 다른 나를 키워내고 있다.

변화는 우선 두렵다는 생각이 든다. 왜냐하면 익숙하지 않고 낯설기 때문이다. 익숙한 일을 '두렵다.'라고 생각하는 사람은 없다. 처음에는 낯설고 두려운 것이 당연한 일이다. 매일 다니는 출퇴근 길을 낯설다고 생각하거나 두렵다고 하는 사람은 없다. 지금 힘들고 어렵다는 것은 발전하고 확장될 수 있는 기회가 찾아왔다는 것이다. 내가 여기까지 올 수 있었던 것은 두려웠지만, 버티고 견딘 덕분이다. 살아가기 위한 최고의 노력은 낯선 환경에 도전하고 익숙해지는 것이다. 익숙해지기 위해서는 자주 보고 친해져야 한다. 서울에서의 삶은 낯섦과 두려움의 연속이었다. 지명을 알지도 못하는 지하철 노선도, 어디로 가는지 알 수 없는 버스 경로, 모르는 길을 묻는 일은 나에게 다반사였다. 나날이 작은 도전이었다. 하지만 그 두려움을 피해 숨지 않았다. 갈 곳을 검색하고 길을 묻고, 길을 잃어도 다시 찾았다. 나는 서울을 배웠고, 글을 쓰면서 성장했다. 두려움은 나를 멈추지 못했다. 오히려 새로운 세계로 나가는 촉매제가 되었다. 낯선 환경에서 버티고 익숙해지며, 어제보다 강한 내가 될 수 있었다.

5

주인이 아니라 종이었다

체조하면서 오늘은 토요일이라 맨발 걷기를 하고 들어가야겠다 생각했다. 황톳길을 쳐다만 보고 걷지 못했다. 바로 옆에는 발 씻는 시설도 있어서 걷고 나서 발도 씻으면 되겠다. 체조하면서 맨발 걷기를 생각하니 마음이 풍선처럼 부풀었다. 아침 운동을 마치고 마무리로 국민체조 하고 있었다. 체조하는 도중, 갑자기 귀에서 들리던 소리가 '뚝' 끊겼다. 핸드폰이 꺼져버린 것이다. 운동 나오면서 평소처럼 충전되었다고 생각하고 배터리를 점검하지 못한 것이 잘못이다. 황톳길 걷기는커녕, 국민체조 마무리도 못 하고 허탈한 기분으로 집으로 돌아왔다.

3년 전, 지금 쓰고 있는 핸드폰을 구했다. 그전에는 2년 정도 사용하면 여기저기 고장이 나기 시작했다. 다행히 이번 핸드폰은 3년을 사용해도 아직 멀쩡했다. 애지중지하며 조심스럽게 다루었다. 액정이 나가서 한 번 수리한 적이 있다. 처음보다 속도가 느려도, 익숙하고 잘 작동한다는 이유로 사용하고 있었다.

어느 날, 막내 남동생이 전화를 걸어 내 폰이 괜찮으냐고 물었다. 나는 아직 쓸 만하다고 대수롭지 않게 넘겼다. 며칠 뒤 택배 상자 하나가 도착했다. 상자를 열어 보니 고가의 갤럭시 폴드가 들어 있었다. 고마운 마음 뒤에 묵직한 부담이 따라왔다. 받기만 하는 누나가 되어 버린 것 같아 마음이 편치 않았다. 화면을 양쪽으로 열어 보는 순간, 넓은 화면에 세상이 다 들어 있는 것 같았다. 화면이 널찍해서 속이 시원했다. 돋보기가 없어도 글씨가 또렷하게 보이고, 원본 문서를 그대로 볼 수 있었다. 젊은이들이 갤럭시 폴드를 가지고 있을 때 먼발치로 보면서 화면이 넓어서 좋겠다. 생각만 했다. 막상 내 손에 들어와 있어도 내 것이라는 실감이 나지 않았다. 대문처럼 넓게 열리는 모습에 반해서 몇 번이나 열었다가 다시 닫았다. 새 핸드폰이 생겼지만, 고장도 나지 않은 핸드폰을 쉽게 놓을 수 없었다. 익숙한 것을 벗어나는 것은 항상 나를 망설이게 했다.

결국 하루 날을 잡아 서비스센터로 향했다. 서비스센터는 건물 7층에 있었다. 처음에는 낯선 곳이었지만, 핸드폰 액정 수리와 태블릿 PC 수리로 몇 번 방문한 덕분에 익숙한 곳이 되었다. 들어가는 왼쪽에 안내 코너가 있다. 안내하는 직원에게 방문 목적을 말하면 키오스크에 입력해 준다. 젊은 사람들처럼 빠르게 접수 등록을 하지 못했다. 직원에게 부탁하면 재빠른 손놀림으로 접수 등록이 되었다. 서비스센터 양쪽 옆으로는 해당 기사 창구가 일렬로 길게 있다. 서비스센터 기사는 거의 남자라고 생각했는데, 여자 기사가 앉아 있는 것을 보니 신기했다. 세심하게 서비스를 할 것 같다는 생각도 들었다.

가운데는 소파와 의자들이 군데군데 있다. 신문이 비치된 테이블이 있고 센터 가운데는 노트북 두 대가 나란히 놓여 있다. 서비스센터가 넓고 한적해서 기다려야 할 때는 그곳에서 책을 읽어도 좋을 것 같았다. 해당 창구 앞에서 잠시 기다리라고 했다. 앉아 있다가 기사가 핸드폰 끝자리를 부르면 서비스를 받을 수 있다. 제법 시간이 지났다. 드디어 내 핸드폰 끝자리를 불렀다. 담당 기사에게 지금 핸드폰 자료를 새 핸드폰으로 옮기고 싶다고 말했다. 잠시 점검하더니 자료가 많아서 4시간 정도 걸린다고 한다. 오후 5시에 다시 오라고 했다. 그렇게 나는 잠시 '핸드폰 없는 인간'이 되었다.

핸드폰을 서비스센터에 맡기고 자전거를 타고 집에 가서 '다섯 시까지 밀린 글쓰기를 마쳐야겠다.' 생각하고 자전거 보관소로 갔다. 아뿔싸. 서울 따릉이는 핸드폰이 있어야 사용할 수 있다. 핸드폰에 설치된 따릉이 앱을 열어서 대여해야 한다. 핸드폰을 서비스센터에 맡긴 것을 잊어버리고 자전거 대여소로 향한 것이다. 허탈한 웃음이 나왔다. 아쉽지만 그냥 돌아서야 했다. 자전거를 탈 수 없으니 이번에는 손목 닥터 9988에 걸음 수라도 체크해야겠다. 생각했다. 하지만 걷기 기록조차 할 수 없었다. 앱이 핸드폰 속에 있었기 때문이다.

자전거를 빌리려 해도, 핸드폰이 필요했다. 걸음을 체크하려 해도 마찬가지였다. 나는 어느 순간 핸드폰 없이는 아무것도 하지 못하는 사람이 되어 있었다. 국적 없는 이방인이 되어 세상을 떠도는 느낌이 들었다. 혼자 터벅터벅 걸었다. 두 손이 텅 비어 있었다. 무언가 중요한 것을 잃어버린 것처럼 허전했다. 뭔가 내 손에 들려 있으면 좋겠다 생각했다. 그렇지. 편의점에서 택배를 찾아가야겠다. '앗차!' 핸드폰이 있어야 QR 코드를 찍지. 이번에도 나는 철저히 외면당했다. 세 번의 거부에 나의 생활 전체가 마비된 것 같았다. 세 번의 무력함. 세 번의 좌절. 나는 핸드폰 없이는 아무것도 할 수 없는 인간이었다. 핸드폰에 의존하지 않는다고 생각했다. 핸드폰 전원 코드를 차단하고 한두 시간 글을 쓰거나 책을 읽을 수 있었다. 중독이나 의존과는 상관없다 생각했다. 유튜브는 가끔 한 번씩 보고, SNS도 많이 하지 않으니 괜찮다고 믿었다. 실상은 달랐다. 아침 운동도 핸드폰 앱을 켜야 할 수 있다. 일상 곳곳이 핸드폰과 연결되어 있었고, 나는 이미 그 안에 깊이 뿌리내리고 있었다.

집에 도착해서 글쓰기를 시작했다. 그제야 핸드폰 생각을 잠시 내려놓을 수 있었다. 글쓰기는 나를 핸드폰에서 벗어날 수 있게 해 주는 유일한 길이다. 손에서 놓지 않으면 절대 놓을 수 없는 것. 하지만 한 번 놓고 나니, 놓는 것도 가능하다는 것을 깨달았다.

오후 5시, 다시 센터로 갔다. 새 핸드폰을 받았다. 양옆으로 펼쳐지는 화면은 작은 태블릿 같았다. 큰 화면이 어색해서 접힌 채로만 사용했다. 펼치면 넓어지는 걸 알면서도, 좁은 화면 안에 나를 가두었다. 익숙한 틀 안에서 나를 붙잡고 있었다.

저녁에 가만히 생각해 봤다. 내가 새 핸드폰을 가진 의미가 무엇일까.

첫째, 새 핸드폰으로 교환한 것은 '낯섦'과의 만남이었다. 평소 생활을 흔드는 작은 변화다. 손에 익은 편안함을 내려놓는 일이었다. 기존 핸드폰보다 무겁다. 버튼 위치도 어색하다. 손가락이 잠깐 멈췄다. 하지만 자꾸 만졌다. 다시 눌렀다. 낯섦은 반복 속에서 길이 났다. 어색함은 천천히 익숙함이 되었다. 결국 새로운 길을 배운 것이다.

둘째, '벗어남'이다. 나아지기 위해서는 벗어나야 한다. 새로운 세상으로 나가기 위해서는, 알에서 애벌레가 나오듯 기존 세상에서 탈피해야 한다. 바다 새우는 몸집이 커지면 외부의 적을 피하려고 굴이나 바위틈으로 숨어든다. 안전한 곳에서 몸에 힘을 주어 낡은 껍질을 쫙 벗어낸다. 새우의 몸은 맨살처럼 부드럽다. 며칠 동안 숨어서 지낸다. 그동안 몸 안에서 칼슘이 퍼져 나오고 바닷물 속 미네랄도 흡수하면서 껍질이 점점 단단해진다. 새로운 껍질이 딱딱하게 굳으면 굴에서 나와 헤엄친다. 새우는 껍질을 벗을 때마다 조금씩 커진다. 달팽이가 껍질을 벗어야 더 큰 집을 가지듯이, 인간도 익숙한 편안함을 벗어야 진짜 삶에 다가간다. 나는 오늘 그 껍질을 조금 벗은 기분이다.

셋째, '확장'이다. 화면이 넓어지듯, 내 사고도 넓어져야 한다. 기능의 확장이 아닌, 삶의 확장. 물리적 기계 하나가 아닌, 그것을 다루는 나의 세계가 넓어져야 한다. 내가 배워야 할 것은 버튼이 아니라, 낯선 문명 앞에서 주눅 들지 않고 배울 수 있는 태도와 자세다.

좋은 기계를 가졌다면, 그에 걸맞은 주인이 되어야 한다. 겉만 번지르르하다고 그 사람의 내면까지 빛나는 건 아니다. 논어에 나오는 말처럼, 겉과 속이 조화를 이루어야 진짜 가치가 있다. 나는 핸드폰을 들고 있었지만 사실은 핸드폰에게 끌려다니고 있었다. 그 불편함 덕분에 나는 한 발자국 성장할 수 있었다. 기계에 끌려다니는 인간이 아니라, 기계를 다스리는 인간이 되어야 한다. 기계를 다스리려면 내가 먼저 알아야 한다. 두렵다는 말은 모른다는 것이다. 두려움은 모름에서 오고, 모름은 배움으로 해결할 수 있다. 낯선 것을 배우는 것은 결국, 나를 새롭게 만드는 일이다. "나는 내 손에 핸드폰을 쥐고 있었다. 하지만 오늘, 그것이 나를 쥐고 있었다는 걸 깨달았다. 주인이라 생각했지만 나는 핸드폰의 종이었다. 이제는 진짜 주인이 되기 위해, 나는 낯섦과 불편함 앞에 다시 선다."

6

통장이 아닌 '나'를 만들다

"종이 통장이 사라진다."라는 내용의 뉴스가 크게 보도된 적이 있었다. 강 건너 불구경하듯 쳐다보았다. 그 당시 시골에서 농사 짓던 나로서는 도저히 이해되지 않고 와 닿지도 않았다. 면 소재지에 있는 농협에는 아침마다 고객이 넘쳐났다. 바쁜 사람들은 농협 구석에 마련된 네 대의 ATM기를 이용하는 정도였다. 통장 재발급 같은 거래는 창구에 미리 전화해서 담당자에게 부탁했다. 어쩌다 낮에는 약간 한산할 때도 있었지만, 장날이나 월말에는 창구에 손님들로 북적였다. 종이 통장이 사라진다는 뉴스는 남의 나라 이야기 정도로 실감 나지 않았다. 종이 통장으로만 거래했다. 빈 통장이 늘어날수록 통장에 돈이 늘어나는 것 같은 착각 속에서 빈 통장을 모았다. 2017년 이후 수시로 종이 통장이 점점 없어진다는 뉴스 보도를 가끔 접했지만, 나와는 크게 상관없다고 생각했다. 설마 나에게 그런 날이 올까. 상상조차 하지 못했다.

모 금융사에서 현금 인출을 하게 되었다. 농협 계좌로 바로 송금

하면 편리하지만, 수수료를 아끼기 위해 현금으로 찾았다. 바로 앞에 있는 농협 은행에 가서 입금할 요량이었다. 얼마 되지는 않지만, 굳이 수수료를 낼 필요는 없다고 생각했다. 시간이 바쁜 사람은 수수료를 내고 송금하는 것이 맞다. 나는 은행에 가서 송금하기로 작정했다. 일백만 원 남짓한 돈을 가방에 넣어 영등포시장에 있던 농협 은행을 찾았다. 이상하다. 분명 여기 있었는데. 그곳에는 농협 은행 간판만 덩그러니 있고 창구가 없었다. 순간 멍했다. 안내문 하나 붙어있지 않았다. 없어진 지 꽤 오래된 것 같았다. 두어 번 이용했던 곳이다. 어딘지 모르게 허전한 느낌을 감출 수 없었다. 할 수 없이 주변 농협을 검색했다. 1km 정도 떨어진 당산동 지점까지 걸어가서 입금하고 돌아온 적이 있다. 그날은 그저 돈을 입금하기 위해 1km를 더 걸었을 뿐이다. 내 안에서는'변화'라는 낯선 바다를 건너가고 있었다. 그제야 깨달았다. 이제, 진짜 변화가 나에게도 시작되고 있다는 것을. 말로만 듣던 금융 기관이 사라지고 있다는 말이 실감 나는 하루였다.

막내 선예가 전화했다. 하루 5만 원을 60일 입금하면, 20% 이자를 주는 예금 상품이 있다고 알려주었다. 지방에서는 꽤 이름 있는 시중은행 적금 상품이었다. 선예는 직장 생활을 한다. 수시로 좋은 예금이나 적금 상품이 있으면 연락해 주었다. 막내 선예의 전화를 받을 때마다 내가 배워야겠다는 마음이 생긴다. 매달 들어오는 수입이 없다는 이유로 가계비만 줄이고 금융과 재테크에 대해서는 생각지도 못하고 살았다. 생각해 볼게. 하는 말로 얼버무리는 나에게 막내는 "엄마 돈 삼백만 원도 없어?" 정곡을 찌른다. 막내딸에게 돈 삼백만 원 없다는 말 하기가 싫었다. "한 번 맞춰 봐야지." 어정쩡하게 말하고 전화를 끊었다. 어쩌다 돈 삼백만 원도 없는 내가 되었을까. 돈이 있지만 제대로 정리하지 않고 지출만 줄이면 된다고 생각했다. 안일하게 생활하는 내가 선예의 말 한마디에 뒤통수를 한방 세게 얻어맞은 기분이었다.

통장 정리를 하고 매년 한 번씩 들어오는 보험료를 합해보니 얼추 삼백만 원은 될 것 같았다. 이렇게라도 목돈을 만들지 않으면 항상 종잣돈을 만들지 못하고 살 것 같았다. 종잣돈을 만들지 못하면 아무 일도 시작할 수 없다는 생각이 들었다. 일단 플레이스토어에서 은행 앱을 내려받았다. 설치된 앱에서 회원 가입을 했다. 정신을 바짝 차리고 집중했다. 그동안 스마트폰에서 인증받고 폰뱅킹 거래한 것이 도움이 되었다. 만기가 된 금융인증서를 갱신하고 통장 개설까지는 할 수 있었다. 일과를 마치고 10시 조금 넘어 시작했다. 마치고 나니 10시 30분이었다. 30분 정도 걸리긴 했지만, 누구의 도움 없이 혼자 온라인 통장 개설했다는 뿌듯함도 잠시. 손으로 만질 수 있는 통장이 없으니 제대로 개설된 것인지 아닌지 알 수가 없었다. 이튿날 아침, 고객센터 전화해서 통장이 제대로 개설되었는지 확인했다. 담당자는 매일 입금하는 경로까지 친절하게 가르쳐 주었다. 설명하는데 혹시 놓칠까 봐 종이에 메모했다. 매일 아침 일어나면 통장에 입금부터 하고 하루를 시작했다. 가진 돈을 입금하는 것이지만 생활하다 보면 간혹 잊어버릴 수 있기 때문이다. 하루라도 빠지거나 건너뛰면 안 된다고 해서 시간이 있는 날은 낮에 한 번 더 체크하기도 했다. 큰돈이 아니라고 할 수 있지만, 이 통장 저 통장에 조금씩 남아 있는 돈을 모아서 목돈으로 만들 수 있어 다행이었다.

내가 웹에서 통장을 개설한다는 것은 생각지도 못했다. 누군가 웹에서 통장 개설했다 소리 들으면 '대단하다.' 생각하며 쳐다보기만 했다. 막상 옆에 아무도 도와줄 사람이 없으니 혼자 할 수밖에 없었다. 안 되면 될 때까지 하다 보면 되겠지. 나도 모르게 생긴 오기와 배짱으로 시도했다. 인터넷에서 내가 처음 했던 것은 서점에서 책을 사는 일이었다. 더듬거리면서 어떻게 하다 보니 할 수 있었다. 처음 시도할 때 어려웠지만 몇 번 하다 보니 익숙한 일이 되었다. 시간이 지나면서 앱을 설치하고 차표를 끊기도 했다. 사이트에서 끊은 차표를 찾지 못할까 봐 내 카톡에 저장하기도 했다.

지금 생각하면 피식 웃음이 나온다. 예약 상황이나 내 정보에 들어가면 바로 뜨는데 그것도 모르고 겁부터 냈다. 처음부터 익숙하고 잘할 수 있는 사람은 없다. 처음에는 낯설고 어색하지만, 익숙해지면 자연스럽게 할 수 있다. 변화하는 세상에 적응해서 살아가기 위해서는 무조건 시도해야 한다. 하다가 모르면 묻고 다시 해서 될 때까지 하면 된다. 세상은 어느새 종이 통장을 버리고, 디지털로 옮겨갔다. 95세 할아버지도 앱을 이용하여 송금하는 시대다. 변화는 기다려 주지 않는다. 혼자서 스마트폰으로 통장을 만들고, 낯선 금융 상품을 익히며 매일 조금씩 내 돈을 관리하는 법을 배워갔다.

편의점 교환권을 받았다. 별 필요가 없는 것 같아서 그대로 두었다. 어느 날 유효 기간이 얼마 남지 않은 것을 확인했다. 교환권만 들고 가면 되는 줄 알았다. 세븐 일레븐으로 갔다. 카운트에 이 교환권을 쓸 수 있느냐고 물었다. 바코드를 찍어보더니 세븐 일레븐이 있긴 한데 스캔하면 금액이 떠야 하는데 금액이 뜨지 않아서 여기서는 쓸 수 없다고 했다. 할 수 없이 밖으로 나왔다. 쓸 수 없는 상품권을 주지는 않았을 텐데. '이상하다.' 혼자 생각했다. 근처에 이마트24가 있었다. 다시 들어갔다. 아저씨가 옆에서 보더니 이 상품권은 그냥 쓸 수 없고 동전으로 스크래치하고 나오는 숫자를 핸드폰에 입력 후에 사용할 수 있다고 했다. 뭣이 이렇게 복잡할까.

고객용 테이블로 와서 일단 동전으로 긁었다. 숫자가 나왔다. 핸드폰으로 QR 코드를 찍으니 해당 주소가 나왔다. 번호를 입력하고 편의점을 선택했다. 이마트24에서 사용하도록 선택했다. 옆에서 보고 있던 주인아주머니는 나는 못 하는데 한 번 보고 잘한다고 하면서 부러운 눈으로 쳐다보았다. 할 수 있으면 별일 아니고 아무것도 아닌데, 하지 못할 때는 별것 아닌 것도 복잡해 보인다. 집 와서 가만히 읽어보니 사용 방법이 하늘색 바탕에 흰 글씨로 적혀있었다. 가독성 있도록 선명하게 인쇄되었으면 하는 생각이 들었다. 물론 차근차근 읽지 않은 나의 실수다. 아니 아예 읽을 생각도 없었다. 변화하는 세상 따라가려면 사용 설명서를 잘 읽어야 따라갈 수 있겠다.

변화 앞에서 두렵기도 했다. 그러나 그 두려움 속에서도 내가 선택한 것은 멈추지 않고 나아가는 것이었다. 익숙한 시골 농장에서 복잡한 서울 거리로. 종이 통장만 거래하던 내가 손끝으로 돈을 관리하게 되기까지, 나는 계속해서 배우고 적응했다. 어제의 나는 몰랐지만, 오늘의 나는 할 수 있다. 변화는 두렵고 떨리지만, 그 변화 속에서 내가 변할 수 있다는 사실을 깨달았다. 세상은 멈추지 않고 빠르게 변한다. 나는 그 변화 속에서 길을 잃지 않기 위해, 계속해서 배우고 도전할 것이다.

변화는 서서히 시작되어 어느 날 갑자기 원래의 모습은 사라진다. 그러나 도전은, 손끝에 다시 움트는 나의 의지로부터 시작된다. 두려움은 지나가는 손님일 뿐이다. 그 손님에게 휘둘리지 않고 나만의 길을 걸어갈 것이다. 나는 통장을 만든 게 아니다. 나를 만든 것이다. 그리고 앞으로도, 나는 계속 나를 만들어갈 것이다.

7

길을 묻고 삶을 배웠다

서울의 거리는 낯설고 복잡했다. 지하철 노선은 미로처럼 느껴졌다. 낯선 서울은 나에게 또 하나의 도전이었다. 맏이 진희가 네이버 길 찾기와 지하철 앱을 가르쳐주었다. 하나하나 배웠다. 처음에는 한 번 가 본 곳을 다시 가는 것도 힘들었다. 환승은 더욱 부담되었다. 출발지에서 목적지까지는 갈 수 있었지만, 그곳에서 다른 곳으로 이동할 때마다 긴장했다. 시간이 날 때마다 기회만 있으면 물었다. 포기하고 싶을 때도 있었다. 모르기 때문에 포기할 수 없었다. 모른다는 건 내가 배워서 살아야 할 이유가 되었다. 무채 작업장에 조카 고현이가 오는 날은 세상을 배우는 날이었다. 일하다가 쉬는 시간이나 식사 시간을 이용했다. 배울 것을 적어 둔 메모를 보면서 하나씩 배웠다. 몰랐던 것을 알게 되었을 때 기쁨은 어둠 속에서 길을 찾은 기분이었다. 내가 여기까지 올 수 있었던 것도 모르는 것은 무조건 배우려고 노력한 덕분이라는 생각이 든다.

막내 선예가 장염으로 병원에 입원했다는 연락을 받았다. 퇴근

길에 급히 달려갔다. 지하철이 없는 곳이다. 버스를 두 번 갈아타고 가야 했다. 네이버 지도 안내만 의지해서 가는 초행길이라 도착할 때까지 마음이 불안했다. 밖은 어두웠고 비가 내리고 있었다. 하교하는 여학생들이 차 안에 가득했다. 차창은 김이 서려 휴지로 닦아도 밖이 보이지 않았다. 조잘거리는 소음 속에서 목적지를 찾지 못할까 걱정되었다. 핸드폰 앱을 켜고 버스 안내 방송을 귀 기울여 들었다.

정류장 이름을 하나씩 확인했다. 중간에 버스를 갈아탔다. 목적지에 정확하게 내렸다. 내리긴 했지만, 방향을 잡을 수 없었다. 지나가는 사람을 붙잡고 도움을 청했다. "저기 바로 보이잖아요." 그가 손으로 가리키는 곳을 보았다. 병원 간판이 눈앞에 환하게 떠 있었다. '왜 내 눈에는 보이지 않았을까.' 순간 얼굴이 화끈 달아올랐다. 하지만 낯선 동네였다. 어둠이 골목을 꽉 채우고 있었다. 그 어둠이 내 발을 묶어 두었다. 나는 한 발도 움직이지 못했다.

언젠가 맏이 진희를 서울역에 데려다주고 돌아오는 길에 지하철 통로를 찾지 못해 우왕좌왕하다가, 요금만 찍히고 열차를 타지 못한 적이 있었다. 하소연할 데가 없어 혼자 속상했던 기억이 난다. 누구도 내 손을 잡아 주지 않았다. 다시는 이런 실수하지 않겠다고 다짐했다. 나는 혼자였고, 더 야무져야 했다. 지하철 통로 하나조차, 익숙한 사람에게는 별것 아니지만, 익숙해지기까지는 대가를 치러야 했다. 시간과 노력이 필요했다. 지금 같으면 안내 센터를

    불안해도 멈추지 않기로 했다

찾을 수도 있지만, 그때는 안내 센터가 있는지조차도 몰랐다. 모르기 때문에 알아야 하고 알기 위해서는 배워야 했다. 내가 배우는 이유가 되었다.

지하철의 빠른 환승 구간을 알고 있으면 시간을 절약할 수 있었다. 지하철을 타고 객실 사이를 이동하는 사람들이 이상하게 보였다. 묻지는 못하고 왜 이동하는지 궁금했다. 어느 날 문득 다음 칸으로 이동해 보고 싶었다. 연결되는 문이 버튼식도 있고 손잡이를 잡고 열어야 하는 문도 있었다. 출퇴근 시간에는 사람들이 많아서 어렵지만, 이른 아침이나, 사람들이 별로 없는 시간은 얼마든지 이동할 수 있었다. 객실 사이를 오가는 이유는 나의 경우, 빠른 환승 객차로 가기 위해서였다. 처음엔 그저 이상하게 보였던 사람들의 움직임이, 나의 움직임이 되었다. 지하철이 도착하는 시간 동안 빠른 하차 자리를 찾아서 기다렸다. 간혹 잘못된 곳이 있긴 했지만, 거의 정확했다. 지하철 내려서 계단이나 에스컬레이터를 이용하려면 출퇴근 시간에는 긴장을 늦출 수 없었다. 나가는 출구를 정확하게 알면 시간과 에너지를 절약할 수 있었다.

8년 전, 노량진에 무채를 납품하던 시절. 동대문 여성 인력 개발원에 요양보호사 교육을 받으러 다녔다. 그때는 출구와 노선 표시조차 제대로 구분하지 못했다. 출구 표시인지, 지하철 노선 표시인지 한참 더듬거렸다. 표지판은 늘 헷갈렸고, 하늘 방향으로 표시된 직진마저도 지나가는 사람에게 다시 물어야 마음이 놓일 정도였다. 노량진역 1호선 플랫폼으로 기억한다. 도착한 전철에서 사람들이 우르르 내렸다. 내릴 때부터 달리는 사람도 있고, 대부분 계단을 성큼성큼 빠르게 뛰다시피 올라갔다. 뒤에 서서 물끄러미 그들을 바라보았다. '목적지가 있는 사람들은 저렇게 바쁘게 뛰는구나.' 나는 뛸 이유가 없었다. 시간에 쫓기지 않는 나에게 그들의 바쁨은 마치 다른 세상의 속도처럼 느껴졌다. 언젠가 친구가 하던 말이 생각났다. 대구 지하철과 서울 지하철, 사람들의 걸음걸이가 다르다고 한 적이 있다. 서울은 낯선 별처럼 느껴졌다. 사람들은 모두 빠르게 걷거나 뛰어다녔다. 시간이 많이 늦으면 뛸 수도 있지만, 집에서 여유 있게 출발하면 다른 사람들처럼 뛰지 않아도 도착할 수 있었다. 다른 사람들이 뛴다고 나도 같이 뛸 필요는 없다고 생각했다.

서울살이는 모든 게 배움이었다. 그날을 잊을 수 없다. 역삼동 어디에서 하루 만에 책 쓰기 한다는 광고를 봤다. 요즘 같으면 피식 웃어넘길 일이지만, 그때는 귀가 솔깃했다. 수강료 삼만 원 입금하고 찾아갔다. 날씨가 추웠지만, 네이버 지도 검색해서 걸리는 시간보다 두 시간 정도 여유를 두고 출발했다. 내리는 역과 출구는 제대로 나왔지만, 찾을 수가 없었다. 지나가는 청년에게 물으니 제대로 가르쳐준다고 했지만, 알고 보니 영 다른 방향이었다. 시간이 늦어서 포기를 할까 생각 들었다. 그래도 추운 날씨에 여기까지 왔는데 끝까지 가 보자 생각했다. 한편으로는 이미 입금한 수강료가 아까워 찾아가자는 마음도 있었다. 날씨가 추워서 손과 발은 얼얼했다. 낯선 곳에서 지나가는 사람들을 붙잡고 길을 물었다. 겨우 찾아갔지만, 30분이나 지각했다. 집에서 두 시간 일찍 나온 것은 길바닥에서 다 허비해 버렸다. 늦었지만, 잘 왔다고 따뜻한 보리차 한 잔 마시고 돌아온 기억밖에 나지 않는다. 삼만 원짜리 보리차 한 잔으로 나는 또 하나의 삶을 배웠다. 그날 나는 책 쓰기보다 더 값진 것을 배웠다. 사람을 배웠고, 길을 배웠고, 또 하나의 세상을 배웠다.

삶은 배움이다. 배워야 살아갈 수 있다. 무서워도, 부끄러워도, 모른다고 외면하지 않고 배워야만 비로소 내 삶이 된다. 나에게 지하철은 막연하게 출퇴근과 이동하는 교통수단이 아니었다. 나의 눈을 뜨게 하고, 다시 일어서게 했다. 새로운 것을 배우고 한 걸음 나아가게 한 도전의 상징이다. 지하철이 없었다면 내가 이 모든 것을 배울 수 있었을까. 여기까지 올 수 있었을까. 그렇게 두렵기만 하던 존재가 감사하게 느껴진다. 이제 길을 잃어도 괜찮다. 물어서 찾으면 되는 일이다.

직장에 출퇴근하기 위해 길을 찾다 보니 자전거 경로를 알게 되었다. 자전거를 이용하면 버스보다 시간과 교통비가 절약되었다.

퇴근하면서 안양천에서 도림천으로 향했다. 도림천에서 집으로 나오는 출구를 찾지 못해 신도림역으로 나왔다. 한 시간이 훌쩍 넘었다. 이게 아닌데. 지도에서 자전거 길은 40분으로 표시되어 있었다. 문제는 집에서 도림천을 지나 안양천으로 가는 길을 찾는 것이었다.

네이버 지도를 보고는 도림천으로 가는 길을 알 수가 없었다. 도림천과 안양천은 이어져 있어서 도림천 입구까지만 가면 문제가 없었다. 주말에 자전거를 타고 직접 답사 후 도림천 입구를 정확히 알 수 있었다. 두려움 속에 숨어 있지 않고, 한 걸음 내딛는 것. 나에게는 도전이었고, 오늘을 만든 힘이었다. 지금도 배운다. 모르는 것이 있다면, 부딪히고 묻고, 다시 길을 찾아간다. 내가 사는 방식이고, 내가 걸어온 삶의 이름이다. 버스 타는 것과 지하철 타는 것이 두려웠던 나는 이제, 어느 길이든 스스로 찾을 수 있는 사람이 되었다. 그 한 걸음이 나의 오늘을 만들었다.

일주일 내내 비가 내리더니 오랜만에 쾌청한 하늘을 만났다. 새파란 하늘에는 하얀 구름이 깃털처럼 그려져 있다. 배움 이후의 나는 지금 하늘보다 더 환하고 맑아질 것 같다. 새파란 하늘을 쳐다본다.

8

키오스크와의 한판 승부

지난해 여름 나는 500원짜리 피서를 즐겼다. 청소년 독서실은 500원만 결제하면 오전 8시부터 오후 11시까지 이용 가능했다. 집과 독서실은 도보로 20분 정도의 위치에 있다. 서둘러 노트북과 읽을 책 노트를 가방에 넣었다. 오늘 가는 독서실은 키오스크로 결제해야 하는 곳이다. 집 주변에 있는 독서실이 쉬는 월요일은 갈 곳이 없었다. 검색을 하다가 이 독서실은 목요일에 쉰다는 것을 알았다. 지나던 길이 있어서 독서실 위치를 확인해 두었다. 1층 출입문 입구에 키오스크 결제가 안내되어 있었다. 얼마 전까지 다니던 독서실은 동전 500원을 주고 입실했다. 두려웠다. 키오스크 결제를 배우고 싶었지만, 굳이 배울 필요가 있나 생각했다. 몇 년 전 지인이 종로에 나갔다가 키오스크 결제를 하지 못해 마시고 싶은 커피 한 잔 못 마셨다는 이야기 들었다. 그때만 해도 남의 일처럼 느껴졌다. 나는 커피를 마시지 않았다. 키오스크로 결제할 일은 없을 것 같았다. 나와는 상관없는 일이라 여겼다.

그러나 청소년 독서실은 달랐다. 키오스크로 결제해야 한다는 것을 본 순간 가슴이 꽉 막힌 듯 답답해졌다. 손끝이 떨렸다. 내가 버튼을 제대로 누를 수 있을지 걱정이 앞섰다. 혹시 실수하지는 않을지 겁이 났다. 두려움과 작은 설렘을 안고 독서실로 향했다.

주말 근무를 하고 시간이 있는 평일에는 도서관을 찾는 편이다. 요즘은 날씨가 더워 집에 있으면 시원한 독서실 생각이 간절하다. 집에서 해결해야 할 일이 있을 때는 어쩔 수 없지만, 특별한 일이 없으면 독서실로 간다. 집 주변에 이용할 수 있는 도서관이 몇 군데 있다. 여의 샛강 도서관과 문화의 집 청소년 독서실이 있다. 두 곳은 월요일에 쉬는 곳이다. 검색하다가 영등포역 뒤편에 영등포 본동 청소년 독서실이 월요일은 문을 열고 목요일에 쉬는 것을 알게 되었다. 위치만 파악하고 월요일에 다른 도서관을 이용하지 못할 때 와야지 하며 요즘 말로 찜했다.

혹시 실수할까 다시 검색했다. 8시부터 시작한다는 정보가 핸드폰에 떴다. 늦게 가서 자리가 없으면 돌아와야 하기에 서둘러 준비를 했다. 가방에 책과 노트를 전부 넣으면 어깨가 너무 무거웠다. 궁여지책으로 시장 수레에 책과 노트를 넣고 노트북 가방을 들었다. 시장 수레를 끌면서 노트북 가방을 들고 가는 모습이 우스워 보일 것 같았다. 그렇지만 나에게 관심 두는 사람은 아무도 없었다. 가방이 무거워 등에 메는 것보다 시장 수레에 담아 끌고 가는 것이 훨씬 수월했다. 기억을 더듬어 어린이집 옆에 있는 영등포 본동 청소년 독서실 앞에 도착했다. 출입문 앞이 회색 철계단으로 되어 있었다. 다섯 개 계단을 딛고 올라선 후, 방향을 왼쪽으로 틀면 다시 다섯 개의 철계단이 있었다. 계단 앞에서 유리로 된 미닫이문을 열어야 하지만, 누르는 버튼이 보이지 않았다. 안내 전화를 하고 살피니 출입 버튼이 보인다. 가운데를 아무리 찾아도 보이지 않던 버튼이 문 한쪽 끝에 붙어있었다. 나처럼 처음 오는 사람은 출입 버튼 하나 찾기도 어려울 것 같다.

4층으로 올라가서 키오스크 결제를 하면 입실할 수 있다는 안내를 받았다. 올 것이 왔다는 생각이 들었다. 은근히 걱정되었다. 한 번은 지나야 할 관문이다. 무거운 가방 생각도 잠시. 엘리베이터가 없는 건물이라 계단으로 낑낑거리며 올라갔다. 한 손에는 노트북 가방을, 한 손에는 시장 수레를 들고 한 계단씩 올라갔다. 무겁기는 했지만, 입실해야 한다는 마음이 앞서 무겁다는 생각도 들지 않았다. 크게 높지도 않고 나지막한 계단이지만 양손에 무거운 짐을 들고 오르기는 힘들었다. 4층 입구에 도착했다. 키오스크가 사찰 입구에 있는 금강역사처럼 딱 버티고 있었다. 처음이라 가슴이 철렁했다. 넓적하고 새까만 판이 벽에 붙어있다. 아래쪽에 "터치해서 키오스크" 여덟 글자만 보인다.

일단 터치를 했다. 핸드폰 번호 입력을 요구했다. 번호를 입력하고 핸드폰에 온 인증번호를 입력 후, 아이디와 비밀번호를 만들었다. 번호 입력 중 잘못 입력하면 수정도 가능했다. 입력할 것을 입력하고 나니 독서실 전체 좌석 이용도가 떴다. 제일 안쪽이 어디인지 몰라서 앞쪽 구석 자리를 선택했다. 선택 후 결제를 누르고 1일 권으로 선택하고는 500원 카드 결제를 했다. 등록되면 출입문에 지문이나 아이디와 비번을 입력하면 문이 열리고 입실을 할 수 있다. 입력하는 동안 담당자가 나와서 옆에 딱 버티고 서 있었다. 내 나이 또래 여자였다. 이 정도는 할 수 있다는 것을 보여주고 싶었다. 막힘없이 입력하고 나니 지문 등록을 하라고 했다. 지문 등록이 되면 출입할 때 등록된 손가락만 갖다 대면 문이 열리니 편리할 것 같았다. 평소에도 지문이 잘 나오지 않아서 자동화기기에서 서류 떼는 것이 불편해서 지문 사용은 잘 하지 않고 있었다.

아무것도 모르고 담당자가 하라고 하니 일단 등록했다. 아니나 다를까. 지문은 계속해서 불일치라고 스크린에 떴다. "내가 이래서 지문 등록을 하지 않겠다고 한 것이다"라고 하니 담당자는 말없이 사무실로 들어가 버렸다. 조금 불편해도 아이디와 비번을 사용하기로 했다. 얼마나 번거로울지 몰랐다. 그래도 기계에게마저 거절 받고 싶지는 않았다. 키오스크를 결제하면서 자리를 선택하는데 무조건 구석진 자리를 선택하고 들어가 보니 사방이 오픈된 자리라 불편했다.

혹시 수정할 수 있냐고 물었다. 가능하다고 했다. 다행히 두 사람밖에 없었고 책상이 텅텅 비어 있었다. 내가 원하는 책상 번호를 보고 말하니 안내 창구에서 수정해 주었다. 원래는 밖에 나가서 키오스크에서 다시 수정해야 하지만, 처음이라 해준다고 했다. 내가 사용할 자리는 26번 제일 구석 자리다. 시간이 늦을까 걱정했는데, 아직 자리가 많이 채워지지는 않았다. 텅 빈 자리들이 주인을 기다리는 것처럼 보인다. 무더위를 피해 책 읽을 수 있는 공간이 있다는 것이 감사했다. 연식이 되어 키오스크가 조금 당황스럽긴 했지만, 한 번 해보고 나니 별것 아니었다. 야단스럽게 안내문이 있었지만, 눈여겨 읽지 않았다.

열람실 옆 공간은 휴게 공간이었다. 그곳을 빙 둘러 소파가 있고 군데군데 작은 테이블이 있었다. 공부하다가 나와서 머리 식힐 수 있을 정도였다. 한쪽 벽 책꽂이에 서른 권쯤 책도 있었다. 열람실 입구에 할아버지 한 분이 성경책을 펴고 공부하는 모습이 보였다. 어쩌면 어느 교회 목사님이신지도 모르겠다. 청소년 독서실 간판이 붙어있지만, 청소년뿐만 아니라, 취준생도 보이고 나처럼 연식이 된 사람도 더러 보인다. 지역 주민 누구나 이용할 수 있는 공간이다.

새로운 세상에 익숙해지기 위해서는 부딪쳐 보는 수밖에 없다. 동전 500원만 내면 되었지만, 키오스크를 통해 카드 결제를 하고 나의 정보를 입력해야 한다. 최소한 내 정보를 주어야 반응을 한다. 내가 입실하기 위해서는 키오스크가 원하는 대로 해야 한다. 사람이라면 교섭과 타협할 수 있지만, 기계는 반응이 없다. 원하는 것이 입력되지 않을 때는 꼼짝도 하지 않는다. 입실하기 위해서는 내가 먼저 손을 내밀어야 한다. 키오스크에 내 정보를 입력하듯 먼저 세상에 손 내밀고 맞추어 가야겠다. 독서실에 들어가기 위해서는 내가 먼저 손을 내밀어 키오스크를 상대해야 한다. 잘 모르고 어설프고 부족하다. 더듬거리며 하나씩 시도해 보는 도전 정신이 필요하다. 기계 다루는 것이 두렵다는 이유로 망설이고 주저하고 포기할 수 없었다. 이 더운 날 나는 도로 집으로 가서 고작 선풍기 틀어 놓고 땀 삐질 흘리며 책을 읽어야 할 판이다. 에라 모르겠다. 키오스크 앞에서 씨름하며 이리저리 만져보면서 시도했다. 다행히 시원하고 조용한 독서실에서 무더위를 피해 책도 읽고 글도 쓸 수 있었다. 힘들고 어려운 세상이다. 내가 먼저 나서야 한다. 도전하고, 시도하고 그러다 못 하면 다시 또 하고, 세상의 변화와 흐름에 기꺼이 나를 맞춰 가는 것. 그것이 변화와 성장 아니겠는가.

제 2 장

메모 습관
하나로 달라지다

1

메모, 필수가 된 이유

메모는 생존의 기술이며 삶을 붙잡는 한 줄의 힘이 되었다. 메모가 없었다면 나는 여기까지 올 수 없었을 것이다. 메모한 내용을 정리하지 못한 적도 있지만, 일단 적었다. 이 장에서는 메모, 필수가 된 이유를 말하려고 한다.

메모는 왜 해야 하는가

나는 침착하지도, 차분하지도 못하다. 허둥대며 뭔가 잘 놓치며 살았다. 학교 다닐 때는 덜렁이라고 별명이 붙을 정도였다. 용건이 있어 전화해 놓고 쓸데없는 이야기만 하다가 정작 중요한 용건은 까먹기도 했다. 바쁘다는 핑계로 정신없이 살았다. '내가 왜 그렇게 했을까.', '내가 그것을 왜 못 챙겼을까.', '그때 그 말을 왜 못했을까.' 침착하게 대처하지 못한 상황은 지나고 나면 늘 후회가 밀려왔다.

삶은 순간의 연속이다. 그 순간을 붙잡아 두는 일은 생각보다 쉽지 않았다. 메모하지 않았기 때문이다. 사람은 망각의 존재다. 우리는 매일 수많은 정보를 접한다. 하지만 기억에 남는 건 거의 없다. 분명히 들었는데 기억나지 않을 때도 있었다. 어디에 적었는데 적은 것을 어디 두었는지 떠오르지 않았다. 그때마다 후회하고 자책하면서 또 반복했다. 나의 잘못된 습관을 고칠 수 있었던 것은 다름 아닌 메모였다. 단순한 메모 습관이 나를 어떻게 바꾸었는지 이야기하려고 한다.

메모는 나를 어떻게 바꾸었는가

유기농 사과 농사를 지으며 블로그를 했다. 그때 메모는 단지 기억하기 위해서, 떠오르는 글감을 잊지 않기 위해 적었다. 디지털카메라와 핸드폰은 농장으로 출발하면서 매일 챙긴다. 가끔은 집에 있는 물건을 챙겨 농장에서 택배를 보내기도 했다. 택배를 보낼 때 하나라도 빠지면 다시 집으로 되돌아와야 했다. 7~8km 거리에 왕복 30분 정도 허비되는 시간과 경비를 길바닥에 깔았다. 내 잘못을 인지하지 못했다. 늘 바쁘다는 핑계로 정신없이 살았기 때문이다.

그렇게 살다가 경북농업기술원에서 교육받던 중 만난 k 회장님 사례 발표를 들으면서 메모해야겠다 생각했다. 메모의 큰 힘을 깨닫게 되었다. 처음에는 쉽지 않았다. 메모하고 싶은데 종이가 없을 때도 있었고 볼펜이 호주머니에 없을 때도 있었다. 작업복 위에 주머니가 많은 조끼를 입으면 볼펜은 물론이고 메모지를 챙길 수 있었다. 그러다 볼펜의 잉크가 작업복 호주머니를 시커멓게 물들인 적도 서너 번 있었다. 작업복 위에 조끼 입는 것이 덥기는 했지만, 메모하기 위해서는 완전 무장을 할 수밖에 없었다.

요양보호사로 근무하면서도 앞치마 주머니에는 항상 볼펜과 손수첩이 들어 있었다. 센터 지시 사항과 어르신의 변동 사항, 특이 사항을 기록했다. 간혹 근무 중에 떠오르는 생각도 수첩에 기록했다. 내가 수첩을 들고 쓰고 있으면 동료들이 옆에 와서 뭘 그렇게 쓰느냐고 묻기도 했다. 그냥 적지 않으면 잊어버리기 때문에 쓴다고 답했다.

매주 들어야 하는 줌 강의는 실수할 일이 없었다. 수시로 하는 저자 특강이나 2주에 한 번씩 하는 독서 모임 '천무'에 늦게 참석한 적이 한 번 있었다. 메모를 통해 탁상용 달력에 기록하고 관리한 후로는 수업을 빠지거나 늦어서 허둥대지 않게 되었다. 나는 더 이상 허둥대는 사람이 아니라 준비된 사람이 되어 가고 있었다. 메모 덕분이다.

메모를 삶에 어떻게 적용할 수 있을까?

메모는 단순히 '적는 것'이 아니다. 메모는 '살아 있는 도구'다. 메모를 나의 일상에 적용하는 몇 가지 방법을 적어본다.

첫 번째, 습관화

외출할 때는 늘 가방에 메모장과 필기구를 챙기고 집에서도 생각나면 기록한다. 하루를 마치면 메모를 정리한다. 처음엔 버겁고 힘들었지만 계속하다 보니 매일 하는 일이 되었다.

두 번째, 목적을 분명히

메모하기가 익숙하지 않을 때는 일단 메모하는 습관이 우선이다. 메모 습관이 길러진 다음에는 '이걸 왜 적는가.', '언제 활용할 것인가'를 의식하며 기록해야 한다. 기록한 것은 분류하여 목적에 맞게 사용한다.

세 번째, 다시 읽고 정리하기

메모는 써놓고 잊기 위한 것이 아니다. 그날의 메모를 하루가 끝날 무렵 정리하며 기억의 강도를 높인다. 그 과정에서 새로운 아이디어를 얻기도 했다.

네 번째, 도구를 다양하게 활용하기

수첩, 핸드폰, 메모장, 캘린더, 음성 녹음 앱 등 상황에 맞는 도구를 쓴다. 장 보러 갈 때는 수첩이나 메모 앱을 사용한다. 출근하거나 운동할 때는 머릿속에 떠오르는 생각을 음성 녹음 앱을 이용해서 그 자리에서 핵심만 얼른 적고 집에 와서 정리했다.

다섯 번째, 정기적으로 분류하기

일주일에 한 번은 메모를 카테고리별로 정리한다. '할 일', '배운 점', '아이디어', '돌아보기' 등으로 나누어 정리했다. 무엇보다 글감을 다양하게 모을 수 있어서 나에게는 가장 큰 수확이 되었다.

그래서 무엇이 달라졌는가?

메모 속에서 글감이 나오고 그 속에서 내가 써야 할 글을 선택했다. 무엇보다 메모는 내가 변화할 수 있다는 것을 가르쳐 주었다. 기억은 사라지지만, 기록은 남는다. 마음은 바쁘고 머리는 복잡하다. 메모는 나를 붙잡아 주었다. 지금 내가 들고 있는 펜과 메모지 혹은 스마트폰 속 메모장이 나의 미래를 바꾸는 도구가 될 수도 있다. 누군가 "나는 정리하지 못해 머릿속이 너무 복잡해."라고 말한다면 나의 경우, "메모가 내 머릿속 모든 것을 정리해 주었다."라고 말해 주고 싶다. 가끔 '나는 지금 무엇을 하고 있는가.', '나는 지금 어디로 가고 있는가?'라는 생각이 들 때가 있다. 종이를 꺼내 생각나는 대로 적어본다. 적다 보면 내 마음이 차분해지고 정리됨을 느낄 수 있었다.

메모는 그때 상황이나 생각나는 것을 키워드 위주로 적어 두고 시간이 날 때, 정리하는 것이다. 예전에 나의 경우, 메모를 하는 것이 문제가 아니라, 해 놓은 메모를 정리하지 않아서 소중한 자료를 날린 적이 많았다. 하루를 마치고 적은 메모를 보고 정리하는 습관이 꼭 필요하다. 메모를 정리하다 보면 그 상황을 머릿속으로 그릴 수 있고, 그 자리에서 생각나지 않은 아이디어가 생각나기도 했다. 글을 쓸 때도 마찬가지다. 막막한 상태에서 백지 위에 글을 쓰려고 하면 머리가 하얗게 될 때가 있다. 그때마다 메모가 큰 도움이 되었다.

　요즘은 작은 수첩에 메모한 것을 보면서 글을 쓴다. 글을 쓰다 보면 메모하지 않은 내용들이 줄줄 따라 나온다. 메모만 하고 글을 쓰지 않았을 때는 전혀 생각나지 않던 일이 글을 쓰면 생각나는 것이 신기했다. 메모는 단순히 적는 행위일 뿐만 아니라, 삶을 정리하고 기억을 붙잡는 도구다. 메모하면서 정신없는 하루를 차분히 정리할 수 있었다. 빠뜨릴 뻔한 일들을 놓치지 않을 수 있었다. 하지만 단순히 메모하는 것으로 끝나지 않았다. 메모를 다시 읽고 정리하며, 그 속에서 잊었던 아이디어와 해결책을 찾았다. 사카토 켄지의 말처럼 "메모는 다시 읽어보고 활용하기 위한 것"이다. 메모는 순간을 기록하는 도구일 뿐 아니라, 나를 성장시키는 힘이 되었다.

2

감정을 알아차리는 메모법

현대인은 매일 바쁜 일상에서 다양한 감정을 경험하게 된다. 아침에 일어날 때부터 잠들 때까지 수많은 감정을 접하면서 살아간다. 눈뜰 때부터 상쾌한 기분으로 벌떡 일어나는 날도 있지만, 몸이 고단하다는 이유로 이불 속에서 시간을 보내는 날도 있다. 하루를 보내면서 종종 자신의 감정을 무시하거나 인식하지 못한 채 지나게 된다. 자신의 감정을 알아차리고 이해하는 것은 정신적으로 건강한 삶을 유지하는 일이다. 감정을 제대로 인식하고 처리하지 못하면 스트레스나 불안, 우울감으로 이어질 수 있다. 감정을 건강하게 다루기 위해 가장 중요한 것은 자신이 느끼는 감정을 알아차리는 것이다. 이때 유용한 도구 중 하나가 바로 '감정을 알아차리는 메모법'과 '일기 쓰기'다. 여기서 오프라 윈프리의 일기에 대해 알아보고 감정을 알아차리는 과학적 근거에 대해 생각해 보기로 했다.

오프라 윈프리(Oprah Winfrey)는 15살 무렵부터 일기를 썼다고 한다. 감정, 생각, 좌절, 슬픔, 불안한 마음속의 흐름을 모두 글로 쏟아냈다. 20대 초반엔 시(詩)를 쓰기도 했고, 남자 문제나 몸매 걱정, 다른 사람 눈치 등 감정의 무게를 일기에 썼다. 당시 그녀의 일기는 치유의 방식이었다. 자신의 불안, 두려움, 고민을 마주하고 기록하는 공간이었음은 당연한 일이다. 20~30대 그녀는 방송 일을 시작하면서 감정 정리와 자기 탐구의 도구로 일기를 썼다. 방송 일을 시작하면서, 오프라는 뉴스 앵커로 활동한다. 그러다"감정적이다."라는 이유로 언론사에서 퇴짜를 맞기도 했다. 그때마다 집에 돌아가 밤마다 일기를 썼다. 일기장에 그날 느낀 절망, 좌절, 분노, 혼란을 모조리 쏟아냈다. 일기는 그녀의 감정과 생각을 들여다보는 도구였다.

30대 이후, 그녀는 '감사 일기'와 자기 성장을 기록했다. 40대가 되면서, 오프라는 일기 방식에 변화를 줬다. 감정의 쓰레기를 쏟아내는 치유용 일기에서, 감사와 배움, 성찰을 담는 일기로 바꿨다. 매일 감사한 일을 기록했다. 나날이 작고 사소한 것에 감사하는 일기를 적었다고 한다. "감사 일기를 쓰니 나에게 축복이 더 많아졌다."라고 말한다. 또한, 선 없는 노트(혹은 아이패드 앱)를 사용해 자유롭게 적었다. 지금까지 '일기와 메모'는 여전히 그녀의 삶의 동반자다. 오프라는 수십 년에 걸쳐 일기장을 채워 왔다. 여러 권의 일기장이 있다. 그녀는 "일기는 나 자신과의 대화", "내 삶의 지도"라고 말한다. 감정, 기억, 감사, 배움 모두를 기록하는 그 행위가 자기 자신을 이해하게 했다. 오프라 윈프리는 최근에 감사 일기를 썼다. 하루 중 작지만 감사한 순간들, 평범한 일상을 적었다. 그러한 행동이 마음을 다잡게 하고, 자신을 객관적으로 보게 했다고 한다. 수십 년 쓴 일기를 돌아보며 "내가 어떤 사람인지", "무엇을 소중히 여기는지", "마음의 지향은 무엇인지" 스스로 확인했다고 전한다.

감정을 알아차리는 메모법 중에서 일기의 과학적 근거는 다음 세 가지로 정리할 수 있다.

첫째, 정서 인식과 조절이 쉬워진다. 감정을 언어나 글로 끄집어내는 것을 '감정에 이름 붙이기(Affect Labeling)'이라고 부른다. 이 방식은 감정 상태에 이름을 붙여 감정을 인식하는 것이다. 뇌 활동을 변화시켜 실제로 불안이나 스트레스 관련 신체 반응(심박수, 긴장 등)을 낮춘다는 보고가 있다. 즉, "지금 내가 화가 났구나", "지금 내가 슬프구나", "내가 지금 억울해하는구나"하고 감정을 느끼고 글로 쓰면, 감정이 덜 무겁게 느껴지고 마음이 가라앉는다. 나아가서는 우울, 불안 완화, 심리 안정에 도움이 되고 삶의 질이 좋아졌다는 보고도 있다.

둘째, 자기 이해와 정서 지능을 높일 수 있다. 반성적 글쓰기(자신의 생각과 느낌을 돌아보며 쓰기)는 정서 인식 능력을 높이고,

감정 조절 능력(EQ)을 향상시킨다는 보고가 있다. 글을 통해 자신의 감정 패턴, 반응 양상, 사고 흐름을 살피다 보면, "왜 이런 느낌이 들었지?", "앞으로 어떻게 다르게 할 수 있을까?"와 같은 질문이 생기고, 스스로 답을 찾아가는 과정이 생긴다.

셋째, 몸과 마음 건강에도 긍정적 영향을 준다. 정서 중심의 글쓰기를 규칙적으로 해온 사람들 중에는 기분이 좋아지고 스트레스가 줄면서, 면역 기능이나 신체 증상(두통, 피로 등)이 나아졌다고 하는 보고도 있다. 또한, 글쓰기는 스트레스 호르몬의 과도한 분비를 줄이는 데 도움을 줄 수 있다고 한다. 또한 일기를 통해 과거의 내가, 지금의 나에게, 또 미래의 나에게 말하는, 그리하여 과거, 현재, 미래를 이어 주는 다리를 만들 수 있다. 일기는 단순한 메모가 아니다. 마음의 상처를 기록하고, 정리하고, 치유하는 공간이다. 일기를 쓰면서 마음의 무게를 줄이고 긍정에 집중하게 된다. 지속적인 기록이 쌓이면, 자신을 객관적으로 보고, 성장과 변화를 느낄 수 있다.

감정을 알아차리는 메모가 치유에 좋은 이유는 머릿속 흐름을 밖으로 꺼낼 수 있기 때문이다. 거리 두기로 감정을 안정시킨다. 이는 지속적인 성찰과 변화의 기록이 된다. 스트레스를 줄이고 삶의 질을 높인다. 감정을 쓰고, 알아차리고, 조절하는 과정을 거치면, 반복되는 불안이나 우울, 스트레스가 줄고, 마음이 가벼워진다. 몸도 마음도 건강해질 수 있다.

입주 요양보호사가 쉬는 날, 24시간 근무를 한 적이 있다. 매일 3시간씩 하는 근무였는데, 1박 2일을 대상자와 보호자가 함께 생활하게 되었다. 그러자 보호자의 평소와 다른 모습을 볼 수 있었다. 그 댁의 아저씨는 양치질을 싱크대에서 했다. 그 모습을 보고 처음에는 싱크대에서 왜 양치질을 하는지 이해할 수 없었다. 지저분하다는 생각이 들어 더럽다. 지저분하다. 위생적이지 않다. 라고 메모를 했다. 저녁에 와서 메모를 정리할 때는 아! 내가 이렇게 느꼈구나. 나를 알아차릴 수 있었다. 메모하지 않았다면 혼자서 스트레스를 받고, 늘 더럽고 지저분하고 위생적이지 않다고 느꼈을 것이다. 아! 그 아저씨는 그런 사람이구나. 싱크대나 세면대를 똑같이 생각하는 사람이구나. 나에게는 싱크대에서 양치질하는 행동이 지저분하게 느껴졌지만, 오랜 습관으로 굳어진 아저씨에겐 그런 행동이 자연스러운 일이구나. 세면장까지 가기가 귀찮아서일까. 감정 메모를 통해서 불쾌하게 느껴진 나의 감정을 객관적으로 보고, 나아가 나이 든 보호자를 이해할 수 있게 된 적이 있었다.

만약 감정을 알아차리는 메모법이나 일기를 쓰지 않았더라면 나는 여전히 불안하고 초조하고 일을 제대로 처리하지 못했을 것이다. 다이어리만 쓸 때는 그냥 있었던 일만 기록했다. 하루 한쪽 일기를 쓴 후 언제부턴가 불안과 초조함이 현저히 줄었음을 느낄 수 있다. 일기 쓰기 싫은 날도 가끔 있었다. 미루고 싶은 날은 미루기도 했다. 미루어 쓰더라도 일기를 적음으로 마음이 안정되는 것은 부정할 수 없는 사실이다. 감정을 알아차리는 메모와 매일 일기를 쓰면서 나는 나의 감정을 알아차릴 수 있었다. 하루를 돌아보면서 그 시간 내가 왜 화가 났는지, 상대는 나를 어떻게 대하는지 그 생각을 쓸 수 있었다. 머릿속에 있을 때보다 밖으로 꺼낼 때 생각과 사고가 명확해졌다. 처음에는 일기를 써야 한다는 의무감으로 썼다. 지금은 매일의 루틴이 되어 하루의 감정을 돌아보는 시간과 공간을 확보할 수 있었다. 그 시간과 공간이 나의 하루와 미래를 설계하는 주춧돌이라 생각한다. 감정을 알아차리는 일기와 메모는 나를 다시 일어서게 하는 동력이 되었다.

3

실수 없이 일 처리하는 메모법

"우리 통닭 좀 안 먹으면 안 돼?" 둘째의 그 말이 아직도 귀에 쟁쟁하다. 지금 생각해도 미안한 마음밖에 들지 않는다. 농장의 하루 일을 마치고 날이 어두워 집에 오면 밥 지을 시간이 없었다. 아이들이 집에 있을 때는 농장에서 출발할 때 집에 전화한다. 엄마 지금 가니 밥 안쳐라. 하고 통닭집에 전화해서 통닭을 시킨다. 집에 들어갈 때 찾아서 갔다. 반찬은 고사하고 밥할 여가도 없이 살았다. 작은 소도읍 지역에서 나는 늘 바쁜 사람으로 통했다. 저녁상을 물리면 설거지는 담가 두고 책상 앞에 앉는다. 고객들에게 상품을 발송했다는 문자를 보내고, 웹사이트에는 송장 번호를 입력했다. 낮에 찍은 사진으로 블로그에 글을 썼다. 뙤약볕 아래 종일 일한 고단한 몸으로 밤 10시가 넘어 컴퓨터 앞에 앉았다. 눈이 자꾸 감겼다. 나도 모르게 고개가 툭 떨어졌다.

졸고 있는 모습을 보고 남편은 아이들 앞에서 나를 비웃었다. "너희 엄마 컴퓨터 앞에서 또 졸고 있네" 웃으며 말했지만 나는 웃을 수 없었다. 얼굴이 화끈거렸다. 자리에 눕자마자 몸이 돌처럼 굳었다. 꼼짝할 수 없었다. 온몸이 부서지는 것 같았다. 하루가 어떻게 갔는지 몰랐다. 그저 뛰듯이 살았다. 바쁘면 잘 사는 줄 알았다. 그때는 정말 그렇게 믿었다. '바쁘다'라는 말이 내 이름처럼 따라붙었다. 마음과 몸이 바쁘다 보니 중요한 것을 자주 잊게 되었다. 고객에게 뭘 보낸다고 해 놓고는 택배를 발송한 뒤에 잊은 물건이 생각이 나서 재차 택배비 들여서 보내기도 하고, 전화로 다음에 드리겠다고 양해를 구하기도 했다. 돌이켜보면 실수는 일이 많아서가 아니라, 정리가 되지 않아서 생긴 것이었다. 여기에서 영국의 목수이자 시계 제작자 존 해리슨의 사례를 보고 실수 없이 일 처리 하는 것을 메모법에서 알아보고자 한다.

존 해리슨(John Harrison)은 (1693년~1776년) 영국의 목수이자 시계 제작자였다. 바다에서 경도를 계산하는 방법을 해결하기 위해 해양 크로노미터를 발명했다. 시계 제작을 손으로 익히고 스스로 배운 목수였다. 그는 작업 노트와 수리 기록을 남겼다. 이 노트들이 오늘날 왕립해양박물관(RMG)에 소장되어 있다. 해리슨의 솔루션은 항해에 혁명을 일으켰고 장거리 해상 여행의 안전성을 크게 높였다. 해리슨은 자신의 설계와 제작 과정을 정부 문서 형식으로 정리해 발표하도록 한 기록이 있다. 작은 반복 실험을 하고, 부품을 바꾸고 다시 시험했다. 결과를 수치로 적고, 온도·마찰·진동 영향을 줄이는 설계를 만들었다.

그의 기록 중에 바이메탈 보상 장치, 그리드아이언(격자) 구성, 마찰을 줄이는 탈진 장치 등 설계 변화마다 실험 기록이 남아 있다. 육상 시험만으로는 불충분하다고 여기고 바다 시험(실 항해)에서 성능을 검증했다. 항해에서 얻은 시간 오차를 항해 일지의 위치(천문 관측)와 대조해 기록했다. "해리슨은 손으로 만든 것을 꼼꼼히 적었다. 작은 실험을 반복했다. 바다에서 검증했다. 기록이 그의 실수를 줄이는 핵심 도구였다." 그는 바닷길 항해 중에도 정확한 위치(경도)를 알 수 있게 해 주는 '해양용 크로노미터(marine chronometer)'를 발명했다.

당시 기술과 조건에서는 거의 불가능하다고 여겨졌던 문제를 철저한 설계와 반복된 실험으로 해결했다. 그의 정밀성 덕분에 바다에서의 항해 실수가 줄었고, 먼 항해가 훨씬 안전해진 것이다. 해리슨은 설계 단계와 실험 단계, 항해 시험 결과를 문서로 기록했다. 기록과 숫자가 남아 있었기에 훗날 학자와 기술자들이 그의 성과를 확인할 수 있었다. 해리슨의 역사적 성취는 '실수 없이 일 처리하는 메모법'은 단순한 습관이 아니라, 혁신과 성공을 낳는 강력한 무기라는 사실을 보여준다.

"메모법이 실수 없는 일 처리에 도움이 된다"라는 말은 단순한 직관이 아니다. 뇌과학과 인지심리학 연구에서 '기록(메모)과 손글씨'가 기억력, 주의력, 사고 정리 등에 실제로 긍정 효과가 있다는 과학적 근거를 내놓았다. 그것은 다음과 같다.

손글씨 메모가 기억과 이해를 돕는다

국제 심리학 학술지 「Frontiers in Psychology」에 실린 연구에 따르면 손으로 쓰는 메모는 단순 타이핑보다 뇌의 여러 영역을 동시에 자극한다고 전한다. 시각, 운동, 감각, 기억 관련 뇌 부위가 함께 활성화된다. 이로 인해 메모한 정보가 더 오래 기억되고, 이해도 더 깊어진다. 특히 '듣거나 보면서 그냥 기억에만 의존하는 것'보다, '중요한 핵심만 골라 손으로 써서 정리하는 것'이 훨씬 효과적이다. 단순 암기보다 개념을 이해하고 요점을 파악하여 정리하는 것이 유리하다는 연구도 있다.

메모는 뇌의 정리 기능을 돕는다

손으로 쓸 때, 단순한 받아쓰기보다 '무엇을 기록할지 고르고, 어떻게 정리할지 결정하고, 글씨·공간 배치 고려'하는 과정을 거친다. 이 과정이 뇌의 작업 기억(work-memory)과 실행 기능(executive function)을 자극한다. 이런 인지 활동이 실수를 줄이고 일 처리를 체계적으로 만든다.

즉, 메모는 '외부 뇌' 역할을 한다. 우리가 모든 것을 머릿속에 기억하려 들면 뇌의 부하가 생기기 쉽지만, 메모가 있으면 '기억과 실행 계획, 점검'이 눈에 보이는 형태로 남게 된다.

메모 → 실행 → 점검 흐름이 실수 예방에 유리하다

손글씨 메모는 단순 기록 그 이상이다. 글을 쓰고, 나중에 꺼내 보고, 필요하면 읽고 정리하고, 복기할 수 있다. 이런 과정을 반복하면 뇌가 "중요한 것은 명확히 기억하고, 흐름과 단계에 맞춰 행동하라."라는 것을 학습한다. 이 습관이 생기면 일하다가 실수나 빠뜨림이 줄어든다. 특히 사람들은 모든 것을 머릿속에 기대지 않고 기록으로 남길 때, 심리적 부담이 줄고 집중력도 유지된다. 집중이 흐트러지지 않으면 실수할 가능성이 줄어든다.

메모법을 실천에 옮길 때 유의할 점은 무턱대고 모든 걸 적기보다는 중요한 것만 골라 쓰는 것이다. 중복되거나 잡다한 정보는 오히려 뇌를 혼란에 빠뜨린다. 손글씨가 좋다. 자판으로 쓰는 글은 빠르다. 기억을 깨우는 자극은 손글씨가 훨씬 더 강하다. 메모를 단지 '적어 두는 것'으로 끝내지 말고, 주기적으로 꺼내 보고 복기하고 정리하자. 그래야 메모의 힘이 제대로 발휘된다.

실천을 위한 정리 - 나의 5가지 메모법

1. 구체적인 목록 작성법: '언제, 누가, 무엇을, 어떻게'까지 적기

2. 우선순위 체크리스트: 중요도에 따라 번호 매기고 체크하기

3. 실수 방지 노트: 반복 실수를 유형별로 정리해 두기

4. 정기적 점검: 변경 사항을 반영하여 메모를 수정하는 습관 기르기

5. 디지털 도구 활용: 구글 keep, 에버노트, 다글로, 등으로 알림과 검색 활
   용하기

삶은 조금씩 달라졌다. 하루의 흐름이 정리되었고 해야 할 일을 잊는 일이 없어졌다. 무엇보다 나 자신을 믿을 수 있게 되었다. 예전에는 일이 꼬이면 '내 탓이다.', '내 잘못이다.'라고 생각하며 자책했다. 그러나 이제는 어디서 흐름이 어긋났는지 생각해 보고 정리한다. 하루라는 시간에 끌려가는 것이 아니라, 나의 하루를 운영하고 있다는 생각이 든다. 메모가 나에게 준 가장 큰 선물이다. 메모는 기록이 아니다. 메모는 정확한 나의 길잡이다. 내가 어디로 가야 할지. 무엇을 해야 할지 혼란 속에서도 방향을 알려 주었다.

"희미한 잉크가 뛰어난 기억력보다 낫다." 중국의 오래된 속담이 내 삶의 진리가 되었다. 실수 없이 사는 법은 결국'잘 적는 법'에서 시작된다.

4

글 쓰는 사람의 필수 습관

집을 짓기 위해서는 다양한 건축 자재가 필요하다. 글을 쓰기 위해서는 메모와 낙서가 있어야 한다. 글 쓰는 사람에게 메모는 단순한 기록이 아닌 창의적 사고와 생산성을 극대화하는 필수적인 도구다. 생각과 아이디어는 수시로 떠오르지만, 메모하지 않으면 빠르게 사라져 버린다. 출근하면서 수시로 스마트폰의 메모 앱에 저장했다. 퇴근 후 수업이 없는 날은 메모 앱에 있는 것을 보면 잊고 있었던 낮의 일이 떠올랐다. 메모가 있는 날에는 글쓰기가 수월함은 말할 나위 없다. 떠오르는 생각을 놓치지 않고 기록하는 것은 메모와 낙서다. 밥을 먹어야 생활을 영위하듯이 메모와 낙서가 있어야 글을 쓸 수 있다. 글 쓰는 사람에게 메모와 낙서는 살아가기 위해 음식을 먹는 일과 같다. 세계적인 거장 무라카미 하루키와 조앤 롤링의 메모와 글쓰기 습관에 대해 알아보고자 한다.

하루키는 소설가가 되기 전부터 메모장과 아이디어 노트를 지니고 다녔다. 작은 기록을 통해 생각을 잊지 않고 붙들었다. 하루키는 산책하면서 떠오른 문장을 바로 적었다. 작은 종이쪽지, 영수증, 어디든 썼다. 머릿속에만 두면 사라진다고 했다. 생각은 바람 같았다. 적지 않으면 사라졌다. 그는 정해진 시간과 분량으로 글을 썼다. 소설 집필 시기에는 새벽 4시에 일어나, 5-6시간 동안 글을 썼다고 한다. 매일 같은 생활 리듬을 유지했다. 쓰고 → 운동하고 → 독서/음악 감상 → 잠자는 흐름이다. 운동을 글쓰기만큼이나 중요하게 여겼다. 매일 달리기 10km 또는 수영 1,500m. 체력을 단련해 집중력과 창의력을 유지했다. 글쓰기와 일상, 몸 그리고 정신이 하나의 리듬으로 이어지게 했다. 단순한 단편적 행동이 아니라, 긴 시간을 견디는 '생활 방식'으로 만들었다. 왜 이 습관이 '메모와 글쓰기'에 중요했을까. 작은 아이디어를 즉시 메모한다면 떠오른 생각이 사라지지 않기 때문이다. 기록 덕분에 글의 씨앗이 남는다. 매일 같은 시간에 글쓰기를 하면 몸과 마음이 '지금은 쓰는 시간'으로 적응한다. 게으름이 끼어들 틈이 줄어든다. 규칙적인 운동은 정신을 맑게 하고 몸을 단단하게 만든다. 오래 앉아 써도 체력과 집중력 유지를 할 수 있다. 메모, 글쓰기, 운동, 독서, 음악 이렇게 루틴을 균형 있게 쌓으면 창작 생활이 되고, 지속 가능한 습관이 된다.

다음은 조앤 롤링(J.K.Rowling)의 메모법과 글쓰기 습관에 대해 알아보자.

1990년대 초 롤링은 기차 안에서 해리포터의 첫 아이디어를 얻었다고 한다. 그런데 펜이 없어서 곧바로 적지 못했다. 그 경험으로 '아이디어가 떠오르면 바로 기록해야 한다.'라는 생각을 했다. 이후로는 늘 노트를 지니고 다녔다. 노트든, 휴지든, 뭐든 노출된 표면이 있다면 아이디어를 적었다. "어디든 글을 쓸 수 있다."라고 롤링은 말했다. 즉 좋은 글은 '완벽한 환경'이 아니라 '기회가 있을 때 기록하는 습관'에서 시작된다는 것이다. 롤링은 집보다는 카페를 주된 글쓰기 공간으로 삼았다. 특히 스코틀랜드 에든버러의 카페 'The Elephant House' 등에서 글을 썼다. 그 카페는 지금도 팬들 사이에서 성지처럼 여겨진다고 한다. 컴퓨터보다는 펜과 종이를 좋아했다. 초고를 노트에 손으로 적었다. 필기감, 손맛, 생각과 손의 연결, 그런 체감이 그녀의 창작을 도왔다.

자녀를 키우면서는 짧은 시간을 쪼개서 글을 썼다. 낮에는 육아, 생계를 하고 밤이나 딸이 낮잠 잘 때 카페로 나갔다. 그때 남는 한 시간, 두 시간 동안 글을 썼다. 롤링은 단순히 생각나는 대로 쓰지 않았다. 먼저 이야기 흐름, 인물, 플롯, 단서(clue), 복선 등을 표(table)로 계획했다. 색깔로 구분해 시각적으로 구조를 정리했다. 각 줄(row)에는 챕터, 칸(column)에는 등장인물, 복선, 사건, 분위기 등을 적었다. 이 덕분에 복잡한 마법 세계와 긴 이야기 흐름을 놓치지 않았다. 이 구조가 절대 고정된 건 아니었다. 이야기가 진행되며 바뀔 수 있다고 롤링은 말했다. 계획은 가이드일 뿐이다. 롤링은 글쓰기에 일정한 시간과 노력을 매일, 혹은 정기적으로 쏟았다. "글쓰기는 구조다. 규율이다."라고 말했다. 때로는 매일 새벽이나 이른 아침에 시작했다. 집중력이 있을 때 글을 쓰기 위함이었다. "쓰고 나서 고치는 것"을 두려워하지 않았다. 초고를 쓴 뒤 컴퓨터에 옮겨 적었다. 다시 읽고 고쳤다. 다듬는 일을 여러 번 했다. 심지어 한 단락이 바뀌면 챕터 전체를 처음부터 다시 썼다. 즉 글쓰기는 마법 같은 영감보다 꾸준한 노동이다. 하루하루를 쌓아가는 습관이 결국 큰 작품이 되었다.

메모(손글씨 메모)가 왜 좋은지 과학적 근거를 알아봤다. 첫째, 뇌의 여러 영역이 함께 깨어난다. 손으로 글씨를 쓸 때는 단순히 '눈으로 보고 따라 옮긴다.'가 아니라, 손의 움직임(운동), 눈으로 글자 인지(시각), 기억 회상, 사고 처리가 동시에 일어난다. 이렇게 함으로써 뇌의 넓은 영역이 동시에 활성화되며, 정보를 깊이 처리하게 돕는다.

둘째, 기억이 오래간다. 여러 연구에서 컴퓨터로 적은 메모보다 손으로 쓴 메모가 나중에 기억을 떠올리는 데 더 좋다는 결과가 나왔다. 특히 중요한 개념이나 아이디어를 자기화로 정리하며 쓸 때 기억 효과가 더 크다. 셋째, 이해와 사고가 깊어진다. 손글씨 메모는 단순 기록이 아니라 '어떤 생각을 통해서, 내 말로 요약'하여 만든 것이다. 이 과정이 있어야 머릿속에 정보가 제대로 남고, 단편이 아닌 전체 구조를 이해하게 된다. 그래서 글을 쓸 때나 새로운 것을 배울 때, 메모를 쓰면 단순 암기가 아닌 '나만의 이해'가 생긴다. 넷째, 창의성과 글감 발굴에 유리하다. 메모는 단순 기록을 넘어 아이디어 저장소가 된다. 시간이 지나도 다시 꺼내 볼 수 있는 '글 창고'의 역할을 한다. 그 안에서 이전에 느꼈던 감정, 생각, 깨달음을 되살려 새 글을 쓸 밑거름이 된다. 뇌과학 연구에서도, 글쓰기(기록 또는 창작 모두)를 통해 기억 회상 영역, 언어 생성 영역, 사고 조율 영역이 함께 활성화된다. 다섯째, 집중력·주의력 강화 및 디지털 피로를 낮춘다. 손글씨 메모는 디지털 메모보다 덜 산만하다. 손, 눈, 뇌가 '한 흐름'으로 작동하므로 집중을 더 오래 유지하기 쉽다. 스마트폰이나 컴퓨터 대신 공책과 펜을 썼을 때, 오히려 뇌도 마음도 안정되고 글쓰기나 학습의 질이 높아진다는 연구도 있다.

나의 경우 평소에 글감이 떠오르기도 하지만 주로 아침에 공원에서 걷기나 달리기하면서 생각이 떠오르는 경우가 많았다. 아이디어가 생각났을 때, 손글씨로 바로 적는다. 수첩이나 펜이 준비되지 않았으면 핸드폰 메모 앱에 기록한다. 집에 와서 수기로 다시 기록했다. 메모한 것을 나중에 꺼내 읽고, 그때의 감정이나 생각을 다시 느껴 보기도 한다.

글 쓰는 사람의 필수 습관인 메모가 없다는 것은 건축 자재 없이 집을 짓겠다는 시도와 같다. 아이디어가 순간 떠오른다면 그 아이디어를 구체화하고 확장해야 한다. 꾸준한 메모 습관으로 수정하고 재발견할 수 있어야 한다. 아이디어를 서로 연결해 보기도 하고 이리저리 결합해 보면서 새로운 것을 만들어 낼 수도 있다. 메모는 시간과 공간의 제약이 없는 자유로운 활동이다.

　글 쓰는 사람에게 메모는 단순한 도구 이상의 가치를 가진다. 나는 책상 위에 이면지를 깔아두고 수시로 메모한다. 전화를 받거나 강의를 들을 때, 떠오르는 생각을 적기 위해서다. 오늘 해야 할 일과 한 주 안에 해야 할 일은 미니 달력에 기록한다. 주간 계획뿐만 아니라, 비급여로 근무한 시간은 다이어리 앞 장 달력에 매일 근무를 마치고 메모한다. 이렇게 기록하면 월말에 청구할 자료를 만들 수 있고 수고비를 정확하게 받을 수 있다. 길 가다가 생각이 나면 구글 킵(Keep) 메모 앱을 열어서 음성 입력기로 메모한다. 처음에는 오타가 더러 있었지만, 요즘은 또박또박 말하면 수정하지 않을 만큼 기록된다. 때에 따라서는 수첩에 메모하기도 한다. 저녁에는 그 메모를 보면서 일기를 쓴다. 글을 쓰지 못하는 날 일기에 적어두면 나중에 쓸 글의 소재가 되기도 한다. 글을 쓰기 위해서 아이디어를 붙잡고, 글의 뼈대를 세우는 데 메모는 필수적인 역할을 한다. 메모하는 것은 작은 습관이지만, 그 결과는 창작의 성과로 이어질 수도 있다. 메모를 습관화하는 것은 글쓰기를 풍부하고, 깊이 있게 만드는 중요한 과정이다. 하루를 메모하고 삶을 메모하고 인생을 메모한다. 그 기록 속에 진짜 내가 서 있다.

5

그림자가 바위에 닿을 무렵

메모는 사랑이다. 엄마는 늘 말 대신 메모를 남겼다. 요즘처럼 스마트폰은커녕 들에 일하는 엄마와 전화 한 통도 할 수 없었던 시절이다. 엄마는 집에 있는 종이에 짧은 글 한 줄 적어 두고 논이나 밭으로 나가곤 했다. 엄마의 메모는 엄마와 나의 소통 도구였다. 초등학교 4학년 무렵, 그날도 엄마는 메모 한 장을 마루에 남겨 두고 집을 비웠다.

"경희야, 지붕 그림자가 아래 마당 바위까지 오면 밥해라."

달력 뒷면 대충 찢어서 적은 꼬불꼬불한 글씨가 엄마처럼 나를 맞아 주었다.

'엄마는 또 밭에 갔나. 왜 엄마는 맨날 일만 하나. 비가 좀 오면 좋겠다. 그러면 엄마가 밭에 가지 않고 집에 있을 텐데.' 빨간 책가방을 힘없이 내려놓고 마루에 걸터앉았다. 우리 집은 방에서 바다가 바로 보인다. 시퍼런 바다. 쳐다보기도 싫었다. 남들은 바다를 보면 마음이 넓어진다고 하지만, 그 시절 나는 바다를 좋아하지 않았다. 짠맛만 나고 얼굴 새까맣게 만드는 해풍으로만 기억 속에 남아 있다. 바다를 터전으로 살아가는 사람들의 억세고 거친 말투와 고함 지르는 소리. 마음속 깊은 정은 있지만, 전하지 못하는 투박한 모습이 싫었다. 아버지가 고기 잡아 올 때만 고마운 바다였다. 파도치고 태풍이 올 때는 두렵기만 했다. 바다는 나에게 탁 트임의 대상이 아니라 두려움의 얼굴이었다. 누군가 고기 잡으러 가서 돌아오지 못했다는 이야기를 들을 때면, 멀리 도망치고 싶을 때도 있었다. 지금은 멋진 곳이지만, 엄마가 없는 텅 빈 우리 집은 쓸쓸하기만 했다. '섬집 아기'는 내가 즐겨 부르던 동요다. 멋진 풍경 따위는 안중에도 없었다. 집에서 바라보던 바다에 윤슬이 반짝이지만 엄마가 없는 집은 외로움만 먼지처럼 쌓였다. '학교 마치고 집에 오면 엄마가 있으면 얼마나 좋을까.'라는 생각밖에 들지 않았다.

우리 집은 동네 한가운데 있었고 집터가 넓었다. 마당은 편평한 것이 아니고 약간의 차이로 윗마당과 아랫마당 두 개로 나누어졌다. 아랫마당에는 가운데 작은 바위 하나가 딱 버티고 앉아 있었다. 검은색 바위로 남쪽은 경사가 급하고, 북쪽은 경사가 완만했다. 둘레가 1m 남짓 되었다. 집 지을 때 파내지 못한 것을 그냥 둔 것이다. 싸리비로 흙 마당을 쓸 때마다 거치적거렸다. 그 시절 바위는 나에게 저녁밥 할 시간을 알려주는 시계 역할을 톡톡히 했다. 엄마의 메모는 지붕 그림자가 아래 마당 바위에 오면 밥을 하라는 말이다. 집에는 아무도 없고 닭 서너 마리가 마당에 자유롭게 다니며 닭똥만 찔끔거리고 있었다. 누렁이 두 마리는 줄에 묶여 짖지도 않고 나만 쳐다보고 있었다. 외양간은 어미 소와 송아지가 바닷가 백사장에 가고 오후에는 텅 빈 채로 있다. 간혹 암탉이 들어가서 알 자리에 달걀을 낳고 나와서 큰 소리를 '꼬꼬댁 꼬꼬꼭' 하며 알 낳은 신호를 했다. 퇴비 증산을 한다고 거름 무더기에는 시꺼먼 퇴비가 작은 산처럼 수북하게 모여있다. 마당으로 내려와 똥 싸는 닭을 발로 한 방 걷어찼다. 할머니가 있으면 잔소리 들었겠지만, 할머니는 경주 고모 집에 갔다. 집에는 나밖에 없어서 잔소리 들을 일도 없었다.

엄마가 집에 있으면 내가 밥하지 않아도 될 텐데. 그날따라 저녁 밥 짓기 싫었다. 엄마의 메모는, 밥을 하라고 말했다. 싫다고, 못한다고 내가 투정 부릴 만한 사람은 아무도 없다. 요즘처럼 전기밥솥도 아니고 가스레인지도 없었다. 부엌이 아닌 마당에 솥을 걸어 놓고 나무로 불을 때서 밥을 했다. 밥이 질기도 하고 고두밥이 되기도 했다. 밥이 되거나 질면 아버지의 큰 목소리가 간을 콩알만 하게 했다. 쌀을 씻는 것까지는 문제없는데, 물양을 맞추는 것이 힘들었다. 오른손바닥을 씻은 쌀 위에 아무리 얹어 보아도 가늠을 하지 못했다. 자처럼 눈금이 있는 것도 아니고 손등 위에 올라오는 물의 양은 아무래도 일정치 않다 생각했다. 손바닥으로 쌀을 꾹 누를 때와 살짝 누를 때 같은 양이라도 손등에 표시되는 높이는 다르기 때문이다. 적당히 물을 붓고 밥을 시작한다. 더운 날씨에 아궁이 앞에 쪼그리고 앉아 불을 땠다. 쪼그려 앉은 종아리에서는 땀이 삐질삐질 났다. 일어서서 수건으로 땀을 닦았다. 불과 마주 앉은 얼굴은 화끈거렸다. 탄 냄새가 나면 얼른 불을 아궁이 밖으로 끄집어내고 뜸을 들여야 했다.

엄마는 집을 비울 때마다 거의 메모를 남겼다. 어떤 때는 엄마가 쓴 메모를 보면 엄마가 내 옆에 있는 것처럼 느껴지기도 했다. 메모가 없었다면 어두워질 때까지 아무것도 하지 못하고 불안에 떨면서 엄마를 기다렸을지도 모르겠다. 누군가에겐 그저 글씨 몇 줄이지만, 나에겐 하루를 살아내는 힘이자 엄마의 존재 그 자체였다. 엄마의 메모는 일상의 일기였고, 사랑의 방식이었다. 엄마는 나에게 전달 목적으로 메모를 남겼다. 그 시절 엄마의 메모는 무언의 언어로 소통의 도구가 되었다. 밥을 해야 하는 부담은 있었지만, 엄마 글씨를 보면서 마음의 위안을 받기도 했다. 일하러 갈 때는 밥하라는 메모를 남기고, 필요할 때는 편지를 써 주었다. 친구들은 엄마의 편지를 받는 나를 부러워했다. "나도 우리 엄마한테 편지를 받고 싶다."라고 했다. 그때는 몰랐다. 친구들 엄마도 전부 편지를 써 주는 줄 알고 있었다.

그런 엄마를 보며 자란 나는, 외갓집에서 또 다른 '기록하는 사람'을 만났다. 외할아버지는 숫자가 크게 적힌 달력의 뒷면에 연필

로 메모를 남기곤 했다. 논에 비료 준 날, 농약 뿌린 날, 라디오에
서 들은 정보를 적어 두었다. 연필은 하얀 백철 과도로 깎았고, 종
이에 침을 묻혀 진하게 눌러 썼다. 할아버지는 라디오를 '적으면서'
들었다. 모두가 흘려들을 때, 할아버지는 남기고자 했다. 어릴 적
나는 그런 할아버지를 신기하게 바라보았다. 엄마의 메모와 할아
버지의 기록 사이엔 공통점이 있었다. 그들은 말보다 글로 마음을
전했고, 그 글은 세월을 건너 내 기억 속에 살아 있다.

2006년 여름, 이모할머니가 삼베 이불과 조각보, 풀주머니를 보
내며 함께 적어 보낸 편지 한 통을 소중히 간직하고 있다. 편지를
보는 순간, 어릴 때 엄마가 쓰던 필체를 보는 것 같았다. 이모할머
니와 엄마의 필체는 닮아있었다. 간혹 맞춤법이 틀린 낱말도 있었
지만, 그건 대수가 아니다. 할머니는 시간을 내어 온 정성을 다해
편지를 적어 주셨다. 물건만 보내고 전화를 해도 되지만, 글에 마
음을 담아 삼베 이불과 함께 보내 주셨다. 편지를 읽다가 나도 모
르게 고개를 잠시 뒤로 젖히고 눈을 감았다. 휴지를 뽑아 들었다.
그 편지 속에는 엄마의 온기가 그대로 있었다. 메모를 남기는 손끝
의 따스함이 느껴졌다. 노트 두 장 잘라서 빽빽하게 쓴 그 글에는
여름 농사로 바쁜 손녀의 건강을 걱정하는 말, 삼베는 질겨서 좋다
는 말, 날씨가 더우니 무리하지 말라는 당부가 담겨 있었다.
　할머니의 편지지만 엄마의 마음이 느껴졌다. 할머니가 옆에 계

신 것 같고 나의 바쁘고 힘든 상황을 보고 있는 것 같았다. 답장을 드리지 못하고 급한 마음에 전화기를 들었다. 엄마 같은 할머니와 바쁜 일 잠시 미루고 한참 통화했다. 마음이 푸근해졌다. 내 편 한 사람이 더 생긴 것 같았다. 할머니가 병원에서 돌아가시기 전 일이 얼마나 바쁜지 대구까지 갈 수가 없었다. 생각다 못해 할머니께 편지를 썼다. 어떤 내용을 썼는지 기억나지 않지만, 할머니는 누워 계시다가 수시로 내 편지를 읽어 달라고 하셨다고 했다. 돌아가신 지금도, 할머니가 보내신 편지만 생각하면 살아계신 것 같다.

엄마의 메모는 단순한 글자들이 아니었다. 그것은 나에게 따뜻한 손길이었고, 들리지 않는 목소리다. 달력 뒷면에 적힌 글씨로 엄마는 들에 나가서도 나와 소통했다. "지붕 그림자가 아래 마당 바위까지 오면 밥해라." 짧지만 선명한 이 한 줄의 메모가 나를 지켜주었다. 넓고 텅 빈 집에서, 엄마의 메모는 내 마음을 단단히 붙들었다. 혼자 밥을 짓는 것이 싫었던 어린 시절, 메모를 보며 엄마를 느꼈다. 엄마가 없는 시간에도, 엄마는 메모로 내 곁에 있었다.

메모는 말을 넘어선다. 메모는 흔적을 남기며, 그 흔적은 나를 다시 살아가게 한다. 엄마의 메모가 내 삶의 흔적이자, 나를 살아가게 하는 힘이 되었다. 말로 다 전할 수 없는 감정을, 짧은 한 줄이 대신 전해주었다. 지붕 그림자가 바위에 닿을 무렵, 나는 밥을 하며, 어린 나의 역할을 할 수 있었다. 엄마의 메모가 없었다면, 나는 더 자주 두려움에 떨었을지도 모르겠다. 하지만 그 짧은 글자들은, 내 안에 따뜻한 불씨가 되어 지금까지 이어지고 있다. 사랑은 큰 목소리로 표현되지 않는다. 사랑은 메모처럼, 손 편지처럼, 조용히 흔적을 남긴다. 그 흔적은, 내가 다시 살아갈 수 있도록 해 주었다.

6

편지가 마음을 전한다

아직 잠에서 덜 깬 얼굴로 나를 바라보던 할머니는 반쯤 뜬 눈동자로 물었다. "누가?" 잊은 듯하면서도 익숙한 듯한 표정이었다. 조심스럽게 이름을 불렀다. "박복남 할머니, 편지 왔어요. 원장님이 보내셨네요." 그 말을 듣자 할머니는 이불을 털고 몸을 일으켰다. 아주 느리게, 그러나 분명하게. 편지 한 장이 있는 날과 없는 날은 확연하게 차이가 났다. 기억은 희미해지고 몸은 무거워졌지만, 눈앞에 놓인 종이 한 장은 현실을 붙잡아주는 확실한 손잡이였다. 그 위에 적힌 짧은 문장은 할머니의 마음을 움직이는 자극이 되었다.

나는 요양보호사다. 7시 50분. 출근 태그를 찍고 앞치마로 갈아입은 뒤 화장실에서 손을 씻으며 거울 속 내 얼굴을 바라본다. 오늘 하루도 야무지고 지혜롭게 버텨내자고 나에게 말한다. 할 수 있다고, 나는 할 수 있는 사람이라고. 오른손 손바닥을 펴서 거울 속의 나와 힘껏 손을 맞댄다.

주방으로 먼저 간다. 주방에 계신 할아버지는 오늘 아침도 분주하다. 아흔다섯이라는 연세가 믿기지 않을 만큼 모든 것을 척척 알아서 해결하신다. 냉장고에서 꺼낸 반찬통이 이미 식탁 위에 차려져 있다. 전자레인지에는 반찬이 윙 소리를 내며 돌아가고 있다. 가스레인지 위의 냄비에서는 국을 데운다. 방금 끓인 물은 보온병에 담긴다. 아버님, 안녕하세요. 내가 웃으며 인사하자 할아버지는 고개를 들어 반갑게 맞아 주신다. 어서 오시오. 분홍색 봉투를 보여드렸다. 어젯밤 카톡으로 편지를 준비해 가겠다고 말씀드렸다. 할아버지는 빙그레 웃으며 내 어깨를 두드리셨다. "역시 머리가 좋아." 짧은 한마디였지만 그 말 한마디에 힘을 얻는다.

마음이 더 쓰이는 곳은 할머니가 계시는 안방이다. 주간 보호센터에 가야 하는 아침마다 그 방은 작은 전쟁터다. 오늘만큼은 편지가 그 싸움을 대신해 줄 것 같았다. "박복남 할머니, 편지 왔어요." 나는 주머니에서 분홍 봉투를 꺼내며 할머니께 편지가 왔다고 조용히 말했다. 할머니는 반쯤 뜬 눈으로 나를 바라보다가 뜻밖의 말에 살짝 고개를 들었다. 들고 있던 봉투를 얼른 건넸다. "센터에서 원장님이 보내셨어요. 현관에 있어서 제가 들고 왔어요. 어서 일어나서 물도 마시고, 편지 한번 읽어봅시다." 오늘은 다행히 수월하게 몸을 일으킨다. 평소 같으면 "조금만 더 있다가" 하며 고집을 부리셨을 텐데 편지 한 장이 그 고집을 풀어냈다. 양말을 조심스럽게 신기고 겉옷을 입혔다. 왼쪽 발이 아프다. 살짝만 닿아도 아우성친다. 짧은 순간인데 편지 읽는 것을 그새 잊어버린 모양이다. 다시 봉투를 보여드렸다. 금방 잠이 깨서 정신이 없는 얼굴이다. 목이 마른지 읽는 것이 귀찮은지 초점 없는 눈으로 편지를 바라보고만 있다. 할머니는 그 시대 중학교를 다녔고 수학 시험을 혼자 100점 먹었다는 이야기를 몇 번이나 하셨다. 총명하셨다. 정신이 맑을 때는 신문 헤드라인에 나온 한자와 영어를 거침없이 읽고 이해하셨다.

마음이 급했다. 아침 식사가 늦어지면 주간 보호센터 등원 시간이 늦어진다. 할머니는 급한 것이 아무것도 없다. 물 한 모금 마시고 편지 읽자고 했다. 반응이 없다. 내가 편지를 소리 내어 읽기 시작했다. 그제야 표정이 조금씩 풀어진다. 침대에 걸터앉아 눈을 제대로 뜬다. "어머니 안녕하세요. 식사 많이 하시고, 옷 따뜻하게 입고, 학교 오세요. 선생님들이 기다립니다. 어머니 사랑합니다." 편지를 다 읽자 할머니는 화장실에 가겠다고 한다. 마침내 하루가 시작된 것이다. 어제까지만 해도 센터에 절대로 안 간다며 버티시던 분이 편지 한 줄에 순순히 몸을 일으키셨다. 기억은 사라지지만 종이 위에 남은 글씨는 마음을 붙잡았다. 편지 한 통은 치매로 가려진 마음의 문을 열어주는 역할을 했다.

할아버지는 늘 온화했다. 말수는 많지 않았지만, 손길과 눈빛만으로도 상대를 편안하게 만드는 힘이 있었다. 아흔다섯의 은발 노신사다. 두 분이 식탁 앞에 앉아 있었다. 물 한 모금 마시고 목을 축인 다음 반찬과 밥을 몇 술 드셨다. 할머니 밥 위에 구운 고등어를 손톱만큼 올렸다. 제대로 씹지 못하고 뱉어낸다. 할머니는 씹기 힘든 음식은 삼키지 못하고 그대로 내뱉곤 했다. 처음에는 잘 드셨는데 날이 갈수록 씹는 음식을 피하셨다. 나는 옆에서 수발을 들며 조마조마한 마음으로 그 모습을 지켜봤다. "아이고, 또 뱉으면 어떡해요." 하는 말이 나도 모르게 한숨처럼 흘러나왔다. 할아버지는 오히려 웃음을 머금은 채 할머니 앞에 놓인 플라스틱 컵을 젓가락으로 두 번 두드렸다.

"땅땅, 박복남 맞아야 해." 마치 장난스러운 노래처럼 가벼운 리듬을 타며 말씀하셨다. 얇은 플라스틱 컵이라 소리가 제대로 날 리 없었지만, 그 무음의 두드림은 깊은 울림을 남겼다. 젓가락 끝에서 나오는 것은 소리가 아니라 사랑이라는 것이 느껴졌다. 할머니는 초점 없는 눈으로 할아버지를 멍하니 바라봤다. 이해도, 기억도 없는 듯한 시선이었지만, 그 안에는 공허하지 않은 기운이 스며 있었다.

할아버지는 다시 젓가락을 들어 컵을 톡톡 두드렸다. "음식을 뱉어내는 사람은 맞아야 해." 목소리는 여전히 부드럽고 다정했다. 손은 컵을 두드렸지만, 마음은 할머니의 어깨를 어루만지고 있었다. 세상에 이런 장면이 또 있을까. 젓가락 끝에 내려앉은 사랑, 소리 없는 순애보가 식탁 위에 가만히 내려앉았다. 할머니는 여전히 기억을 잃어가고 있었지만, 할아버지는 그 기억의 빈자리를 다정함으로 채웠다. 그것은 화려한 언어나 거창한 제스처가 아니었다.

아주 사소하고 조용한 몸짓과 표정이었다. 부부라는 이름으로 함께 살아온 세월은 말이 없어도 통하는 자리에 와 있었다. 눈빛 하나, 젓가락 두드림 하나로 서로의 마음이 닿았다.

할아버지의 사랑은 누군가에게는 시시해 보일지 모른다. 나는 안다. 진짜 사랑은 거창한 무언가가 아니라 작은 일상의 반복 속에서 드러난다는 것을. 목에 걸린 음식을 뱉어내는 순간에도 화내지 않고 젓가락을 두드려 웃음을 만든다는 것. 그것이야말로 오랜 세월이 빚어낸 사랑의 방식이었다. 그 방식은 말로 표현되지 않고, 오직 행간으로만 전해졌다. 나는 그 모습을 보며 사랑의 정의를 다시 배웠다. 사랑은 젓가락 끝에 머물다 마음속으로 내려앉는다. 아무도 듣지 못한 무음의 두드림 속에 가장 깊은 마음이 숨어 있었다.

세상은 빠르게 변했다. 휴대전화 속에서 이모티콘 하나, 하트 하나로 대화가 끝나버리는 시대다. 카카오톡이나 문자 메시지에 익숙한 나 역시 바쁘다는 핑계로 종이와 펜을 잡는 일을 점점 줄여왔다. 하지만 몸이 불편하고 기억이 희미해진 분들에게는 그런 기술이 아무 소용 없었다. 오히려 손에 쥘 수 있는 종이 한 장, 거기에 적힌 글씨 몇 줄이야말로 세상의 어떤 기술보다 더 큰 힘이 되었다. 편지를 전한다는 것은 단순히 정보를 전달하는 일이 아니라, 마음을 전하는 일이었다.

    불안해도 멈추지 않기로 했다

나는 다시 다짐했다. 기록을 남겨야 한다고. 오늘 본 장면, 오늘 들은 말, 오늘 느낀 마음을 적어야 한다. 적지 않으면 그대로 사라지고 만다. 편지를 읽던 할머니의 표정, 젓가락 끝에서 울리던 무음의 두드림, 아흔다섯 살 노인의 빙그레 웃음. 그 모든 것이 기억 속에서는 희미해지지만, 글 속에서는 또렷해진다. 한 장의 편지가 하루를 바꾸었다. 한 줄의 글이 무거운 마음을 열었다. 그날 이후 더욱 확신하게 되었다. 글을 전하는 것은 곧 마음을 전하는 일이었다.

먼 길 떠나신 할머니의 명복을 빕니다

7

일기장과 크리스마스트리

일기는 내 세상을 가지는 일이다. 일기를 쓴다는 것은 하루를 기록으로 붙잡는 일이다. 지나간 시간은 잡을 수 없지만, 일기를 쓰는 날은 일기장 속에 나의 하루를 붙잡아 간직할 수 있다. 감출 수도 있고, 꺼내서 자랑할 수도 있다. 하소연과 원망도 담을 수 있다. 울고 웃던 시간, 누구에게도 말하지 못한 속내까지 기록한다. 꿈과 희망, 목표를 간직하는 것도 일기다. 일기를 쓰면서 나의 작은 세상을 가질 수 있었다. 일기를 쓰는 날은 기록으로 남아 있지만, 기록이 없는 날은 바람처럼 사라지기 때문이다.

KBS 스포츠 예술과학원에서 트렌드 강사 과정을 배우게 되었다. 2023년경 KBS 스포츠 월드 앞을 버스 타고 지나다녔다. 도대체 저곳은 어떤 사람들이 가는 곳일까. 나도 갈 수 있을까 생각한 적 있었다. 지인의 소개로 스포츠월드 바로 옆 스포츠 예술과학원을 가게 되었다. 내가 바라던 일이 그대로 눈앞에서 이루어진 것이다. 간절하면 이루어진다고 했던가. 주말 이틀 동안 이어지는 빡빡

한 트랜드 강사 과정의 마지막 날, 10분간의 토크 발표가 예정되어 있었다. 평가에 따라 수료증이 주어지기도, 그렇지 않기도 한다고 했다. 지금 돌아보면 수강생들이 잘하라는 취지였는데 순진한 나는 그 말을 액면 그대로 받아들였다. 나로서는 거금을 투자한 교육인데 수료증을 받지 못한다면 큰 낭패라는 생각이 들었다. 물론 수료증 발급은 주최 측의 재량일 수 있겠지만, 이왕 듣는 교육 마지막까지 최선을 다해 유종의 미를 거두고 싶었다.

본부장은 자기가 가장 잘하는 것을 말하라고 했는데, 주제가 없으니 어디서부터 무슨 이야기를 어떻게 해야 할지 감을 잡을 수 없었다. 지금까지 지나온 과거를 스토리텔링 형식으로 발표해야겠다. 생각하고 연습했다. 둘째 날, 아침 9시. 본부장을 찾아갔다. 어디서부터 어떤 이야기를 하면 좋을지 물었다. 여기는 프로페셔널한 분들이니까 시골에서의 이야기는 빼고 요양보호사 하면서 책쓴 이야기만 하라고 했다. 책을 쓴 이야기는 일기장을 빼놓고 할수가 없다. 본부장은 처음에는 그냥 일기장 없이 하면 안 될까 하더니 일기장이 있는 게 좋겠다. 라고 했다. 집까지 갔다 와야겠다. 생각하고 점심시간에 잠시 다녀오겠다고 양해를 구했다. 12시. 오전 수업이 끝나자마자 버스 정류장으로 달려갔다. 경기 버스 60번.집까지 25분 걸린다. 정류장에 도착하자 버스가 바로 들어왔다. 마음이 놓였다. 버스에 올라 창가에 앉았다. 택시를 타고 싶었다. 그러나 이 버스도 고맙다 생각했다. 집에서 가져올 일기장을 떠올렸다.

초등학교 6학년 때 담임 선생님은 매일 일기를 쓰라고 하셨다. 숙제 검사를 하면서 일기 검사를 함께하기도 했다. 같은 날의 반복이라 쓸거리가 없었다. 내 모습이 안타까웠던지 엄마는 가끔 옆에서 내가 쓸 일기를 불러 주셨다. 지금 생각하면 엄마가 함께해 준 그 시간이 내 삶에서 글의 씨앗이 된 셈이다. 어느 가을날 학예회를 준비하던 담임 선생님이 내 이름을 불렀다. 일기장을 가져오라는 말씀에, 전날 일기를 쓰지 않아서 혼날 것 같았다. 가방 속에 분명 일기장이 있었지만, 없다고 거짓말했다. 선생님은 조용히 고개만 끄덕이며 그냥 넘어가 주셨다. 어른이 된 지금도 그 따뜻한 침묵이 기억난다.

일기장 생각하다 보니 우리 집 앞 정류장이었다. 아침도 급하게 한술 먹고 나갔는데, 점심시간이라 배가 출출했다. 가방에 있던 빵을 꺼내서 한입 베어 먹으면서 골목길을 뛰다시피 걸었다. 길거리에서 뭘 먹으면서 다니지 않았다. 그날은 목구멍이 포도청이라 어쩔 수 없었다. 지나는 사람이 없어도 남사스러웠다. 집에 도착해서 22년 2월부터 시작한 일기장을 후다닥 에코백에 넣었다. 꽤 무거웠다. 370매 노트 두 권, 170매 노트 세 권과 요양 보호 일기장을 한 권 더 챙겨야 했다. 무겁다는 생각은 잠시, 시간 안에 돌아가야 했다. 다시 버스 정류장으로 달렸다. 내린 정류장에서 다시 타야 하는데, 경기 버스를 내리기만 하고 그곳에서 탄 적이 없었다. 급한 마음에 길을 건너 버스 정류장을 찾으니 버스 정류장 아이디가 달랐다. 보통 내린 곳의 반대편에서 탄다는 고정관념으로 무작정 길을 건넌 것이 잘못이었다. 아까 내릴 때 기사 아저씨께 어디서 다시 탈 수 있느냐고 묻지 못한 것이 후회되었다. 시간 안에 가야 하는데, 택시를 타면 요금이 꽤 나올 텐데, 여러 생각이 스쳐 지나갔다. 그래도 혹시나 하면서 다시 길을 건넜다. 내렸던 정류장으로 갔다. 버스 정류장 아이디가 맞았다. 이곳에서 타는데 괜히 무거운 것을 들고 길 건너 왔다 갔다 한 것이다.

점심도 먹지 못하고 급하게 다녀왔다. 심사위원 두 분이 들어와서 한 분이 심사 기준을 말했다. KBS 교수협의회 방극천 회장이라고 했다. 표정이 환하고 온화해 보였다. 한 분은 이성근 교수, 체스와 바둑을 하시는 분이었다. 키는 자그마하고 얼굴은 약간 검은 편이지만 야무진 인상이었다. 떨어지면 어쩌지 마음이 조마조마했다. 방송국 현직 성우도 있고, 세바시 출연자를 도와주는 강사도 있었다. 나보다는 학벌과 모든 면에서 비교도 할 수 없는 사람들이었다. 앞자리 앉아서 강의 듣는 것을 좋아해서 이번 교육도 맨 앞자리에 앉아 강의를 들었다.

내 차례는 두 번째였다. 10분 토크를 했다. 일기장을 보여 줄 수 있었다. 처음에는 파워포인트 없이 하라 해서 준비하지도 못했는데, 다른 수강생들은 전부 파워포인트를 준비했다. 살짝 억울한 생각도 들었지만, 어쩔 수 없었다. 발표자는 열다섯 명 정도 되었다. 다섯 명 발표하고 피드백 들은 후 다섯 명 발표했다. 내가 피드백 들을 때 심사위원은 "감동이다."라고 말했다. 뒤에는 무슨 말을 들었는지 기억나지 않는다. 수료증은 받을 수 있을 것 같았다. 수강생 전원 발표를 마치고 1, 2, 3위가 발표되었다. 순위에 들지는 못했지만, 수료증을 받을 수 있는 것만도 다행이라는 생각을 했다. 본부장이 앞으로 나왔다. 본부장상이 있다고 하면서 내 이름을 불렀다. 생각지도 못한 일이었다. 나보다 더 잘한 사람이 많았지만, 노력을 가상하게 생각한 것 같았다. 상을 받고 보니 1.5m 크리스마스트리였다. 그러나 일기장을 무겁게 들고 갔던 터라 도저히 들고 올 수가 없었다. 등에는 가방을 메고 무거운 일기장을 들고 큰 트리가 든 상자를 들고 올 엄두가 나지 않았다. 옆에 앉은 짝지에게 꼬마가 있느냐고 물으니 있다고 했다. 그녀에게 주었다. 그 반짝이는 트리는 내 것이 되지 않았지만, 그날의 기록은 고스란히 내 것이 되었다.

이 모든 과정을 되짚어보면, 내가 여기까지 올 수 있었던 것은 '기록'이다. 글로 남긴 날들은 바람처럼 사라지지 않았다. 불안한 날, 흔들리는 마음을 다잡아준 것도, 내가 여전히 살아 있다는 증거를 남긴 것도, 모두 기록 덕분이었다.

사람들은 종종 말한다. "시간이 해결해 줄 거야." 나는 생각이 달랐다. 시간을 견디게 해 주는 것은 기록이다. 일기는 매일의 기록이다. 하루의 마무리다. 나를 돌아보는 일기. 아침에 쓰기도 하고 저녁에 쓰기도 한다. 내가 하는 행동은 세상 사람들과 연결되지만, 일기는 나 자신과 '이음'이다. 일기는 나의 하루의 모습을, 부족하거나 넘치거나 초라하거나 화려하기도 한, 그 모습 그대로 모든 것을 품는다. 마치 온 세상을 하얀 눈으로 덮듯이 나의 모든 것은 일기장 속에서 덮이고 또 다른 작은 세상을 만난다. 크리스마스트리는 한 해의 마지막을 장식한다. 일기는 나의 하루를 장식한다. 트리는 낮보다 밤에 더 화려하고 아름답다. 나의 하루도 어두운 곳에서 불을 밝히는 트리처럼 환하게 켜지면 좋겠다. 나의 하루를 마무리하는 일기가 모여서 누군가에게 도움이 될 수 있는 밀알이 되었으면 좋겠다. 내 인생을 돌아보는 마지막에는 크리스마스트리처럼 화려하게 빛나지 않더라도, 크리스마스트리처럼 반짝일 수 있다면 기록은 내 인생의 멋진 트리가 되지 않을까.

8

하루 한 줄, 인생을 바꾸는 연습

골치 아픈 일기를 써야 할 필요성을 느끼지 못했다. 다이어리만 쓰면 된다고 생각했다. 나의 하루를 충분히 기록할 수 있다고 생각했다. 다이어리에 쓰는 것만도 나의 하루를 붙잡는 행위였기 때문이다. 자이언트 수업을 들으면서 이은대 작가는 대학노트 한쪽 일기를 쓰라고 수업 시간마다 노래를 불렀다. 가르치는 분이 시킬 때는 그냥 해봐야지 하면서도 차일피일 미루기만 했다. 22년 2월 어느 날 노트를 사서 하루 한쪽 일기를 쓰기 시작했다. 다이어리에 짧게 쓰던 것에 비하면 대학노트 한쪽은 나에게 바다처럼 느껴졌다. 처음에는 쓸 때마다 이 한바닥을 무엇으로 언제 채우나 아득하기만 했다.

4년 되었다. 대학노트 한쪽 일기를 쓰고 있다. 처음에는 쓰는 것이 힘들어 괜히 시작했나. 일기를 쓰지 않으면 뭐가 잘못되나. 안일한 생각을 했다. 그냥 시작한 나 자신이 원망스럽기까지 했다. 쓰다 보면 일기를 미루기도 하고 주말에는 밀린 일기 쓰느라 애를 먹은 적도 있다. 그때마다 그만 쓸까. 포기하고 싶은 마음이 굴뚝 같았지만, 여기서 멈춘다면 다시는 시작하지 못할 것 같았다. 빠지는 날이 있으면 채워 넣고 꾸역꾸역 적었다. 지금은 일기를 쓰지 않는 날은 내가 해야 하는 일을 미루는 느낌이 들 정도다. 글씨를 빨리 쓰지 못해서 한쪽 다 쓰려면 30분 정도 걸렸다. 지금은 구글 타이머를 맞추어 놓고 쓰면 20분 안에 끝내는 날도 더러 있다. 마치는 시간이나 결과가 중요한 것이 아니다. 나의 하루를 돌아볼 수 있었다. 다이어리에 간략하게 하루를 기록한다. 그날의 세세한 기록이나, 글쓰기 연습용으로 쓰다 보면 처음 시작할 때보다 한쪽 쓰기가 훨씬 수월하다. 내가 쓴 일기를 가지고 나의 지난 시간을 돌아볼 수 있었다. 그동안 적은 나의 일기가 글 창고를 차곡차곡 채우고 있다.

도전은 늘 거창한 계획으로 시작되는 것처럼 생각하기 쉽다. 영어를 배우겠다, 자격증을 따겠다, 마라톤을 완주하겠다. 하지만 삶을 바꾸는 힘은 언제나 사소한 실천에서 시작된다. 거창한 생각보다 작은 행동이 필요하다. 일기는 단순한 글쓰기가 아니다. 나와의 대화를 연습하는 종이 위의 무대였다. 일기 쓰는 것은 나를 관찰하는 일이기도 하다. 관찰은 성찰로 이어지고, 성찰은 변화로 이어진다. 나는 이 글을 통해 일기 쓰기의 구체적인 방법을 말하고자 한다. 구체적인 방법이 따로 있는 것은 아니지만 꾸준함을 강조하고 싶다. 글을 잘 쓰는 사람에게만 가능한 일이 아니다. 바쁜 사람도 할 수 있고, 귀찮음이 많은 사람도 충분히 할 수 있다. 누구나 할 수 있고, 효과를 볼 수 있는 실천법이다.

첫 번째, 일기 쓰기: 쓰겠다는 마음부터 정하자

하고 싶은 일이 아무리 많아도 행하지 않는 것은 사상누각이다. 한 번 써보겠다는 마음 먹는 것이 가장 먼저다. 쓰겠다는 마음만 있으면 언제나 어디서든지 가능하다. 하루에 5분이면 충분하다. 나의 경우 근무 시간에는 짧은 메모를 했다가 퇴근 후 집에서 일기를 썼다. 쓰겠다는 마음만 있으면 장소와 시간은 자신이 원하는 곳과 때를 정하면 된다.

두 번째, 대학 노트 한 권: 시작의 도구가 된다

새로운 노트를 살 필요는 없다. 노트 한 권 있으면 된다. 누구나 쉽게 구할 수 있는 노트 한 권이 삶의 전환점이 될 수 있다. 누구에게 보여주기 위한 기록이 아니다. 오직 나를 위한 기록이다. 나를 지키기 위한 나와의 작은 약속이다. 그 약속을 지키는 것은 나의 마음이다. 하루 한쪽이면 충분하다. 처음에는 이 넓은 종이를 언제 다 채우나 생각될 수 있다. 우선은 작은 것부터 시작한다 생각해 보자. 처음엔 하루 동안 있었던 일을 메모해본다. 그중에 특별히 쓰고 싶은 이야기나 대목이 있으면 선택해서 쓰고 아니면 그냥 있었던 일을 나열해도 된다. 처음에는 잘 쓸 필요도 없고 잘 쓰기 위해 노력할 필요도 없다. 편안한 마음으로 생각나는 대로 쓰면 된다. 누구에게 잘 보일 글도 아니고, 보여 줄 글도 아니기 때문에 습관 잡는다는 마음으로 떠오르는 대로 가볍게 쓰면 된다.

세 번째, 어떻게 쓸까? 를 기억하자

일기를 쓸 때 가장 큰 고민은 '무엇을 쓸까'다. 그래서 나는 단순한 쓰기 공식 하나를 소개한다. 이른바 '세 줄 공식'이다. 오늘 있었던 일 한 가지. 그 일에 대한 느낌이나 감정 한 줄, 의미, 배우거나 깨달은 점 한 줄. 내일 해보고 싶은 일 한 줄이다. '세 줄 공식'도 어렵다 생각되면 그날 있었던 일을 생각나는 대로 적어도 된다. 나의 경우 글쓰기를 배우기 전에는 그냥 나열식으로 쓰기 시작했다. 쓰다 보면 어느 정도 분량이 채워진다. 머릿속에 있을 때는 전혀 생각나지 않던 일들이 종이에 글로 바뀌는 순간, 신기하게 그 내용과 관련된 기억이 떠오르는 경우가 왕왕 있었다. 일기를 쓰는 순간 생각하거나 느낀 점을 생각나는 대로 적으면 된다. 처음 시작하는 일은 누구나 두렵고 떨리기 마련이다. 첫째 날 시작하기가 어려울 수도 있다. 용기를 내어 하루를 시작하고 나면 해야 할 일로 느끼게 된다. 이튿날부터는 세 줄 쓰기나 일과 쓰기, 또는 자기 생각을 기록으로 잡는 것도 할 수 있다. 중요한 것은 '잘 쓰는 것'이 아니다. 그냥 쓰는 것이다.

네 번째, '7일만 해 보자.'라는 마음으로 시작하자

처음부터 '매일 써야지.'라는 결심은 때로 무겁게 다가온다. 그래서 '일단 7일만 해보자'라고 제안한다. 7일이 지나면 다시 7일. 그렇게 반복하면 어느덧 한 달이 지나고, 노트 한 권이 채워진다. 25

년 전, 다이어리를 쓸 때 책을 읽고 나도 한번 해 볼까, 라는 마음으로 시작했다. 1주일을 쓰고 한 달을 쓰고 나니 아. 나도 쓸 수 있네. 생각이 들었고 지금까지 쓰고 있다. 쓰다가 하루를 놓쳤다고 낙심할 필요는 없다. 놓친 날이 있다면 다시 쓰면 된다. 다시 쓰는 것은 다시 일어서는 것이다. 일기는 그런 점에서 매일 다시 시작할 수 있는 가장 자비로운 도전이다.

다섯 번째, 쓸 게 없다면 질문 하나만 고르면 된다

"오늘은 별일 없었는데요.", "무슨 말을 써야 할지 모르겠어요." 이런 고민이 들 때는 다음 다섯 가지 질문 중 하나만 골라보자. 오늘 내가 웃은 순간은 언제였나? 오늘 내가 참고 넘긴 일은 무엇이었나? 오늘 나를 감동케 한 말은 무엇인가? 오늘 내 몸이 반응한 순간은 언제였나? 오늘 내가 한 선택 중에서 잘한 일은 무엇인가? 이 질문 하나만 골라도 글감은 충분하다. 질문은 마음을 여는 열쇠다. 묻는 순간, 마음은 대답을 준비한다. 마음이 움직이면 글은 자연스럽게 따라온다.

여섯 번째, 도전은 기록에서 시작된다

누구나 삶을 바꾸고 싶어 한다. 그러나 대부분 어디서부터 시작해야 할지 몰라 머뭇거린다. 일단 노트 한 권 준비하여 시작하면 된다. 특별할 것도, 대단한 것도 없다. 일기 한 장이면 충분하다.

일기를 쓰는 사람은 자기 삶을 존중하는 사람이다. 나를 돌아보고, 나를 설계하는 사람이기 때문이다. 도전은 거창한 계획에서 시작되지 않는다. 꾸준한 반복에서 시작된다. 하루 한 장 일기 쓰기는 작지만 가장 실질적인 도전의 시작이 된다. 삶을 바꾸고 싶은가? 그렇다면 오늘, 단 한 줄이라도 써보자. 그 한 줄이 삶을 여는 문이 될 것이다.

4년 전 대학노트 한 쪽에 일기를 쓴 지금은 글 쓰는 것이 그렇게 힘들거나 두렵지 않게 되었다. 글공부를 처음 할 때만 하더라도 하고 싶은 말은 많지만, 밖으로 표현하지 못해서 답답한 적이 많았다. 지금도 잘한다는 것이 아니라, 그때보다는 훨씬 편안해졌다. 글쓰기에 대한 두려움도 사라졌다. 어차피 못 쓰는 글 배우면 되지. 내가 이 세상에서 가장 글을 못 쓰는 작가라는 생각을 하고 나니, 얼굴에 철판을 깐 기분이다. 일기의 좋은 점을 아무리 늘어놓더라도 직접 실행하고 배우는 것이 최고의 스승이다. 처음 글을 배울 때 들었던 이은대 작가의 큰 목소리가 기억난다. "아기가 태어날 때 살아갈 준비 다 하고 태어났습니까?" 기록은 위대하지만 거창한 일은 아니다. 살아남기 위한 매일의 연습이며 습관이다.

9

메모 한 줄을 아낀 하루의 방황

책과 문구 사는 것은 비교하고 분석하여 가성비 높은 제품을 고를 자신이 있다. 그렇지만 옷이나 신발은 그렇지 못하다. 별로 관심도 없었고, 있는 대로 입고, 되는대로 신고 살았다. 시골에 살 때는 행사 또는 모임이 있으면, 장터나 양품점 가서 아무거나 사 입기도 했었다.

크리스마스 이튿날, 미디어센터에서 KBS 교수협의회 송년회를 한다고 했다. 입고 갈 옷도 마땅치 않은데 참석하지 말까 생각했다. 그렇지만 본부장이 꼭 참석하라고 당부하기도 했고, 또 어떤 사람들이 모이는지 궁금하기도 했다. 나 자신에게 투자한다 생각하고 옷 한 벌 사 입기로 했다.

첫째 날은 혼자 집에서 조금 떨어진 아울렛에 가서 아이 쇼핑했다. 집 가까이 있었지만, 처음 가 보는 곳이라 낯설었다. 주말 오후, 날씨는 쌀쌀했다. 생각보다 사람들이 많았다. 1층에는 작은 옷 치수만 걸려 있었다. 큰 치수는 3층에 있다고 했다. 마음에 드는 옷이 없었다. 옷이 예쁘면 내 몸에 맞지 않았고, 내 몸에 맞다 생각하면 입어도 맵시가 없었다. 그날은 그냥 빈손으로 돌아왔다. 내가 옷을 살 수 있을까. 옷을 사지 말고 그냥 아무거나 입고 갈까. 하지 않던 일을 하는 것은 언제나 낯설고 어렵다. 옷 사거나 갖춰 입는 것은 늘 나에게 큰 숙제다.

한 주일 지나 두 번째 날은 막내 선예와 함께 쇼핑할 수 있었다. 선예는 겁도 없이 백화점 먼저 가자고 한다. 나는 백화점 옷은 비싸서 못 산다고 했다. 사려는 것이 아니라, 우선 어떤 것이 맞는지 보기나 하자고 한다. 의류 매장에 근무하는 딸이 시키면 시키는 대로 하는 것이 맞을 것 같았다. 나를 위해 시간을 내어 준 것만도 고마운 생각이 들었다. 선예가 하자는 대로 백화점으로 갔다. 우리 집 가까이는 백화점이 두 군데 있다. 먼저 집에서 가까운 롯데백화점을 갔다. 여기저기 둘러보다가, 어느 매장에 들어갔다. 같은 치수인데도 내 몸에 딱 맞는 옷이 있었다. 원피스 지퍼가 뒤로 있었지만 혼자 올리고 내리기도 수월했다. 가격표를 보니 만만치 않았다. 나 자신에게 투자하자고 생각했지만, 그 정도는 나에게 무리라는 생각 들었다. 원피스 입었을 때 엄마한테 잘 어울린다면서 선예가 사진만 몇 장 찍었다. 일단 다른 데도 둘러보자 했다. 다른 매장을 가서 훑어보고 입어봤다. 썩 마음에 드는 것이 없었다. 신세계 백화점을 갔다. 두어 군데 매장에서 옷을 입어봤지만, 별로 마음에 드는 옷이 없었다. 옷 한 벌 사는 것이 쉬운 일이 아니구나. 생각

들었다. 모처럼 딸과 함께하는 시간이 감사했다.

지하철 타고 지난번 가 본 아울렛으로 갔다. 서너 군데 매장을 다니면서 입어보고 사진도 찍었다. 맨 처음 입은 옷이 마음에 있었지만, 나의 형편에 버거운 금액이다. 그렇게 생각하니 이러지도 저러지도 못했다.

세 번째 날은 성희 언니와 평일에 만나서 가기로 했다. 2시 퇴근 후 서둘러 약속 장소로 갔다. 신세계 백화점에서 만나기로 했다. 여성 의류 층을 갔지만, 내가 찜한 옷을 찾을 수가 없었다. 몇 바퀴를 돌았다. 어느 매장에 들어가서 물어도 내가 본 옷이 아니었다. 또 한 바퀴 더 돌았다. 못 찾는 것은 당연한 일이었다. 롯데백화점에서 본 옷을 신세계백화점에서 어떻게 찾을 수 있단 말인가. 다시 그 매장을 갔다. 내 얼굴을 본 사장은 원하던 옷을 찾지 못해 기가 팍 죽어 보인다고 했다. 가게 사장께는 미안했지만, 할 수 없이 지난번 찍은 옷 사진을 보여주고 도움을 청했다. 사진을 확대해 보더니, 여기가 아닌 것 같다고 옷걸이에 OO 브랜드라고 롯데백화점을 가 보라고 했다. 역시 전문가다. 우리는 왜 몰랐지. 한 가닥 희망을 품고 롯데백화점으로 갔다.

그러나 여성 의류 층에서 몇 바퀴를 돌아도 찾을 수가 없었다. 평일 오후라 백화점은 한산했고 오가는 사람도 보이지 않았다. 머리가 텅 빈 것 같고 백화점 몇 층인지 도통 생각이 나지 않았다. 머릿속이 하얘졌다. 기억 상실증에 걸린 것처럼 아무 생각도 나지 않았다. 선예한테 전화해도 모르겠다고 한다. 낙동강 오리알 찾기보다 힘들었다. 이러다가는 옷도 사지 못하고 시간만 낭비할 것 같았다. 입이 바싹 탔다. 목이 말랐다. 초조했다. 시간은 자꾸 흐르고 언니는 나와의 일을 마치면 바로 후배와 약속이 있다고 했다. 메모했으면 이런 일이 없을 텐데 괜히 부끄럽고 미안했다. 지나다 보니 매장 관리자 두 분이 이야기를 나누고 있었다. 혹시나 해서 다가갔다. 죄송한데요. 제가 이 매장을 찾을 수 없어서 그러는데 혹시 아실 수 있을까요. 선예가 찍은 사진 속에는 매장에 근무하는 직원 모습이 찍혀있었다. 안경을 벗고 이리저리 보던 한 분이 아! SM 언니네 중요한 단서가 되었다. 제가 안내해 드릴게요. 따라오세요. 먼저 앞장서서 빠른 걸음으로 간다. 어휴~살았다. 그분을 놓칠세라 뒤에서 빠르게 따라갔다. 손님 모셔왔어요. 우리를 데려 주고 그분은 쏜살같이 가버렸다. 고맙다는 인사도 하지 못했다. 정말 내가 찾던 그곳이 맞았다.

옷을 준비할 동안 내가 앉아서 책을 보던 테이블이 있었다. 세상에 여기를 찾으려고 백화점을 한 시간 반 동안 찾아 헤맸다. 옷에도 인연이 있는 것인가. 눈썰미가 좀 있으면 바로 찾았을 텐데…. 아니 메모라도 했더라면 이렇게 시간과 에너지 낭비를 하지 않을 일인데. 워낙 말이 없는 사람이라 내색하지 않았지만, 언니 보기가 미안했다. 마음에 드는 옷 찾았으면 됐다고 했지만, 마음이 무거웠다. 옷은 내 옷 사고 고생은 옆에 사람 시킨다는 생각이 들었다. 지난번 찜했던 원피스를 입었다. 언니는 아주 예쁘다고 했다. 같은 치수인데 내 몸에 딱 맞았다. 여전히 가격이 부담스러웠다. 얼마인지 물었다. 백화점 세일 기간이고 근무자 재량으로 5% 더 할인해준다고 했다. 그 정도 금액이면 아울렛에서 본 가격과 큰 차이가 없었다. 5개월 무이자 할부가 된다 했다. 큰마음 먹고 나 자신에게 투자하기로 했다. 부끄러운 줄도 모르고, 이 옷을 찾기 위해 두 군데 백화점을 돌아다닌 이야기를 했다. 주인이 고맙다며 실크 스카프를 하나씩 선물로 주었다.

선예와 구두를 사러 갔다. 홍대 가성비가 좋은 구두 집을 갔다. 옷 사는 데 돈을 많이 썼기 때문에 신발은 적당한 것 하나 구하려고 생각했다. 가격이 보기보다 저렴했다. 이것저것 신어 보다가 크림색 구두를 선택했다. 오만 원도 되지 않은 금액이라 크게 부담은 없었다. 구두를 사고 돌아오면서 백화점 구두 가격이나 알아보고 싶었다. 롯데백화점 2층 숙녀화 코너를 둘러봤다. 대학교 때 캐쥬얼화로 신던 금강제화에서 오늘까지 30% 세일을 하고 있었다. 원피스 입고 신을 수 있는 구두를 한 켤레 구했다.

홍대에서 구한 구두는 신지 않을 것 같았다. 영수증을 보니 일주일 내에는 환불이 가능하다고 적혀있었다. 선예와 함께 간 길을 대충 더듬거리며 찾아갔다. 네이버 지도를 검색하고 주변에 있던 가게들도 눈에 익힌 터라 어렵지 않게 다녀올 수 있었다. 백화점처럼 여러 군데 들르지 않고 한 곳만 다녀온 덕분에 직접 기록은 없었지만, 머릿속 기억으로 혼자 찾을 수 있었다.

옷과 신발 구하면서 내가 잘못한 것은 '메모'를 하지 않은 것이다. 강의를 듣거나 새로운 것을 접할 때는 메모하면서, 옷 사러 가면서는 왜 메모를 하지 않았을까. 어느 백화점 몇 층의 옷이 맘에 들었다. 한 줄 메모만 있었더라면, 많은 시간과 에너지를 아낄 수 있지 않았을까. 메모는 방향을 잃었을 때 찾아갈 수 있는 등대의 역할을 한다. 한 줄의 메모 속에는 시간의 소중함이 담겨 있다. 메모하지 않아 헤맸던 백화점, 다시 찾기 위해 돌고 돌았던 길. 그 시간과 에너지는 메모 한 줄로 충분히 아낄 수 있었다. 그날 깨달았다. 메모는 단순한 기록이 아니라 삶의 질을 높이는 지혜다. 메모는 나를 잃지 않기 위한 작은 등불이다. 하루의 소소한 일상부터 중요한 약속, 다짐과 계획까지. 메모를 남기는 순간, 시간을 붙잡고 내 에너지를 지킨다. 기록은 흐르는 시간을 붙잡고, 사라질 기억을 단단히 묶어둔다. 메모는 내가 지나온 흔적이고, 앞으로 걸어갈 길의 안내자라는 깨달음을 준 하루였다.

느리지만
내 방식대로

1

외투 속주머니를 만들다

"아버님 죽값이 3만5천 원인데 30만 원을 주셨어요. 잘못 보내신 것 아닙니까." 통장 금액을 확인하는 순간 동그라미 다섯 개였다. 어~ 아닌데~ 하면서 바로 전화기를 들었다. 95세 연세에도 폰뱅킹을 할 만큼 인지가 또렷하셨다. 전화를 받으신 할아버지는 "우리 부부 돌봐 주고 애 많이 썼는데 해 줄 것은 없고 입고 다니는 외투가 크고 무거운 것 같아서 참한 것 하나 사고 모자라면 내가 더 보태 주지." 전화를 끊고도 한동안 그 자리에 서서 꼼짝도 하지 않았다. 왼손에 쥐고 있는 휴대전화에서 온기가 느껴지는 듯했다. 조금 전까지 배가 고팠는데, 이제 아무것도 먹지 않아도 될 것 같았다. 소파로 가서 앉았다. 베란다 밖을 물끄러미 바라보았다. 한겨울 차가운 추위가 하나도 느껴지지 않았다. 돈 액수는 문제가 아니다. 나는 오늘, 내 인생 최고의 선물을 받았다. 외투 선물. 나도 모르게 수십 년 전 그때를 떠올리게 된다. 외투 하나로 꿈을 키웠던 시절. 잠시 열아홉의 나를 만나 본다.

가운 위에 입는 두꺼운 외투를 들고 가게로 갔다.

"아저씨 이 옷에 책 넣을 만큼 큰 주머니 하나 만들어 주세요."

"이 옷에 책 넣을 호주머니를 만들면 박음질이 밖으로 나와서 옷을 입을 수가 없어요."

"관계없습니다. 책만 넣으면 됩니다." 나의 요구에 아저씨는 마지 못해 재봉틀 앞에 앉았다. 드르륵 드르륵 재봉틀이 내는 소리 몇 번 만에 외투에는 속주머니 하나가 큼직하게 생겼다. 손을 넣어 보니 제법 깊고 컸다. 책 한 권은 충분히 들어갈 만했다. 속 주머니처럼 마음이 넓어지는 것 같았다. 그 당시 나는 옷 따위 신경 쓸 이유가 없었다. 내 손으로 돈을 벌어 대학에 가고 싶은 꿈 많은 청춘이었다.

고등학교를 졸업하고 대학을 가고 싶었다. 가정 형편상 대학은 꿈도 꿀 수 없었다. '내가 벌어서 가야지.' 여상을 졸업했지만, 갈 곳이 없었다. 성적이 상위권인 친구 몇 명은 농협을 비롯한 기업체 추천을 받아 취업을 나갔다. 졸업했지만, 나를 찾는 곳은 한 군데도 없었다. 고등학교를 한 해 더 다니는 사이, 동갑내기 동네 친구는 먼저 졸업했다. 대구 동부 정류장 모 여객 회사에서 돈을 벌고 있다는 소식을 들었다. 마침 남동생이 대구에서 고등학교를 다녔다. 할머니가 밥을 해 주고 있었다. 집에는 대구 취직하러 간다 말하고 나왔다. 남동생 자취방으로 가서 짐을 풀었다. 무작정 고향 친구를 찾아갔다. 친구가 다니는 회사는 지금 안내양을 모집하지 않으니 다른 여객 회사를 가 보라고 했다.

그렇게 동부 정류장 모 여객 회사 버스 안내양이 되었다. 지금은 없어진 직업이지만, 그 당시에도 사회적인 인식과 이미지가 좋지 않았다. '내 행동만 똑바르면 된다. 누가 뭐라 해도 나만 반듯하게 살면 된다.' 세상 이목이나 타인의 시선 따윈 두렵지 않았다. 오로지 내 꿈은 대학을 가기 위해 돈을 버는 것이었다. '견습'이라 해서 일주일가량 기존 안내양이 있는 버스에 함께 타고 일을 배웠다. 버스 승객들은 안내양이 둘 있는 버스를 타면 신기한 눈으로 보기도 했다. 내용을 아는 사람들은 일을 배우는 모양이다. 하면서 측은한 눈길을 보내기도 했다. 대학을 간다는 목표를 가지고 입사했기 때문에 사람들의 시선에 흔들리지 않았다. 근무 일지 쓰는 방법과 버스 청소하는 법을 배웠다. 구간별 요금을 외웠다. 야간 운행할 때 앞 유리창이 불빛에 반사되지 않도록 닦는 방법도 익혔다.

한 달 정도 근무를 하고 있을 때였다. 사무실로 급히 가라는 전 갈을 받았다. 문을 여는 순간 가슴이 '철렁' 내려앉았다. 숨이 턱 막혔다. 꿈에도 생각하지 못한 일이다. 문을 열고 다시 밖으로 도망치고 싶었다. 엄마가 화장기 없는 새파랗게 질린 얼굴로 나를 쳐다보고 있었다. 내가 다니는 노선은 안동, 죽장, 청송, 울산 쪽이었다. 우리 집이 있는 포항 쪽과는 다른 방향이라 그나마 다행이라 생각했다. 세상에 비밀은 없다고 했던가. 아버지 지인이 어느 날 전화 와서 형님 딸이 동부 정류장서 버스 안내양 하던데 맞느냐고 물었다고 한다. 엄마는 선걸음에 달려와 나를 집으로 데리고 갔다. 누군지는 모르지만, 그 아저씨가 원망스러웠다. '남이야 버스 안내양을 하든 말든 자기가 무슨 상관인가. 내가 돈 벌어 대학을 가겠다는데. 자기가 뭔데 내 꿈을 막아. 당신 자식이나 잘 키우지.' 도대체 누구인지 알면 내 꿈을 아느냐고. 당신 할 일이나 잘하라고. 당신은 자식들 얼마나 잘 키웠느냐고 따지고 대들고 싶었다. 엄마는 온갖 말로 나를 원망했다. 부모 창피를 준다고, 심지어 내가 모자란다고까지 말했다. 옆에서 듣고 있던 큰엄마는 모자라는 게 아니고 차고 넘친다. 라고 했다. 큰엄마는 우리 집 사정을 다 알고 있었다. 나는 나대로 부모를 원망했다. 대학도 보내주지 못하면서 내가 벌어서 대학 가겠다는데 왜 못 하게 막느냐고 대들었다. 며칠 집에 있다가 아버지 눈치 보고 다시 집을 나왔다. 나는 대학을 꼭 가야 하고 돈을 벌어야 한다고 엄마한테 말했다. 지금 생각하면 엄마 마음이 얼마나 아팠을까. 그때는 오직 내가 대학 가기 위해 돈 버는 것밖에는 생각하지 못한 철부지였다. 사무실 가서 앞으로는 그런 일 없도록 하겠다고 서약서를 쓰고 다시 근무할 수 있었다.

당시 동부 정류장 건너편에는 마트 같은 작은 가게들이 줄지어 있었다. 과자와 라면 등 간식거리는 물론이고, 여름에는 과일을, 겨울에는 떡볶이와 어묵 등 야식을 팔기도 했다. 지금처럼 마트가

흔하지 않던 때다. ○○상회라고 간판을 걸고 영업했다. 안내양들에게 그곳은 매일 아침 챙길 기사 장갑과 담배를 구하는 곳이기도 했다. 귀한 물건을 맡기고, 옷도 맡기고, 월급을 타면 월급봉투를 맡기기도 했다. 기숙사는 잠금장치가 되지 않는 허술한 곳이었다. 도난과 분실의 위험이 있었다. 상회는 안내양들이 중요한 것을 맡기는 임시 보관 장소로 이용했다. 월급 타서 맡긴 돈은 휴가 갈 때 찾아서 갔다. 기사들은 대부분 집으로 퇴근하지만, 안내양들은 기숙사 생활을 했기 때문에 외출이 자유롭지 못했다. 생활에 필요한 것을 대부분 그곳에서 해결했다. 수선집처럼 재봉틀도 있었고, 가운을 수선해 주기도 했다.

일정에 따라 정류장에 도착하면 차 청소 마치고 남은 시간 동안 책을 읽었다. 외투 속 주머니가 책가방 역할을 해 주었다. 책을 넣고 다니다가 시간이 나면 어디서나 책을 꺼낼 수 있었다. 책이 묵직했다. 그래도 외투 주머니에 밀어 넣었다. 왼쪽 가슴에 든든한 무기 하나를 품은 느낌이었다. 안내양으로 근무하기 전 방송통신대 경영학과에 입학했지만, 쉽지 않았다. 수업 진도 따라가기도 벅찼다. 무엇보다 근무하면서 출석 수업 일수를 맞출 수가 없었다. 정식으로 대학을 가야겠다 생각했다.

그 당시 대구에서 종합반으로 유명한 학원은 내당동에 있던 대영학원이었다. 그 학원에 입학시험을 치고 싶었으나 성적이 우수

한 학생만 들어갈 수 있다는 소문을 들었다. 꼭 가고 싶었다. 학원 장께 편지를 썼다. 저는 시골에서 여상을 졸업하고 2년이나 시간이 지나 입학시험으로는 도저히 귀 학원에 합격할 자신이 없습니다. 그러나 입학만 시켜 주신다면 누구보다 열심히 공부하겠다는 내용으로 편지를 보냈다. 핸드폰이 없던 시절이다. 편지에 몇 월 며칠 몇 시경 전화를 드리겠다 하고 그 시간에 전화했다. 서무과장이 전화를 받았다. 입학을 허락했다. 버스 회사에는 사직서를 내고 대영학원에 다닐 수 있었다. 주머니를 크게 만들어 책을 넣고 다니던 그 외투를 입고 공부했다. 가방이 있었지만, 주머니는 늘 묵직했다. 그 무게를 안고 나는 대구 계명전문대학 민속공예과 장학생으로 입학했다.

할아버지가 좋은 마음으로 사 주신 외투를 매일 아침 입는다. 외투를 입고 출근할 때마다 책임감이 느껴진다. 온 세상 꽁꽁 얼어붙은 계절에 외투 속 주머니에 꿈을 심었다. 봄은 반드시 추운 겨울 얼었던 땅을 뚫고 오듯이 나의 작은 꿈도 외투 주머니 속에서 야무지게 키울 수 있었다. 외투 속 주머니에 책을 넣고 다니면서 꿈을 심고 가꾸었다. 할아버지가 사 준 외투를 입으면 꿈을 이루려고 애쓰던 내가 떠오른다. 주머니 속에는 책이 들어 있었다. 찬 바람이 불어도 가슴은 따뜻했다. 인생 살면서 거센 바람을 여러 번 만났다. 할아버지가 외투로 내 바람을 막아 주었듯이 이제는 내가 누군가의 바람을 막아 주는 사람이 되려 한다. 귀한 마음 당연하게 여기지 않고 깊이 새길 줄 아는 사람으로 살고자 한다. 샛강 바람이 칼날처럼 차갑게 스친다. 할아버지가 사 준 외투를 입는 날이면 마음까지도 훈훈해진다. 두툼한 외투 주머니에 손을 넣으면 오래전 꿈이 함께 만져진다. 그 꿈을 품고 오늘도 다시 한 걸음 내디뎠다.

2

목수는 집을 짓고 나는 일지를 쓰고

"내가 학원 해서 버는 돈으로 집을 지을 거예요. 그러니까 엉뚱한 소리는 하지 마세요." 남편은 말이 없었다. 주식으로 큰돈을 날린 뒤였다. '아무것도 모르는 내가 집을 지을 수 있을까.' 세상 무식할 때 용감할 수 있는 법이다. 그때 나는 마흔을 막 넘긴 시골 아줌마였다. 작은 학원을 운영하고 있었다. 학원 수입과 남편의 월급을 합쳐 오천만 원 정도가 통장에 있었다. 오랜만에 만난 형님과 시숙도 내 이야기를 듣더니 지금 집이 너무 허름하다. 새집을 지으라고 하면서 내 편이 되어 주셨다. 돈만 있으면 집을 짓는다 생각했다.

결혼 후 대구에 신혼집을 마련했지만, 남편의 직장이 영덕아산병원으로 정해지는 바람에 대구에서 영해로 내려가는 수밖에 없었다. 남편 혼자 자취하다가 연수원에 사직서를 내고 함께 살게 되었다. 단칸방에서 동네 아이들 몇 명을 가르쳤다. 기한이 되어 방 두 칸짜리 전세로 옮겼다. 학원생이 점점 늘었다. 초등학교 가까이 허름한 시골집을 구했다. 처음에는 내 집이라 세상 다 가진 것처럼 좋았다. 골목에서 들어오면 오른쪽으로 본채가 있고, 본체를 기준으로 양쪽으로 작은 부엌이 달린 방이 하나씩 있었다. 왼쪽 문간방 앞에는 남편이 만든 발을 쳐서 넘어가는 햇빛을 가렸다. 작은 화단에는 봉선화와 작약, 백합이 자랐다. 벽돌 구멍에는 채송화가 자라고 있었다. 남편이 좋아하던 분재 화분과 직접 캐온 야생 난도 놓고, 작지만 아담한 우리 집이 좋았다. 그러나 얼마간 살다 보니 불편한 점이 한두 가지가 아니었다. 지붕이 낮아 여름에는 덥고 겨울에는 방한이 되지 않는, 전형적인 시골집이었다. 가장 절실한 문제는 아이들이 사용하기 불편한 재래식 화장실이었다. 공부하기 좋은 쾌적한 공간이 필요했다.

건축은 전문가의 영역이었다. 설계도를 읽어 본 적도 없고, 이형 철근, D10, D13이나 레미콘 단위인 루베라는 건축 용어도 생소했다. 주변에서는 집은 아무나 짓는 게 아니라고 했다. 관계없다. 무작정 시작했다. 돌아보면 무모했지만, 용감했다. 벽돌을 올리는 일, 설계와 법적 절차, 목수와 인부는 있었지만 자재 조달은 내가 맡아서 해야 했다. 수많은 복잡한 일들이 얽혀 있었다. 아무것도 몰랐지만, 두렵지 않았다. 모르면 묻고 배워서 한다는 생각으로 겁 없이 덤볐다. 겁이 없다는 건 무지의 특권이다.

새로 지어진 집들을 다니며 외관을 살폈다. 주방 싱크대의 제조사, 창호 회사, 욕실 집기의 브랜드까지 꼼꼼히 적었다. 집을 지은 목수의 평판도 물었다. 마음에 드는 집을 발견했다. 곧장 그 집을 지은 목수를 수소문해 만났다. 평당 건축비를 물었고, 설계도는 내가 준비해야 한다는 말을 들었다. 영덕에 있는 설계 사무소를 찾아가 설계를 의뢰했다. 대지가 48평밖에 되지 않아서 2층 양옥을 지을 수밖에 없었다. 골목과 맞닿은 일부는 주차 공간으로 남겼다. 비가 오거나 날씨가 추울 때 학원생들이 집에서 나오면 바로 차를 탈 수 있도록 했다. 철거 날짜는 철학관에서 길일을 받아 정했다. 집을 짓는 동안 사고 없이 무탈하게 완공되길 바라는 마음이었다. 면사무소를 찾아가 건축 담당자와 상담하고, 폐기물 처리 업체를 알아보았다. 남편이 직장에 출근하고 나면 공사에 관계되는 일은 전부 내 차지가 되었다. 오전에는 공사에 매달리고 오후에는 학원 수업을 했다. 공사 현장과 임시로 거처하는 곳이 가까워서 그나마 다행이었다.

공사는 생각보다 훨씬 복잡했다. 첫 번째 고비는 정화조였다. 학원을 운영하려면 10인용 정화조를 묻어야 했다. 나는 목수에게 여러 번 말했다. 분명히 10인용이라고 못을 박았다. 그런데 마당에 도착한 것은 5인용이었다. 시커먼 통이 덩그러니 놓여 있었다. 흙먼지가 날렸다. 순간 귀가 멍해졌다. 결국 반품하고 다시 주문했다. 공사가 멈춰지고 공기가 밀렸다. 나는 분명히 말했는데 왜 5인용이 왔는지 지금도 모르겠다. 설마 대충 넘어가도 된다고 여긴 것일까 신뢰가 금 가는 소리가 났다. 앞으로의 일이 덜컥 겁이 났다. 건축은 내게 낯선 세계였다. 나는 아무 말도 못 한 채 그 자리에 서 있었다. 철근을 배치하고 레미콘을 붓는 작업도 생소했다. 현장에서 일하는 인부들의 손을 바라보며 서 있을 수밖에 없었다. 자재 수급에 따라 공사 일정이 지연되기도 했다. 벽돌 공장에 재고가 없어 인부들이 일하지 못하고 그냥 돌아간 날은 가슴이 철렁 내려앉는 것 같았다. 마음이 무거웠다.

가장 어려웠던 순간은 이웃과의 갈등이었다. 벽돌을 올리다가 옆집과 경계선 문제가 생겼다. 목수의 조언으로 빗물이 내 땅에 떨어지게 하려고 처마를 경계선에서 10cm 안쪽으로 조정했다. 그렇게 양보했지만, 옆집 주방 창문에서 탁 트였던 골목이 벽으로 막혀 버렸다. 아주머니는 가슴을 손으로 치면서 양발로 방바닥을 차며 나를 원망했다. 청심환을 사서 찾아갔다. 확 트인 공간이 어느 날 갑자기 막힌다면 누구라도 답답했을 것이다. 나도 힘들었을 것이다. 옆집 아주머니 마음이 조금은 이해되었다. 집을 짓는 중이었다. 나는 나이가 어렸다. 따지고 들기보다 참고 넘어갈 수밖에 없었다. 설계도를 다시 바꿀 수는 없었다. 면사무소 담당자가 일조권은 해당 사항이 아니라는 말 한마디를 하자 겨우 무마되었다.

배관하는 날은 신경이 곤두섰다. 수도꼭지 선이 길게 나와서 싱크대 세척이 수월하게 해야 하는데 고정된 수도꼭지를 달아 주었다. 업자는 무조건 최소의 경비로 마무리해야 한다. 고정된 수도꼭지를 다는 것은 당연한 일이다. 미리 대목수에게 부탁했는데 너무하다는 생각이 들었다. 신경이 곤두섰다. 사장님은 공사를 하고 가면 끝이지만, 나는 평생을 사용해야 하는 곳입니다. 내 집 짓는다 생각하시면 이렇게 하시겠습니까. 참았던 말을 하고야 말았다. 배관하는 사장은 성깔 있고 까칠하다고 소문이 났다. 그러나 나에게는 한마디도 하지 못했다. 내가 안 된다고 버티며 다시 설치하라고 했다면 공사는 하루를 더 해야 했다. 사용하기에는 불편했다. 그래도 그 정도에서 물러난 것이 다행이라 여겼다.

완공 후에는 하자보수 문제가 남았다. 사촌 남동생이 "누나 마지막 대금은 1년 후에 주세요. 혹시 발생할 수 있는 하자 보수에 대비해야 합니다." 하지만 남편은 그냥 다 주라고 했다. 그 선택이 맞았는지 지금도 가끔 생각한다. A/S는 생각보다 훨씬 열악했고, 추가 공사비는 오롯이 우리 몫이 되었다.

일지를 쓰면서 집을 지었다. 집을 지으면서 집 짓는 법뿐 아니라 나 자신을 새롭게 쌓아 올리는 법을 깨달았다. 레미콘 루베, 스치로플, 아까렝가, 철근 간격, 몰딩, 일조권. 처음 듣는 말들을 하나씩 배워가며, 매일의 일지를 통해 나만의 설계도를 그렸다. 매일 작업한 공정과 인부들 건축에 들어간 자재를 내가 아는 대로 기록했다. 기간을 보니 10월 초에 시작해서 이듬해 1월 16일까지 석 달

남짓 걸렸다. 집을 짓고 나니 목수가 없어도 인부만 있으면 집 한 채 정도는 혼자서도 지을 수 있을 것 같았다. 자신감이 생겼다. 기록한 덕분이다. 24년 전 기록이 없었다면 이 글도 쓰지 못했을 것이다. 쓴다는 생각조차 할 수 없었을 것 같다.

집을 짓는다는 건 단순히 벽돌을 쌓고 지붕을 올리는 일이 아니다. 그것은 꿈을 쌓고, 신념을 세우는 일이다. 나 자신을 다시 만들어가는 과정이다. 집을 짓겠다고 마음먹었을 때, 나는 아무것도 몰랐다. 완전 무지에서 시작된 용기가 나를 움직였다. 어려움도 있었다. 목수와는 다투지 않으려고 했지만, 언성이 높아질 때는 모든 것을 포기하고 싶을 때도 있었다. 돌아보면 세상에 쉬운 일은 없다. 힘듦과 어려움, 고통 덕분에 참한 내 집이 만들어진 것 아니겠는가. 매일의 일지에 남겨진 기록은 그저 글자가 아니라 나를 지탱하는 기둥이 되었다. 집을 짓는 일과 살아가는 일은 같은 일이다. 삶도 집을 짓는 것과 같다. 계획이 필요하고, 시행착오가 있으며, 함께 손을 보태는 사람들이 필요하다. 집을 지을 때도, 삶을 살아갈 때도 중요한 것은 매일 기록하며 흔들리지 않는 중심을 세우는 것이다. 순간을 기록하고 뚜벅뚜벅 한 걸음씩 느리게 완성해 간다. 내 방식대로 내 길을 걸어간다. 남의 눈치 보지 않고 내가 하고 싶은 일하면서 새로운 나를 만들어 본다.

3

무조건 차만 사면 됩니다

바닥에 있어야 할 차 바퀴는 하늘을 보고 있었다. 자줏빛 타우너 지붕은 도로와 밀착되어 있다. 사고로 찌그러진 차는 가끔 봤지만, 뒤집힌 차는 우리 차가 처음이다. 여름 장마철이었다. 계속 내리는 비로 도로는 미끄럽고 앞은 잘 보이지 않았다. 차폭이 좁은 타우너가 도로 커브 길에서 나 대신 날아가 버렸다.

학원 운영할 때 일이다. 초창기에는 원생이 많지 않았다. 학원 가까이 사는 아이들이 대다수였다. 시간이 갈수록 소문이 퍼졌다. 멀리서 아이들이 오기 시작했다. 비라도 내리는 날에는 아이들 집에 보내는 게 걱정되었다. 아이를 데리러 오는 학부모는 간혹 있었지만, 대부분 혼자 걸어가야 했다. 아이들을 집까지 데려다주기 위해 타우너를 한 대 구했다. 그나마 장롱 면허라도 있어서, 차를 구하고 운전할 수 있었다. 운전 미숙으로 전봇대를 들이박기도 하고 접촉 사고를 내기도 했다. 새벽이나 밤늦게까지 수업했다. 50여 명의 아이를 혼자 가르쳤다. 수업 마치면 운전해서 집까지 데려다주었다. 첫 딸 진희 가졌을 때도 운전했다. 그러나 만삭이 된 후에는 차를 운전할 수 없었다. 동네 언니에게 운전을 부탁했다. 사고가 나던 날, 축산 사는 아이를 세 명 태우고 출발했다. 가는 길에 우산도 없이 비 맞고 걸어가는 중학생 두 명을 태워 주었다고 한다. 빗길에 속도를 낸 모양이었다. 커브 길에서 차가 회전하면서 뒤집혔다고 했다. 다행히 아이들은 하나도 다치지 않았다. 사람 다치지 않는 것만도 하늘이 도왔다. 차는 새로 살 수 있지만, 사람은 다시 살 수 없지 않은가. 다친 사람 없는 것만도 천만다행이었다.

중학교 때부터 내 차를 운전해서 친정 동네 한복판을 지나 우리 집 앞에 차를 세우고 싶었다. 요즘처럼 차가 많지 않던 시절이다. 대구 사는 큰이모와 작은 이모네가 새까만 승용차를 타고 우리 집 앞에 도착하면 동네 아이들이 빙 둘러서서 차를 구경했다. 동네 사람들은 너희 외갓집은 모두 잘 사는 모양이다. 외갓집이 부자구나 하면서 한마디씩 했다. 나도 모르게 어깨가 으쓱했지만, 속으로는 '이모가 잘 사는 거지 내가 잘 사나.' 했다. 이모가 부러웠지만, 나도 결혼해서 이모처럼 부자가 되면, 내 집과 내 차를 꼭 가져야겠다 다짐했다. 그때 나에게 차는 부의 상징이었고, 꿈의 한 조각이었다.

타우너를 폐차하고 스타렉스를 샀을 때, 차 고사를 준비했다. 남편은 차 고사 지낸다고 사고가 안 나느냐며 빈정댔다. 고사를 지냈으니 다친 사람 없지. 다친 사람 없는 것만도 어딘데요. 대꾸하면서 고사를 지냈다. 이 차를 운행하는 동안 사고 없이 무사하길 빌었다. 그와 함께 내 삶의 무게도 조금은 수월해지길 빌었다.

스타렉스는 덩치도 크고 차폭이 넓어서 골목길 다닐 때도 신경이 쓰였다. 타우너보다 넓은 몸집만큼 운전은 어렵고 주차는 조심스러웠다. 무엇보다 타우너에 비해 유지비가 만만치 않았다. 주유소 한 번 갈 때마다 20만 원 가까이 들었다. 유류비 파동이라도 나면 공포 그 자체였다. 고급승용차에 비할 바는 아니지만, 타우너에 비하면 모든 것이 거인이었다. 또 다른 골칫거리가 있었다. 왕복 4차선인 7번 국도와 대포(대구—포항) 고속도로 달리면서 속도위반 스티커를 자주 받았다. 남편에게 들키지 않으려고 조용히 농협으로 달려가기도 했다. 어쩌다 남편이 운전할 때 과속 스티커가 끊기면 보란 듯이 거실 탁자 위에 올려놓기도 했다. 친정에 일이 있을 때는 우리 차가 12인승인 관계로 한 대만 움직이자고 했다. 농사일이 바빠 차 청소는 엄두도 내지 못했다. 차 청소를 하지 않았다고 남동생들한테 잔소리 듣기도 했다. 차 청소는 사람들 태워서 교육 갈 때나 하는 거지. 친정에 오는데 바쁜 내가 언제 청소하고 오느냐고 응수했다.

교육이나 회의 시간에 지각하는 것이 싫었다. 어떤 때는 지각할 것 같으면 아예 결석했다. 늦게 참석하면 다른 사람들에게 피해가 되고 회의나 교육 흐름에 방해한다는 생각이 들어 지각하지 않으려고 노력했다. 경북 농민사관학교 수업은 주로 경북농업기술원에서 하는데 그날은 팔공산 어느 교육장에서 한다는 연락을 받았다. 초행은 아니었지만, 오르막과 내리막이 심하고 커브가 많아 나에게는 난 코스였다. 지각하지 않을 정도의 시간에 겨우 주차장에 차를 세웠다. 차 문을 잠그고 가방을 챙겼다. 급하게 교육장으로 뛰는 순간, 바닥에 있는 차량 안전 바를 보지 못하고 아스팔트에 그대로 넘어졌다. 안경은 날아가고 오른쪽 눈가에는 찰과상으로 피가 줄줄 흘렀다. 아픈 줄도 모르고 교육장으로 갔다. 나를 본 담당 과장은 깜짝 놀라며 직원과 함께 병원을 가도록 했다. 약간 늦어도 되는데 왜 그렇게 서둘렀는지 여유 없는 내 모습이 부끄럽기만 했다. 치료하고 왔지만, 얼굴과 온몸은 욱신거리고 손바닥은 따끔거렸다. 단체 사진을 왼쪽으로 서서 다친 얼굴이 나오지 않도록 찍은 적 있었다.

학원을 접고 농사할 때는 동네 아주머니들을 태워 과수원을 갔다, 교육이 있을 때는 농업인들을 태우고 대구, 청도, 밀양까지도 다녔다. 바쁜 일상에서 청소 한 번 못 해 잔소리 들어도, 나는 스타렉스와 함께했다. 차 안은 '나'의 무대였다. 발표 연습도 하고, 인사말도 준비하고, 스타렉스와 함께 울고, 함께 웃었다. 남편과 싸운 날이면 운전대를 잡고 스타렉스에게 말했다.

"너나 나나 주인 잘못 만나 고생이 많구나. 너는 나를 잘못 만났고, 나는 남편을 잘못 만났으니 서로 마음이나 나누며 살자."

그 말에 스타렉스가 '웅웅' 하며 대답하는 것처럼 들렸다. 나에게 스타렉스는 단순한 이동 수단이 아니었다. 나의 일기장이었고, 분신이었다. 세상에서 가장 믿음직한 벗이었다. 칠곡에 있는 경북농업기술원은 주차 공간이 넓지 않았다. 주차 자리가 없을 것 같다는 생각 들면 '내가 주차할 곳이 있다.'라고 생각하고 가면, 신기하게도 주차할 곳이 있었다. 깜빡하고 그런 마음 없이 가는 날은 주차 때문에 고생하기도 했다. 생각이 현실을 만든다는 말을 나는 직접 체험했다. 차계부도 꼼꼼히 썼다. 주유 날짜, 오일 교환, 배터리 교체, 타이어 수리까지. 사소한 고장도 모두 기록했다. 그 차가 멈추면 내 일상이 멈추기 때문이었다. 시간이 지나자, 스타렉스가 노후되어 잦은 고장이 났다. 멀리 갔다가 집으로 돌아오는 길에는 항상 기도했다. "부디 중간에 퍼지지 말고, 집까지 가자." 그 말에 응답이라도 하듯 차는 항상 집 앞까지 데려다주었다.

처음에는 차만 사면 모든 문제가 해결될 줄 알았다. 그런데 아니었다. 문제는 생각보다 더 많아졌다. 보험료, 수리비, 고장에 따른 시간 손실, 예상치 못한 사건들. 삶은 한 가지 문제를 해결하면 다음 문제가 기다리고 있다. 속도에 매달릴수록 마음이 급했다. 급하면 항상 실수와 사고가 따랐다. 인생도 운전도 마찬가지다. 급하게 달리기보다는 여유 있게, 방향을 잃지 않고 내 페이스를 지켜야 한다. 무조건 차만 사면 다 해결될 거라는 어리석은 믿음은 깨졌다. 덕분에 배웠다. 겉모습보다 본질이, 속도보다 안전이 우선이다. 욕심보다 균형이다. 차도 삶도 마찬가지다. 조급함 대신 차분함으로, 욕망 대신 책임감으로, 나의 길을 준비한다.

이제 더 이상 무조건 차만 사면 된다고 믿지 않는다. 차는 삶의 도구일 뿐, 인생의 전부가 아니다. 아무리 좋은 차라도, 방향을 잃으면 소용없다. 아무리 빠른 차라도, 멈출 줄 모르면 사고가 난다. 무조건 차만 사면 되는 게 아니라, 차를 운전할 마음가짐도 갖춰야 한다. 내 삶을 책임질 사람도, 내 감정을 다독여줄 사람도, 결국은 나 자신이다. 스타렉스를 보내고, 나는 또 다른 길을 걷는다. 차에 의존하지 않으며, 내 두 발로 걷고, 내 목소리로 길을 찾으려고 한다. 인생의 운전석에는 언제나 내가 앉아 있다. 어떤 장애물과 위험이 있어도 나만의 걸음, 나만의 속도, 나만의 방식으로 오늘도 묵묵히 운행할 것이다.

4

거짓말하지 않는 기계 앞에서

"이놈의 컴퓨터가 미쳤나. 또 시작이네."

컴퓨터 앞에 앉을 때마다 나오는 팝업창. '이 글을 블로그에 담으시겠습니까?' 난 블로그가 없는데, 이 기계는 왜 자꾸 나에게 블로그 이야기를 하는 걸까. 처음엔 내가 뭔가 잘못했나 싶었다. 얼마 뒤에는 컴퓨터가 거짓말을 한다고 생각했다. 사람은 거짓말을 하지만 기계는 거짓말을 안 한다고 들었는데, 내 눈앞에 있는 이 녀석은 아주 능청스럽다. 매번 나를 시험에 들게 했다. 나중에는 너는 거짓말쟁이니까 네가 보내는 메시지는 무시한다. 으레 그러려니 생각했다. "내가 블로그가 어딨다고! 이놈아!" 사람이었으면 뒤통수를 한 대 쥐어박고 싶었다. 컴퓨터가 아니고 바보인가. 거짓말을 왜 이렇게 자연스럽게 하냐. 나는 블로그라는 걸 만든 적도 없고, 있는지도 몰랐는데, 이 녀석은 내가 카페에 글을 올릴 때마다 이 글을 블로그에 담으시겠습니까 라고 물었다. 그러면서도 '이상하다. 나는 블로그가 없는데, 애는 왜 자꾸 나에게 묻지.' 혼자 궁금해하면서도 누구에게 물어볼 수가 없었다.

경북농업기술원에서 안병권 소장의 이야기 농업 강의를 들었다. 현재 우리 농업의 현실을 그대로 말하고 있었다. 교육을 더 깊이 받고 싶었다. 명함을 받아 돌아왔다. 영덕에서 다른 농업인들도 이 교육을 받을 수 있도록 농업기술센터 담당자에게 부탁했다. 이야기 농업 강의가 개설되었다. 몇 차례 과정을 하면서 스토리텔링을 배우고, 농장 동영상을 제작했다. 학원만 운영하다가 스토리텔링 이야기 농업을 하니 그야말로 신세계였다. 우리 농장 동영상을 만들고 나니 세상 두려울 게 없었다. 동영상을 만들어 웹에 올리고 농장 홍보를 시작했다. 내 안에서 무언가가 꿈틀대기 시작했다. 블로그가 뭔지도 모를 때였다. 농사짓는 이야기를 매일 글로 쓰고 쓴 글을 이야기 농업 카페에 올리라고 했다. 카페에 글을 올리다 보니 컴퓨터가 내 블로그를 말한 것이다. 더 이상 기계가 알리는 메시지를 무시할 수 없었다.

대구 사는 이종 동생에게 전화했다. 동생은 사진영상과 교수다. 나보다는 컴퓨터와 세상일에 대해서 많이 알고 있을 것 같았다. "재야 나는 블로그가 없는데 카페에 글만 쓰면 블로그에 담으시겠습니까. 하고 묻는데 어쩌면 되노. 미치겠다." 그랬더니 동생이 한바탕 웃는다. "하하하하, 누나 네이버 아이디랑 비번 줘봐요. 내가 블로그 하나 만들어 줄게요." 블로그를 만들어 준다는 말에 눈이 번쩍 뜨였다. 네이버 아이디만 있으면 쉽게 만들 수 있는 블로그를 모르고 나는 확실히 블로그가 없다고 고집하던 중이었다. 며칠 뒤 블로그를 만들었다고 네이버 아이디로 들어가 보라고 연락이 왔다. "자연 속 건강 이야기 한빛농장" 나의 첫 블로그가 만들어져 있었다. 내가 글 쓸 공간이 하나 생긴 것이다. 네이버 아이디와 비번만 입력하면 컴퓨터에서 우리 집처럼 나타났다. 세상 그 무엇과도 바꿀 수 없는 나만의 소중한 공간이었다. 동생에게 몇 번이나 고맙다. 말하고 이모한테 아우가 만들어 주었다고 자랑했다. 이모는 내 블로그를 즐겨찾기 해두었다고 했다. 가끔 전화로 지금 나오는 농산물을 묻곤 하면서 제철 농산물을 구하셨다. 이모는 늘 나에게 든든한 지원군이 되어주셨다.

블로그 하나로, 세상과 연결된 기분이었다. 블로그를 만들고 글 쓰는 요령과 키워드 상위 노출 방법을 배웠다. 학원생들과 공부하던 냉방에서 무릎 담요 하나 덮고 블로그에 글을 썼다. 하루 3~4시간씩 자면서 키워드 상위 노출을 위해 애를 썼다. 어쩌다 내가 선택한 키워드가 방송에 나오는 날은 내 블로그가 상위 노출되기도 했다. 블로그 방문자 수가 폭발적으로 상승하면 좋기도 했지만, 한편으로 겁이 나고 두렵기도 했다. 익숙하지 않은 낯선 환경은 언제나 나를 두렵게 만든다. 그 두려움은 매일 글을 올리며 시간이 지나자 자연스레 없어졌다.

그때만 해도 사진을 요즘처럼 스마트폰으로 찍어 바로 올릴 수 없었다. 디지털 카메라로 찍어서 컴퓨터에 연결하고 사진을 올리던 때다. 농사짓는 모습은 물론 농작물이 자라는 모습, 새들이 와서 알을 까고 새끼를 키우는 모습, 아이들 입학과 졸업 사진도 올렸다. 평소에 일하는 내 모습을 아주머니들께 찍어 달라고 하기는 어려웠다. 자식들이 사 준 핸드폰을 잃어버릴까 봐 옷장 속에 두고 다니는 아주머니들도 있을 정도였다. 간혹 〈6시 내고향〉에 출연할 때는 스텝 누구나 붙잡고 카메라를 주면서 사진을 부탁할 때는 다행스럽고, 감사했다. 내 일상을 전부 공개했다. 홈페이지와 블로그를 연결하고 스마트 스토어를 개설했다. 매년 소득이 조금씩 늘어났다. 몸이 힘든 줄도 모르고 정신없이 살았다. 낮에는 농사일에 매달리고, 밤에는 블로그에 집중했다. 블로그 하나 있으면 내 농산물 제값 받고 파는데, 문제없을 것 같았다.

애써 농사지은 유기농산물을 공판장 가서 헐값에 넘기지 않아도 된다는 생각에 블로그를 더 열심히 했다. 여름에는 종일 일하고 저녁을 먹으면 9시 정도가 됐다. 아이들과 TV 보던 남편은 "야야 너네 엄마 컴퓨터 앞에서 또 졸고 있다." 정말 졸고 있었다. 설거지를 물에 담가 놓고, 글 하나 쓰려다 컴퓨터 앞에서 고개를 꾸벅꾸벅. 그래도 대꾸하지 않았다. '두고 보자.'라며 속으로만 다짐하면서 글을 썼다. 내 할 일만 묵묵히 해 나갔다. 한두 해 열심히 쓰다 보니 고객들의 문의 전화가 수시로 왔다. 간혹 방송국 작가들의 전화를 받기도 했다. 한 시간 이상씩 방송 출연에 대하여 전화로 이야기 나누었다. 상황이나 조건이 맞으면 일정을 맞추어 출연했다. 키워드가 상위에 노출되거나 방송을 타게 되면 자신감과 자존감도 높아졌다.

어느 날, 블로그 제목에 쓴 글씨체가 저작권을 침해했다는 연락을 받았다. 청천벽력이었다. 손이 벌벌 떨리고, 가슴이 철렁했다. 동생이 미안해할까 알리지도 못하고, 주변 사람들에게 수소문해서 결국 백만 원 가까이 주고 해결했다. 그 뒤로는 글씨체 하나도 조심하면서, 사진도 직접 찍은 것만 쓰기 시작했다. 그렇게 블로그도, 나도 조금씩 성장했다.

중요한 것은 내가 그 순간 블로그를 몰랐다는 것이다. 그것은 부끄러운 일이 아니다. 배우기 위한 새로운 시작이었다. 몰랐기 때문에, 배울 수 있었고, 실수한 덕분에 한발 더 나아갈 수 있었다. 순간의 실수나 실패를 전체로 볼 필요는 없다. 오늘 부족하다고 내일까지 부족할 수는 없는 일 아닌가. 본인 노력 여하에 따라 발전되고 확장될 수 있다. 요즘처럼 변화가 빠른 세상에 끝까지 살아남기란 쉽지 않다. 모르면 무조건 묻고 배워야 한다. 모르는 것을 고집하는 것은 부끄럽고 창피한 일이디. 더 나아지는 계기로 삼고 노력하고 발전하고 확장하는 기회로 만들어야 한다.

기계는 거짓말을 하지 않는다. 냉정하지만 정직하다. 내가 모르는 것을 그대로 보여준다. 블로그가 없는데 블로그에 담겠냐고 묻던 그 팝업은 오류가 아니었다. 내가 몰랐다. 나의 가능성을 일깨우는 신호였다. 무지에서 시작된 호기심은 배움의 출발점이었다. 무식해서 용감할 수 있었다. 하지만 지금은 안다. 실수는 나를 멈추게 하는 걸림돌이 아니라, 더 나아가기 위한 디딤돌이다. 몰랐던 것들을 묻고 배우며, 나 자신을 꾸준히 업데이트할 수 있었다. 기계는 거짓말을 하지 않지만, 나 역시 나 자신에게 거짓말하지 않을 것이다. 배움의 길에서 언제나 겸손하고 용감할 것이다.

5

두려움을 넘어서 한 걸음 더

여의도 샛강도서관 옆에 있는 FKI TOWER. 그곳엔 수시로 사람들이 드나들었다. 유리로 막힌 출입구 앞에 섰다. 투명했지만 벽처럼 느껴졌다. 사람들은 자연스럽게 드나들었다. 발이 땅에 딱 붙었다. 나는 저 안에 들어갈 수 없는 사람이라고 생각했다. 아무도 막지 않았는데, 내가 나를 막았다. 그곳에 근무하는 사람들만 다니는 줄 알았다. 들어가 보고 싶었지만, 용기가 없었다. 그 건물은 나에게 늘 닫힌 세계였다.

그날은 샛강도서관 간다고 나섰는데 이른 시간에 도착했다. 바람이 매서웠다. 귀가 얼얼했다. 더 이상 바깥에 서 있을 수 없었다. 그냥 문을 밀었다. 회전문이 천천히 돌아갔다. 유리문이 등을 밀었다. 회전문을 통과하는 순간 가슴이 뛰었다. 나가라고 하면 뭐라고 말해야 하나, 괜히 혼나는 건 아닐까. 심장이 쿵쾅거렸다. 손바닥에 땀이 났다. 아무 일도 일어나지 않았다. 아무도 나를 보지 않았다. 아무도 나가라고 하지 않았다. 경비처럼 보이는 사람이 서 있었지만 나에게 관심도 없었다.

내 인생이 그랬다. 스스로 보이지 않는 울타리를 치고 그 안에서만 돌았다. 할 수 있는데도 못 한다고 한 적도 있었다. 들어가도 되는데 스스로 안 된다고 빗장을 걸었다. 혹시 나가라고 할까 봐 겁이 났다. 아무도 나에게 나가라 하지 않았다. 내가 상상한 것이다. 그제야 알았다. 세상이 나를 가둔 것이 아니라 내가 나를 가두고 있었다. 내 인생의 많은 문이 그랬다. 해 보지도 않고 겁부터 냈다. 다가가지도 않고 포기했다. 그러나 한 번 밀어 보니 열렸다. 한 걸음 내딛자 길이 보였다.

로비를 통과해서 지하 공간으로 갔다. 여러 개의 부스가 있었고, 부스마다 작은 테이블 두 개가 나란히 붙어있었다. 양옆으로 의자 두 개씩 네 개가 있었다. 아침 시간이라 사람들이 드문드문 앉아 있었다. '아 여기서 점심 먹으면 되겠네.' 취식 금지 안내판에는 다과와 음료 이외 음식물 섭취를 제한합니다. 라고 표시되어 있었다. 다행히 내가 준비한 것은 과일과 음료수. 그 정도는 괜찮을 것 같았다. 여름에서 가을까지는 야외 벤치에 앉아서 점심을 먹을 수가 있었다. 날씨가 점점 추워지면 밖에서 점심을 먹을 수가 없었다. 그날은 따뜻한 실내에서 점심 먹는 호사를 누렸다. 생각해 보니 신분증을 맡기고 국회도 들어간 내가 왜 그렇게 망설였는지 이해가 되지 않았다. 나가라 하면 나가면 되지. 배짱 좀 길러야겠다. 그날 아주 작은 한 걸음을 내디뎠다. 그 한 걸음이 내 삶을 바꾸고 있었다는 걸 나중에서야 알 수 있었다. 불안은 늘 있었다. 심장은 항상 뛰었다. 그래도 멈추지 않았다. 문 앞에만 서 있지 않았다.

『나는 꿈을 이루는 요양보호사입니다』 책을 출판할 때 일이다. 책 제목을 인쇄가 아닌 자연스러운 글씨체로 하고 싶었다. 평소 좋아하던 붓글씨나 손글씨가 인간적인 따뜻함을 전하기 때문이다. 코로나 되기 전 영등포 50플러스 센터에서 배웠던 붓글씨와 캘리그라피 지도 선생님이 생각났다. 아쉽게도 그분 성함이나 연락처를 알 수 없었다. 며칠 고민했다. 문득 그 옆에 계시던 명자 선생님이 나와 함께 글쓰기를 배운 분이라는 생각이 났다. 바로 명자 선생님께 전화했다. 나의 상황을 말씀드렸다. 알려 준 연락처로 전화하고 인사했다. 초면이지만 흔쾌히 제목을 써 주겠다고 했다. 당신의 일정을 정리하고 삼 일 뒤에 보내주겠다고 약속했다.

그날 밤, 나는 잠을 이루지 못했다. 나에게도 이런 일이 있을 줄이야. 꿈에도 생각하지 못했는데…. 세상에 이런 일도 있네. 간절히 원하면 이루어진다는 사실을 또 한 번 실감했다. 열 장 정도 보내준 글씨 중에서 가장 돋보이는 것을 하나 골랐다. 직접 써 주신 글씨를 보고, 마치 오래전 꿈을 선물 받은 기분이 들었다. 간절하면 통한다, 그 생각을 다시 확인할 수 있었다. 내가 할 수 없는 일은 포기하고 주저앉을 것이 아니라, 주변에 도움을 받는 방법도 있었다.

수업 시간 글쓰기를 배울 때는 무엇이든 할 수 있을 것 같지만,

막상 시작하려면 온갖 걱정이 앞섰다. 내가 뭘 할 수 있을까. 누가 나 같은 사람의 말을 듣고 싶어 할까. 그런 생각들이 자꾸 떠올랐다. 그래도 나는 포기하지 않는다. 지금도 여전히 흔들리고 부족하지만, 오늘도 책상 앞에 앉는다. 그리고 손끝으로 한 글자씩 꾹꾹 눌러 적는다.

요양보호사로 일하며 가장 어려웠던 것은 주방 업무였다. 한식 조리사 자격증은 있었지만, 요리에 자신이 없었다. 어떤 날은 맛있다는 소리를 들었고, 어떤 날은 짜다는 말을 들었다. 서울 음식은 나에게는 늘 싱거워야 했고, 간 맞추는 일이 어렵게만 느껴졌다. 주간보호센터 근무할 때도 주방 근무가 있는 날은 죽었다. 생각하며 출근했다. 그런 날 퇴근할 때는 어김 없이 파김치가 되었다. 잠시 앉을 시간 없이 근무 시간 내내 서서 음식을 해야 한다는 선입견으로 구인 광고에 식사, 음식, 조리라고 명시된 곳은 아예 지원조차 하지 않았다.

인연이 따로 있는지는 모르겠다. 어쩌다 보니 J 할아버지를 만나게 되었다. 면접 때 장을 봐주시고, 밥은 할아버지가 하신다고 했다. 반찬 몇 가지 만들어 드리면 된다고 해서 가볍게 생각하고 근무를 시작했다. 주 업무는 8시 출근해서 할머니를 깨워 옷 입히고, 세수시키는 것이었다. 이후에는 아침밥과 약 먹이고 양치질해서 주간보호센터에 보내고 집안일을 했다. 그 외에는 주로 장은 할아버지가 봐주시고 반찬을 만들어 드리는 일을 했다. 처음 며칠은 그만둘까 생각할 정도로 힘들었다. 정성을 다했지만, 서툰 음식 솜씨는 감출 수 없었다. 할머니를 주간보호센터 보내고 나서 4시간 동안 5분도 쉬는 시간 없이 국 끓이고 반찬 서너 가지 만들기가 내 수준에 버거웠다. 누가 쉬지 말라고 한 것도 아닌데, 근무 시간에는 물 한 모금 마시지 못했다. 화장실 한 번 다녀오지 못한 채 바쁘게 움직였다.

얼마간 시간이 지난 후에는 할아버지도 종종 쉬면서 하라고 하셨다. 잘하려 하지 말고 천천히 해 보자고, 스스로 다짐했다. 혼자서 '천천히'를 주문 외우듯이 했다. 유튜브를 보며 반찬 만드는 법을 하나씩 배웠다. 육수 내는 알맹이 제품을 쓰지 않았다. 집에 있는 멸치, 다시마, 양파, 대파, 표고버섯, 무를 넣어 직접 만들었다. 할아버지는 국물 맛이 깊은 것은 육수 덕분이구나. 하시며 고맙다고 하셨다. 모든 일의 정성은 금방 보이지 않더라도 진심은 통한다. 두 분 입맛에 맞도록 만들고 상을 차렸다. 조금씩 요령도 생겼다. 국은 넉넉히 끓여 1회 분량으로 통에 담아 냉동실에 넣었다. 반찬은 한 번에 두 통을 만들어 한 통을 다 드시고 새 통을 드시도록 했다. 할아버지는 내가 만든 음식이 짜지만 않으면 뭐든지 맛있다고 하셨다. 그 말에 용기를 얻었다. 자신감도 생겼다.

여정의 길목마다 두려움이 있었다. 두려움은 모르기 때문에 생긴다. 모르는 것은 배우면 된다. 배워서 알면 두렵지 않았다. 두려움은 내가 움직이지 않을 때 더 크게 다가왔다. 움직이지 않고 가만히 있을 때는 자꾸 상상하고 상상이 커지면 공포로 이어졌다. 하지만 용기를 내고 시도하는 순간, 그 두려움은 어디론가 사라졌다. 두려움은 실체가 없는 허상의 감정이라는 것을 책을 통해 알게 되었다.

용기란 거창한 선언이나 대담한 행동이 아니다. 그것은 불안 속에서도 한 걸음 내딛는 작은 결심에서 시작된다. 주방에서 반찬을 만들며 실수할 때도 있었다. 멈추지 않았다. 도서관 앞을 지날 때마다 들어가지 못했던 FKI 타워, 용기 내어 들어가 보지 않았다면 몰랐을 장소가 작은 안식처가 되었다. 나의 책 제목을 참하게 쓰고 싶어도 방법을 찾을 수 없었다. 간절하게 생각했다. 지인께 부탁하고 길이 열렸다. 음식 만들기가 두려웠지만, 시도하면서 차츰 익숙해질 수 있었다. 도전은 항상 거창한 목표에서 시작되는 것이 아니다. 작은 시도, 순간의 용기, 그리고 넘어졌을 때 다시 일어서는 회복 탄력성 덕분에 여기까지 올 수 있었다. 삶은 정답을 알고 출발하는 시험이 아니다. 답을 찾아가는 여정이다. 두렵다면, 배울 기회가 있다는 뜻이다. 오늘도 두려움을 넘어서 내 길을 걸어간다. 용기란, 길을 아는 것이 아니라 길을 찾는 마음이다. 그 마음이 있다면, 우리는 언제든 다시 시작할 수 있다. 넘어져도 괜찮다. 다시 일어설 수 있다. 또 하면 되지. 버티고 일어서는 힘. 결국, 그 힘이 내 인생을 바꿀 것이다.

6

다이어트는 체중이 아니라 엔진이다

옷가게마다 돌아다녀도 마음에 드는 옷 한 벌 없다. 마음에 들면 비싸고, 가격이 적당하면 디자인이 마음에 들지 않는다. 77은 어깨가 끼고, 88은 허리춤이 헐렁하다. 거울 앞에 서면 옷을 고르는 것이 아니라 내 몸을 원망하고 있었다. '옷이 문제가 아니라, 내 몸이 문제다.' 어느새 내 안에서 자책이 되어 버렸다. 다른 사람들은 예쁜 옷을 잘만 입고 다니는데 나는 도대체 왜 이럴까. 거울을 볼 때마다 뚱뚱한 몸매는 초라하고 볼품없었다. 원피스 한 장 사러 나섰다가 집에 오는 길에는 아무나 잡히기만 하면 트집을 잡고 싶을 정도였다. 옷이 예쁜 게 문제가 아니었다. 나는 그 예쁜 옷을 입을 자격이 없다고 생각했다. 다이어트는 나에게 단순한 체중 감량이 아니라, 나에 대한 변명처럼 느껴졌다. '이 몸으로는 아무것도 할 수 없어.' 모든 면에서 물러서게 했다. 몸에 옷을 맞추는 것이 아니라 옷에 몸을 맞추어야 했다. 옷 사는 것이 아니라, 스트레스만 쌓였다. 지난번 살을 뺐을 때 잘 관리할걸, 때늦은 후회가 올라왔다.

변변한 옷 한 벌 없이 살아온 지난 시간이 떠오른다. 아기를 낳고도 빠지지 않던 살은 내 인생에 껌딱지처럼 딱 붙어서 떨어지지 않았다. 농사를 시작한 이후로는 체형 관리할 여유조차 없었다. 해가 져서 어두워질 때까지 일하고 집으로 돌아온다. 저녁밥 해서 먹으면 보통 9시가 되었다. 그 시간엔 포만감이 위안이었고, 음식이 곧 휴식이었다. 남들은 웰빙을 말했지만, 나에게는 먼 세상 이야기다. 나는 그저 유기농 먹거리만 먹고 유기농 농사만 제대로 짓자는 생각뿐이었다. 때로는 밤 11시나 12시에 농사일이 끝나면 겁도 없이 남편과 맥줏집을 가기도 했다 살 빼고 날씬해지는 것은 이미 포기하고 펑퍼짐한 시골 촌부의 모습으로 살았다.

마음은 남들처럼 정상적인 체형으로 살고 싶지만, 나는 도저히 날씬해질 수 없는 사람이라 생각했다. 163cm에 85kg. 완전 드럼통이었다. 무릎이 아파서 걷기 힘들 정도였다. 쪼그리고 앉아서 하는 농사일이 가장 힘들었다. 엉덩이를 땅에 대든지 일어서서 허리 굽히고 일해야 했다. 체형을 감추기 위해 행사 때는 생활한복을 입었다. 막내가 초등학교 다닐 때는 엄마는 뚱뚱해서 보기 싫으니 우리 학교에 오지 말라는 소리까지 들었다. 그 말에 가슴이 철렁 내려앉았다. 이렇게 살 수는 없는 일이다. 생각하고 지인의 소개로 포항에 있는 체육관을 다니게 되었다.

당시 60대 후반으로 보이는 관장은 내 몸 상태에 맞게 1:1로 코칭

해 주었다. 태어나서 처음으로 헬스장을 갔다. 첫날은 당황스러웠다. 운동기구 하나 제대로 다룰 줄 몰랐다. 다른 사람들이 어떻게 볼까 생각하니 부끄럽고 창피했다. 옆 사람 운동하는 모습도 힐끗힐끗 쳐다봤다. 능숙하게 운동기구를 다루는 사람들을 보니 마치 기구가 몸의 일부라도 된 듯 자연스러웠다. 이 나이 먹도록 도대체 무얼 하며 살았기에 기구 하나 제대로 다루지 못하나 싶어, 왈칵 눈물이 쏟아졌다. 몸이 따라주지 않으니 더 기가 찼다. 관장이 시키는 대로 하고 싶어도 할 수가 없었다. 그동안 나 자신을 돌아볼 틈도 없이 앞만 보고 달려왔다. 그 순간에는 세상 누구보다 내가 초라하게 느껴졌다. 머릿속은 복잡했다. '내가 할 수 있을까?', '나도 정상 체형으로 바뀔 수 있을까?' 그래도 이왕 시작한 거, 제대로 한번 해 보자고 마음을 다잡았다.

운동을 시작한 계절은 가을이었다. 이듬해 유월까지, 그나마 가을과 겨울에는 해가 짧아서 농사일 마치고 한 시간 거리의 포항까지 달려가 두 시간 운동하고, 다시 집에 오면 열 시가 되었다. 남편 눈치가 보여 처음엔 운동 마치고 샤워도 하지 않은 채 급히 운전대를 잡고 돌아왔다. 하지만 땀을 흠뻑 흘린 뒤에 샤워 정도는 하는 것이 내 몸에 대한 예의라는 생각 들었다. 한 달 정도 지났을 무렵, 체중은 5kg 감량되었다. 몸이 한결 가벼워졌다. 자신감이 생기자 음식도 조심했다. 먹는 것도 신경 썼다. 관장은 빵, 떡, 국수는 되도록 먹지 말라고 조언했다. 헬스장에서는 땀을 뻘뻘 흘리면서 '나'

와의 싸움을 했다. '이쯤에서 멈출까, 대충할까, 못 하겠다고 할까.'
라는 말이 목구멍까지 올라왔다. 그 말들을 밖으로 꺼내지 않고 꾹
꾹 삼키며, 관장이 지시한 횟수를 채워냈다. 앞구르기를 하지 못하
던 내가 부드럽게 구를 수 있었다. 꾸준히 하다 보니, 통나무 같던
몸이 점점 유연해졌다.

관장은 일어나서 바로 재는 체중이 자기의 정확한 체중이라 했
다. 매일 아침 체중계에 올라섰다. 몸무게 앞자리 숫자가 8에서 7
로 바뀌었다. 평소에 입던 옷들이 헐렁해졌다. 할 수 있다는 자신
감이 생겼다. 5개월 정도 지났을 때 60kg가 되었다. 날아갈 것 같
았다. 정확히 25kg을 감량한 것이다. 보는 사람마다 놀라며, 부러
워했다. 자신감이 넘쳤다. 무슨 일이든 할 수 있었다. 달리기도 할
수 있을 것 같아서 운동회 때 뛰어봤다. 꼴찌를 했다. 날씬한 몸과
달리기는 상관관계가 없었다. 달리기는 꼴찌 했지만, 몸이 가벼워
진 것은 바로 느낄 수 있었다. 식사를 마치면 상 치우기가 여간 힘
들지 않았지만, 바로 일어나서 상을 들고 나가서 치울 수 있었다.
과수원 사다리에 올라가서 작업하는 것도 예전만큼 어렵지 않았
다. 사다리에 오르내리는 것도 수월했다. 사다리 위에서 종일 작업
해도 다리가 종전처럼 아프지 않았다.

그뿐만 아니다. 신우염으로 부었던 몸이 붓지 않아서 좋았다. 일
이 고단하거나 무리할 때는 눈, 손과 발이 퉁퉁 붓는 증상이 없어
졌다. 마음 놓고 아무 옷이나 몸에 걸칠 수 있었다. 과수원에 청바

지 입고 일하러 오던 김 조장이 그렇게 부러웠는데, 나도 청바지 차림으로 일할 수 있게 되었다. 내 안에 있던 '나는 안 될 거야'라는 생각이 사라졌다. 나는 내 몸을 바꾼 사람이었고, 그만큼 삶도 바꿀 수 있는 사람이라는 믿음이 생겼다.

다이어트에 대해 잘못 알고 있었던 것도 많았다. 적게 먹고 많이 움직이면 살이 빠진다고 생각했다. 그러나 강사는 다이어트를 하려면 가장 먼저 체중계를 버리라고 했다. 처음 들을 때는 황당했다. 다이어트는 체중 감량이 목적이 아니라, 몸의 신진대사를 활성화하는 과정이라는 것을 알게 되었다. 체중은 단지 숫자일 뿐이었다. 중요한 건 내 몸이 보내는 신호다. 몸이 에너지를 쓰지 못하면, 아무리 적게 먹어도 살이 찐다. 하루 3,000kcal를 먹다가 2,500kcal로 줄였다고 해도, 빠지는 건 지방이 아니라 수분과 근육일 수 있다고 말했다. 결국 건강한 다이어트란 체중이 아니라 대사를 돌보는 일이었다. 몸을 제대로 이해하기 시작했다. 100을 먹더라도 몸이 정상적으로 100이나 120을 소비할 수 있으면 살이 안 찌는데 50밖에 먹지 않아도 30밖에 소비를 못 시키면 20이 남아서 비만이 된다고 했다. 몸의 신진대사를 활성화하는 것이 올바른 다이어트라는 것을 알게 되었다.

기초대사량을 높이기 위해서는 다음과 같이 하라고 강사는 말했다.

첫째, 탄수화물 식단에서 단백질 위주의 식단으로 섭취한다. 단백질 섭취량이 부족할 경우 근육 성장 문제로 근 손실이 일어나기 때문이다. 둘째, 수분 섭취하기다. 우리 몸의 70%는 수분으로 이루어져 있으므로 체내 수분 역시 매우 중요한 역할을 하고 있다. 수분 섭취는 혈액의 흐름을 원활하게 하여 지속적인 에너지 공급에 필요한 역할을 한다. 한 번에 많은 양의 수분 섭취보다 여러 번에 걸쳐 자주 마시는 것이 좋다. 셋째, 규칙적인 식사하기. 1일 1식이나 절식, 단식 등의 불규칙한 식단의 경우, 체내 영양 불균형을 초래해 대사를 느리게 만들고 근육 노화를 유발할 수 있다.

기초대사량을 높이기 위해서는 가공식품이나 즉석식품은 피하는 것이 좋다. 강사는 세계에서 가장 건강한 음식은 대한민국 한식이라고 강조했다. 칼로리를 줄이면 일반적으로 내가 먹는 것이 3,000kcal인데 2,500kcal로 줄인다면 500kcal만큼 지방으로 빠져나가는 것이 아니라 몸에서 수분과 근육이 빠져나가는 것이므로 건강한 다이어트는 신진대사를 활성화하는 것이라고 다시 강조했다.

다이어트는 단순히 체중을 줄이는 일이 아니라, 내 몸이 보내는 신호를 듣고 건강을 되찾는 것이었다. 숫자에 집착하지 않고, 옷치수보다 내 건강을 생각했다. 운동으로 몸을 움직이고, 식단으로 내 몸을 관리하면서 점점 달라졌다. 옷을 입을 때마다 나를 감추려 애쓰던 과거에서 벗어나, 이제는 나 자신을 당당히 드러낼 수 있게 되었다. 외면도 내면도 건강하고 당당하게. 다이어트는 더 이상 견디는 고통이 아니라 나를 회복하는 길이었다. 몸에 맞는 옷을 찾 듯, 나에게 맞는 삶을 찾는 것이다. 다이어트는 체중 줄이는 일이 아니라, 나를 회복하고 나 자신을 믿는 일이다.

7

실수를 통해 배우는 삶

아슬아슬했던 그 순간을 생각하면, 지금도 등에서 식은땀이 흐른다. '앗! 나의 실수.'라는 말이 절로 튀어나왔던 순간들이다. 누군가 내게 "실수를 줄이는 법이 뭐냐?"라고 묻는다면, 나는 주저 없이 "실수 많이 하다 보면 조금씩 줄어요."라고 대답할 것이다. 나는 차분하지 못하다. 침착과도 거리가 멀다. 말 그대로 덜렁대고 수시로 실수한다. 실수는 늘 예고 없이 찾아왔다. 마음이 들떠 있거나 시간이 촉박할 때, 혹은 생각이 한쪽으로 치우쳐 있을 때 빈틈을 파고들었다. 실수를 자랑하고 싶은 마음이 아니다. 실수에도 불구하고 여기까지 무사히 살아온 것이 감사할 뿐이다. 더 조심하고 싶다는 마음으로 이 글을 쓴다. 실수를 통해 배우는 삶은 어쩌면 내가 조금 더 단단해지는 방식인지도 모르겠다.

천안 소노벨에서 1박 2일 리더 십 교육받으러 가던 날이었다. L을 마곡역에서 만나기로 했다. 미끄러운 눈길이 걱정되어 조금 일찍 집을 나섰다. 마곡역에서 L을 만났다. 김밥과 과일 나눠 먹으며 천안까지 갔고, 교육도 잘 마쳤다. 집에 대해서는 아무 생각도 하지 않았다. 이튿날 마곡역에 도착해서 각자 집으로 헤어졌다. 문을 열고 들어서니 평소와 다르게 집안이 훈훈하다. '무슨 일이지?' 방안을 둘러보는데 아뿔싸. 책상 옆에 있던 미니 난방기가 켜져 있었다. 계산해 보니 30시간 가까이 켜져 있었다. 그 자리에 털썩 주저앉았다. 책상 옆에는 5단짜리 책장 두 개가 나란히 있다. 소중한 책들이 불쏘시개가 될 뻔했다. 만약 불이 났더라면 이웃집 피해 또한 만만치 않았을 것이다. 생각만 해도 끔찍하다. 간혹 뉴스에서나 보는 화재 장면이 스치고 지나간다. 이름도 얼굴도 모르지만, 난방기를 안전하게 만들어 준 분께 절이라도 하고 싶었다. 그날 이후로 외출할 때마다 전열기 코드를 뽑았는지 다시 한번 점검하는 습관이 생겼다. 실수를 통해서 더 나은 습관을 장착할 수 있다면 실수를 무조건 회피하거나 기피할 일은 아니다. 겨울철 난방기 안전사고는 늘 조심하는 것이 제일이다.

　또 한 번의 실수. 이번엔 핸드폰이었다. 무심코 떨어뜨린 순간, 겉은 멀쩡한데, 화면에 연두색 줄이 가로로 몇 개 보일 뿐이었다. 액정이 나갔다. 지난번에도 비슷한 일이 있었기에 수리비가 떠올랐다. 12만 원. 아, 이번에도 그만큼은 깨져야겠구나. 다음 날, 기적처럼 화면이 멀쩡했다. '살았다!' 그런데 잠시 후 다시 화면이 꺼졌다. 심장이 철렁 내려앉았다. 사람도 몸이 아프면 병원을 찾아가듯 핸드폰도 전문가의 도움을 받아야 할 것 같았다, 만사 제쳐두고 AS 센터로 갔다. 접수하고 이름을 부를 동안 마음이 조마조마했다. 혹시라도 수리비가 많이 나오면 어쩌지. 기다림 끝에 수리한 기사가 말한다. "지금은 괜찮아요. 혹시 또 꺼지면 왼쪽 3분의 2지점쯤 꼭 눌러 보세요. 딸깍 소리가 나면 됩니다."

진단은 '접촉 불량'. 특별한 수리 없이 해결되었다. 수리비 한 푼 들지 않았다. 생각하니 발걸음이 가벼웠다. 나의 부주의함과 핸드폰의 내구성 사이에서 아슬아슬하게 살아난 경우다.

비가 오는 날 핸드폰을 가방에 넣지 않고 손에 들고 다녔다. 작은 우산은 빗물이 대를 타고 내려오지 않는데, 그날은 장 우산을 쓰고 갔다. 우산이 크면 비를 좀 덜 맞을 것 같았다. 지붕이 커서 비를 덜 맞는 것까지는 좋은데, 우산대로 빗물이 흘러내렸다. 손에는 물기가 축축한데 생각 없이 손을 바꿔가며 핸드폰을 들었다. 집에 와서 충전기에 꽂는 순간 신호음이 울리면서 물이 들어가서 충전할 수 없다는 메시지가 떴다. 드라이기를 충전 단자 쪽에 대고 바람으로 말렸지만, 헛수고였다. 이튿날 아침 핸드폰을 들고 서비스센터로 갔다. 점검하던 기사는 단자 고장으로 인해 새로 갈아야 한다고 했다. 아니면 무선 충전기를 사용하면 된다고 한다. 헌 핸드폰으로 백업을 할까 생각하다가 수리비 70,000원을 지불하고 수리했다. 평소에는 장 우산을 쓰지도 않고 핸드폰에 물이 들어갈까 늘 조심했는데 나의 조심성 없는 행동이 수리비를 날린 것이다.

내가 가진 물건을 내가 소중히 하지 않으면 아무도 소중히 대해주는 사람이 없다. 사람도 마찬가지다. 내가 나를 소중히 여기지 않는다면 이 세상 누구도 나를 소중하게 대해주지 않는다. 비가 오면 충전하는 곳을 막을 고무마개를 서너 개 구해서 왔다. 소 잃고 외양간 고친 격이다.

천안에서 이은대 작가의 멘탈 특강을 듣고 대구에서 영덕으로 가야 했다. 영덕 가는 버스 시간을 맞추기 위해 수업 끝나기 10분 전쯤 조용히 나와서 대구행 기차를 탔다. 동대구 복합 환승 터미널에서 30분 정도 여유 시간이 있어서 마음이 느긋했다. 동대구 환승 센터는 가끔 이용해 본 적이 있다. 기차는 날씨가 추워서 10분 연착한다는 안내 방송이 흘러나왔다. 그래도 20분 정도 여유가 있으니 차를 타기에 어려움이 없을 것 같았다. 그런데 기차에서 내려 버스 타는 곳을 아무리 찾아도 보이지 않았다. 이대로 찾다가는 버스를 놓칠 것 같아서 마음이 초조했다. 시간은 점점 가까워지고 마음이 조급해졌다. 도저히 안 될 것 같아서 아무나 붙잡고 시외버스 타는 곳이 어디냐고 물었다. 누군가 밖으로 나가서 다른 건물로 가라고 했다. 밖으로 나가서 다른 건물로 가야 하는 것을 계속 기차역 건물 안에서만 뱅뱅 돈 것이다.

밖으로 나오니 복합 환승 터미널의 큰 글씨가 보였다. 지난번 영덕 가는 버스를 탔던 기억이 났다. 버스 출발 시간이 5분 정도밖에 남지 않았다. 이 버스를 놓치면 수강생과 약속한 9시 정규 과정 수업을 못 하고 한 시간을 더 기다려야 한다 생각하니 눈앞이 캄캄했다. 아무것도 생각하지 않고 가방을 등에 메고 한 손에는 캐리어를 끌고 냅다 달렸다. 한산한 터미널에 뛰고 있는 사람은 나 하나밖에 없었다. 운동장에서 달리는 모습도 우스운데 버스를 놓치지 않기 위해 죽기 살기로 뛰는 모습이 가관이었을 것 같다. 그래도 다른 것 생각할 여유가 없었다. 그 순간에는 오로지 6시 30분에 출발하는 버스를 타야 한다는 생각밖에 없었다. 매표소를 향해 4층이 어디냐고 소리쳤다. 매표소에서도 같이 소리쳤다. 쭉 가서 에스컬레이터를 타고 올라가라고 한다. 에스컬레이터 앞에서 시계를 보니 출발 시간이 2분 남았다. 잘하면 탈 수 있을 것 같다는 생각이 들었다. 헉헉거리며 캐리어를 들고 계단을 뛰어 올라갔다. 숨이 턱까지 차올랐다. 내가 타야 하는 버스 홈이 보였다.

유리창 밖으로 버스 타는 곳은 보이는데 출입구를 찾을 수 없었다. 출입구가 어디냐고 다급하게 묻는 내가 측은해 보였든지 아가씨 한 사람이 일어서서 손으로 가르쳐준다. 허겁지겁 달려서 버스 홈에 도착했다. 버스가 막 출발하려고 뒷걸음질을 하고 있었다. 손으로 버스를 세우고 캐리어를 짐칸에 넣지도 못하고 가지고 올라탔다. 가쁜 숨을 몰아쉬며 모바일 티켓 바코드를 찍고 지정석에 앉았다. 운전기사는 별 아줌마 다 있다는 식으로 나를 힐끔힐끔 쳐다보았다. 수업 시간 지각도 싫어하던 내가 버스 출발 시간에 지각했다. 기사는 운전하면서 내 쪽으로 한 번씩 보면서도 아무 말도 하지 않았다. 그 눈빛이 멍청한 사람을 다 본다, 하는 시선처럼 느껴졌다. 한동안 거친 숨소리를 내뱉으면서도 아이구 다행이다. 감사하다는 생각이 절로 들었다. 1분의 소중함을 온몸으로 배웠다. 느긋했던 마음이 낳은 실수였다. 덕분에 시간 감각에 대한 배움이 생겼다. 미리미리, 정확하게. 차를 타기 위한 자세가 아니라, 삶을 살아가는 태도였다.

실수를 통해 배운다. 출근할 때마다 전기 코드 점검하고, 지하철에선 핸드폰을 가방에 넣는다. 바쁘면 실수가 잦다. 바쁠수록 더 천천히, 더 조심스럽게 살아야 한다. 실수하지 않는다면 배우는 것도 없다. 『부자 아빠 가난한 아빠』 20주년 특별판에는 이런 문장이 나온다.

"실수는 배움의 기회다. 약간의 두려움은 건강한 것이 될 수 있지만, 실수할까 봐 두려워하며 살아서는 안 된다. 교훈을 배울 수 있다면 실수는 좋은 것이다."

나의 실수는 배움의 씨앗이 되어 나를 가르쳤다. 실수는 끝이 아니라 시작이다. 불이 나지 않아 다행이었다. 핸드폰은 나만큼이나 소중하게 다루어야 하는 존재다. 버스를 놓치지 않아서 감사했다. 그 모든 '다행', '귀함', '감사'는 실수가 주는 선물이었다. 스티브 잡스가 자신이 만든 회사에서 쫓겨나는 일이 없었더라면, 아마 오늘

날의 애플은 없을지도 모른다. 신데렐라가 파티에서 신발 한 짝을 잃어버리지 않았더라면, 왕자님을 만날 기회도 없었을 터다. 내가 아는 이은대 작가는 사업 실패로 전과자, 파산자가 된 덕분에(?) 지금 작가를 양성하는 작가로 왕성하게 활동 중이다. 실수하라. 더 치열하게 실수하라. 그것이 내 삶을 자유롭고 멋지게 만드는 방법이다.

8

하루의 기록을 쌓아가면서

다이어리가 없었던 2025년 1월과 2월 두 달 동안 나의 일기는 여기저기 떠돌아다녔다. 2025년 나의 이야기가 갈 곳을 잃고 24년 공간에도 있었고, 메모지에도 적혀있었다. 들어갈 집이 없어 여기저기 옮겨 다녔다. 흘러가는 시간 속에 메모지 위에 흩어진 글자들이 한 곳에 자리 잡지 못한 채 유랑민처럼 떠돌아다녔다. 기록하지 않는 삶은 기억 속에서도 사라져간다. 엄마가 그랬다. 있을 때는 몰랐다. 떠나고 나서야 그 자리가 얼마나 큰 의미였는지 알게 되었다. 나의 다이어리는, 그런 존재였다. 늘 곁에 있으면서도 잊고 지내는 고마운, 사라지고 나면 다시는 돌아오지 않는 시간의 자리였다.

2004년 1월부터 다이어리를 썼다. 우연히『고정관념 와장창 깨기』라는 최윤희 작가의 책을 읽고 다이어리를 써보라는 권유에 따라 시작했다. 한 달 되고, 석 달이 지나니 나도 할 수 있겠다는 생각이 들었다. 그렇게 쓰다 보니 지금까지 오게 된 것이다. 다이어리의 기록은 나의 하루를 붙잡는 일이다. 특별히 예쁜 다이어리를 살 줄도 모르고 살 생각도 하지 않았다. 매일 기록하는 것인데 굳이 돈 주고 사야 하나. 다이어리 본질은 기록하는 것이다. 잘 적을 수 있으면 되는 것 아닌가. 지난 시간 다이어리를 쓰면서 나와 인연이 되는 대로 사용했다. 학원 할 때는 서점에 한 권씩 부탁했다. 농사지을 때는 농협과 유기농협회에서 받았다. 농협에서 구하지 못하면 보험회사 소장인 친구에게 부탁했다. 주간보호센터 근무할 때는 원장님의 도움도 받았다. 매년 12월이 되면 새해 다이어리 준비를 하게 된다. 올해는 우연히 모 방송사 다이어리를 구할 기회가 생겼다. 방송사 다이어리라 해서 뭐 크게 특별할 것 있겠느냐마는 그래도 일반인이 그런 다이어리를 한 번 써볼 수 있다는 게 은근히 기대되었다.

중학교 1학년 때 일이다. 장마로 큰 물난리가 났다. 평소에 돌자갈만 있던 빈 하천에 누런 황토물이 상류에서 내려와 온 들을 가득 채웠다. 나무뿌리가 둥둥 떠내려오고 큰 물줄기가 세상을 삼켜버릴 듯했다. 하천 가까이 있던 우리 논으로 큰물이 지나갔다. 논이 있던 자리에는 굵은 돌멩이와 자갈이 수북하게 쌓여있었다. 아버지가 굵은 돌은 꺼내 주었지만, 잔 자갈돌은 엄마와 내가 일일이 손으로 들어냈다. 돌 하나 백철 대야에 담을 때마다 달그락 소리가 났다. 쇠붙이와 돌이 부딪히는 소리가 날카롭게 귀에 거슬렸다. 어느 정도 돌이 담기면 돌끼리 부딪히는 둔탁한 소리만 난다. 너무 많이 담으면 무거워 옮길 수가 없다. 적당히 담아서 논둑 밖으로 부어야 했다. 반대로 너무 가벼우면 능률이 오르지 않았다. 무겁지도 가볍지도 않고 내가 감당할 무게를 찾아야 했다. 변변한 목장갑 한 켤레 없이 맨손으로 자갈을 주워냈다. 성한 장갑도 돌 만지는 작업을 하면 손가락에 금방 구멍이 났다. 엄마는 맨손으로 작업하고 나에게 손가락 떨어진 장갑을 내밀어도 작은 손에 거추장스럽다고 뿌리쳤다. 장갑 없이 맨손으로 돌을 주워냈다. 돌을 만지면 손바닥이 거칠어지는 것을 그때는 몰랐다.

엄마는 일하면서 수시로 너는 부모 잘못 만나 고생한다고 했다. 대구 이모네 외사촌들은 농사일하지 않고 자라는데 너는 농사일을 해야 한다고 부모 잘못 만나 고생한다는 소리였다. 나는 아니라고 말했지만, 엄마를 설득하기에 논리가 없었다. 중학교 2학년 때 수업을 마치고 영어 선생님과 이야기했다. "선생님 우리 엄마는 자꾸 내가 부모 잘못 만나서 고생한다고 하는데요." 내 말을 들은 선생님은 이렇게 말씀하셨다. "경희야, 선생님은 이렇게 생각한다. 농사를 지어 본 사람만이 농사꾼 심정을 알 수 있다. 나무를 해봐야 나무꾼 심정을 알 수 있단다. 선생님도 고등학교 때는 아버지를 도와서 나무를 하면서 영덕 농고를 다녔단다." 그때 선생님이 하신 말씀은 엄마를 설득하기에 딱 맞는 말이었다.

그래서 나는 농사꾼 심정을 알 수 있는 것이지, 부모 잘못 만난 것이 아니라고 했다. 이후로는 엄마의 그 말이 사라졌다. 엄마와 함께하는 일은 힘들지 않았다. 엄마 심정을 이해하지 못하는 바는 아니지만, 힘든 농사일 해도 엄마와 함께 있어서 좋았다. 나는 하나도 힘들거나 고생한다는 생각을 하지 않았지만, 엄마는 농사일 시키는 것이 고생시킨다고 생각한 것이다. 지금 생각해도 고생이 아니라 엄마와 함께 있어서 오히려 마음이 편안하고 행복했다. 엄마는 왜 그렇게도 마음 불편하게 생각했을까.

2024년 11월, KBS 스포츠 예술과학원 Y 본부장을 만났다. 그녀는 유쾌, 발랄 모드로 늘 당당하고 에너지 넘치는 모습이 좋았다. 스포츠 예술과학원에서는 주로 주말에 교육이 이루어졌다. 마침 연말이라 방송사 로고가 찍힌 다이어리를 구하고 싶었다. 지금은 없다고 해서, 아쉬웠다. 12월 어느 날, KBS미디어센터에서 송년회가 있었다. 행사장에서 다이어리를 부탁했다. 일단 챙겨 보겠다고 반승낙을 받았다. 행사를 마친 다음은 Y 본부장이 워낙 바쁜 분이고 나도 근무를 해야 해서 따로 연락하거나 만날 기회가 없었다. 1월 1일부터 써야 하는 다이어리가 1월 말이 다 되어도 연락이 없었다. 1월 마지막 주 용기를 내어 톡으로 연락하니 연휴 들어갔다고 했다. 2월 초나 되어야 가능할 것 같았다. '다이어리 한 권 구하기가 이렇게 어려운가. 그냥 아무 노트나 써 버릴걸.' 매일 갈등하면서 임시로 메모지에 그날 일을 기록했다. 다이어리를 기다리다 2월 중순이 되어 Y 본부장께 용기를 내어 택배로 보내주십사 부탁했다. 쾌히 보내주겠다는 답장을 받았다. 흔쾌히 보내주겠다는 약속과 달리 한 주일을 기다렸는데도 택배가 오지 않았다. Y 본부장이 약속은 꼭 지키는 분이라는 것을 알기에 필시 무슨 일이 있을 것 같았다. 일주일 뒤 아직 택배를 받지 못했다는 톡을 보냈다. 바로 전화가 왔다. 말도 안 돼. 보낸 지가 언젠데…. 답답하기는 나도 마찬가지였다. 오늘 근무 마치고 판교로 오라고 했다. 퇴근 후 서둘러 판교로 갔다.

먼저 다이어리부터 꺼내 놓았다. 푸른 빛이 도는 회색과 쑥색 중간 톤이다. 표지에는 조명과 창을 형상화한 디자인 12개가 가로 세개, 세로 네 개가 그려져 있다. 첫 장을 펼치자 왼쪽 날개는 카드집과 볼펜 꽂는 자리가 있었다. 기다린 시간만큼, 손에 쥐는 마음도 컸다. 다이어리를 보는 순간 첫눈에 반했다. 두 달 보름 기다린보람이 있었다. Y 본부장이 주었던 다이어리를 다시 달라고 하더니 사인을 해줬다. 2026년 새로운 다이어리 꼭 드릴게요. KBS 교수로서도 fighting!

다이어리는 단순한 기록지가 아니다. 나의 하루를 비춰주는 거울이다. 지난 시간을 정리하고 앞으로 나아갈 길을 가르쳐주는 내 비게이션이다. 수많은 다이어리를 써왔지만, 올해 만난 다이어리는 그중에서도 특별했다. 구하려 애쓰고, 기다리고, 결국 손에 쥐기까지의 과정은 순탄치 않았다. 손쉽게 얻은 물건은 쉽게 잊히지만, 어렵게 손에 넣은 다이어리는 매 페이지가 소중했다. 한 장 한 장을 넘길 때마다 마음이 차분해지고, 내 삶을 정성스레 기록하고 싶은 마음이 커진다. 기록은, 단순한 문장이 아니라, 내 삶을 사랑하는 방식이었다.

2004년 다이어리를 적은 후부터 지금까지 하루도 빠짐없이 나의 이야기들이 쌓여있다. 아이들과 붉은 고추 따러 갔다가 선예가 풋고추 따 먹고 매워서 동네 떠나갈 듯 울었던 이야기, 유기농 사과 농사지으면서 큰비에 사과나무가 넘어져서 남편과 둘이 일으켜 세우던 이야기, 연 논에 동네 아줌마들과 풀을 뽑던 이야기, 산새가 유기농 사과나무에 둥지를 틀고 알을 낳아 새끼와 함께 날아간 이야기, 노량진 수산시장에 무채 납품하면서 재고 난 무를 당산역 앞에서 팔던 이야기, 지금까지 살아온 이야기가 빼곡히 채워져 있다.

다이어리 없이 살아가는 날은 방향을 잃은 배처럼 불안했다. 다시 펜을 들어 한 줄씩 써 내려가며 나는 길을 찾았다. 엄마처럼 늘 곁에 있으면서도 때로는 잊고 지내는 고마운 존재다. 잃어버린 기억을 다시 만날 수 있고, 흐릿해진 꿈을 다시 또렷하게 만들 수 있었다. 다이어리 쓰는 순간은 나를 지키는 시간이 되고 나를 키워가는 공간이 되었다. 다이어리도, 인생도 정성껏 기록하고 의미를 채울 때 그 가치가 드러난다. 미사여구의 화려한 말이 아니다. 사실 위주로, 있는 그대로 적으면 된다. 이은대 작가는 늘 말했다. 글을 못 쓰는 것은 괜찮다. 그러나 정성이 있어야 한다고 강조했다. 글이나 삶이나 중요한 것은 정성이다. 정성으로 기록한 하루는 빛을 낸다. 다이어리도, 인생도, 정성을 채울 때 진정으로 살아 있는 것이 된다. 엄마가 나를 정성으로 키워주셨듯이 나도 나의 삶을 정성 가득하게 채우고 싶다.

9

모르기에 나는 자란다

나는 많은 것을 몰랐다. 모르기에 배우면서 자랄 수 있었다. 아이들만 자라는 것이 아니다. 어른인 나도 모르는 것을 배우면서 자랄 수 있었다. 모른다는 사실이 나를 부끄럽거나 초라하게 만들기보다는, 나를 배우게 했고, 배운다는 기쁨으로 내 삶은 조금씩 확장될 수 있었다. 모르기 때문에 좋았던 이유 몇 가지 적어본다.

첫째, 모르기 때문에 배울 수 있었다. 책 쓰기 수업 시간에 내가 글을 잘 쓰지 못한다고 말한 적 있다. 이은대 작가는 "자신이 못 쓰는 것을 아는 것만으로도 잘 쓸 수 있다."라고 했다. 앞으로 잘 쓸 수 있겠다는 막연한 희망을 가지기도 했다.

둘째, 내가 모른다는 사실 덕분에 더 알기 위해 배우려고 노력했다. 처음 서울 왔을 때는 지하철 탈 줄도 모르고 지리도 몰랐다. 시간이 있을 때마다 종로와 광화문 쪽으로 나가서 경북궁과 덕수궁을 둘러보았다. 아직도 모르는 곳이 많지만, 몰랐던 덕분에 배울 수 있었다. 모른다는 사실을 생각하지 못했다면 아직도 나는 종로와 광화문 쪽으로 가면 길을 헤매고 있을 것이다.

셋째 겸손할 수 있었다. 선유자익(善游者溺), 잘하는 사람이 그 재주를 믿고 까불다가 화를 입게 된다는 말이다. 본인이 안다고 나댈 필요 없다. 초등학교 5학년 때 담임 선생님은 "빈 깡통이 시끄럽다. 깡통에 돌이 하나 든 것 생각해봐라. 떼굴떼굴 굴러가면서 얼마나 딸랑거리니. 깡통에 돌이 가득 차면 시끄럽지 않겠지. 어릴 적에는 단순한 비유였지만, 나이 들어서는 삶의 지침이 되었다. 모르는 것을 스스럼없이 인정하는 것이 진짜 강한 사람의 자세라는 걸 알게 되었기 때문이다.

물론 모르는 것이 자랑이냐고 말하는 사람도 있을 것이다. 모르면 모르는 대로 살면 되지. 이 나이에 뭘 배우느냐고 핀잔하는 친구들도 있다. 속으로 모르는 소리 하네. 지금 노력하고 공부하면 나중에 행복하게 살 수 있지만, 지금 시간을 함부로 보내면 미래를 보장할 수 없다. 라고 말해 주고 싶었다.

얼마 전 읽은 『마음의 기술』에서 인간의 뇌는 90세까지 뉴런을 생성한다고 했다. 뇌 가소성은 최소 90세까지 이어진다는 점을 강조했다. 그냥 살면 되지 지금 배우면 머리에 들어가냐. 뭘 그렇게 자꾸 배우느냐. 그 시간에 맛난 것이나 먹고 놀러 다니며 즐기면서 살자. 라고 하는 동기도 있었다. 지금까지 고생하며 살아온 지난날을 생각하면 그 말이 위로처럼 다가오기도 할 것이다. 그렇게 사는 것이 괜찮을 수 있다고 생각할 수 있겠지. 그러나 그것은 그들의 삶이고 나는 내가 갈 길을 선택했다. 나를 성장 발전시키고 확장 시키기로 했다. 몰랐던 걸 알게 되는 기쁨이 이보다 더 클 수 있을까. 내가 모르는 것은 무조건 배우기로 했다.

책 쓰기 정규 과정을 수요일 밤에 줌으로 듣는다. 수업 시간에 이은대 작가는 글을 쓸 때는 반드시 메모와 낙서를 하고 글을 쓰라고 귀가 닳도록 말했다. 가끔은 큰 화면으로 평소 메모한 메모장을 직접 보여주기도 했다. 어느 날인가. 본인 핸드폰을 들고 메인 화면에 메모가 위로 올라가는 것을 보여 준 적 있었다. 메모에 진심이라는 것이 느껴졌다. 신기하고 재미있어서 저것은 내가 꼭 알아야겠다. 마음먹었다. 지금까지는 스크롤형 메모가 아니라, 평면에만 메모할 수 있다. 저렇게 위로 올리면서 메모하면 무한대로 저장할 수 있고, 원하는 것을 쉽게 찾을 수 있을 것 같았다. 내 핸드폰에 저렇게 할 수 있으면 참 좋겠다는 생각 들었다.

핸드폰과 컴퓨터를 잘 다루는 정 작가에게 물었다. 본인도 배우고 싶었는데 모른다고 했다. 대구에서 열리는 라이팅 코치 수료식에 참석했다. 잠시 쉬는 시간 이은대 작가께 직접 물었다. 내 핸드폰을 보더니 뭐가 잘 안된다고 했다. 요즘은 핸드폰 기능이 워낙 다양하고 복잡해 본인 핸드폰이 아니면 어려울 수도 있겠다 생각했다. 잔뜩 기대하고 용기 내어 물었는데 아쉬웠다. 이후에도 다른 작가들 몇 사람에게 물어봤지만 하나 같이 모른다 했다. 핸드폰 대

리점에 갈 일이 있어서 기사한테도 물었다. 내가 하는 말뜻조차 이해를 못 하는 표정이었다. 내가 모르는 것을 이대로 덮어야 하나. 이은대 작가는 되는데 나는 왜 안 되지. 할 수 있는 방법이 없을까. 배우고 싶은 마음은 굴뚝 같았지만, 당장 급한 것이 아니다 보니 자연스레 잊고 살았다. 그러다가도 메모 앱을 사용할 때마다 수시로 생각났다. 배우고 싶은 생각이 머릿속을 떠나질 않았다. 알아야 하는데, 배워야 하는데. 애만 태웠다.

지난 주말 잠실 교보 사인회에 참석했다. 1차 행사 마치고 2차 행사장으로 이동했다. 큰 원형 테이블이 있는 구석 자리에서 백 작가에게 물었다. 초등학교 교사이고, 인스타도 활발하게 하고 있었고, 나보다 나이가 젊어 알고 있을 것 같았기 때문이다. 백 작가도 역시 몰라서 배우고 싶다고 했다. 내 모습을 지켜 보고 있던 이 작가가 "첫 화면 할 일" 앱을 알려 주었다. 할 일 대신 명언을 계속 입력하면 된다고 했다. 앱을 내려받았지만, 처음에는 낯설었다. 할 일을 입력하는데 명언을 입력해도 되나. 하는 생각이 들었다. 하는 방법만 배우고 집으로 왔다. 책을 읽다가 좋은 구절이 나오면 구글 입력기로 바로 입력했다. 편리했다. 열 개쯤 입력했을 때 위로 올리니 글이 올라가는 것이 보였다. 처음 보는 느낌은 신선했다. 그동안 많은 사람에게 물어도 알지 못했는데, 생각지도 못한 이 작가 도움으로 알 수 있어서 감사했다. 그 기능만 알고 사용하면 되는 것이다. 내가 몰랐던 것을 알게 되니 기분이 날아갈 것 같았다.

한참 입력했는데 글자 색이 전부 검은색으로 통일되어 눈에 쉽게 들어오지 않았다. 이은대 작가는 칼라가 있었는데, 어떻게 하면 될까. 만국 공통 기호가 연필은 수정 표시고 삭제는 휴지통이다. 연필을 눌렀더니 수정할 수 있는 창이 떴다. A 표시는 컬러 표시일 것 같았다. 클릭했더니 다양한 색상들이 나왔다. 마음에 드는 색을 누르니 색깔도 바뀌었다. 앗싸! 해냈다. 야호! 신난다. 역시 나는 할 수 있는 사람이었어. 모르는 것은 배워야 해. 모르는 것을 알게 되는 것이 이렇게도 신나는 일인가. 오랜만에 배움의 즐거움을 느낄 수 있었다. 책을 읽을 때마다 하나씩 입력하는 재미가 쏠쏠하다. 명언이 하나씩 쌓일 때마다 돼지 저금통에 동전 하나씩 넣는 기분이다. 지금까지 2차원의 메모를 했다면 앞으로는 3차원 메모를 할 수 있어서 기분이 한껏 부풀어 오른다. 책 읽다가 좋은 구절은 표시하고 수시로 입력한다.

모르기 때문에 배울 수 있었다. 모르는 것을 알게 되는 기쁨은 내 삶을 풍성하게 만들었다. 처음 서울에 와서 지리를 몰라 헤맸다. 그 덕분에 경복궁과 덕수궁을 걸으며 역사의 숨결을 느꼈다. 광화문에서 책을 읽으며 새로운 세상을 만났다. 모르는 것은 부끄러운 일이 아니다. 새로운 세상으로 향하는 문이다. 친구들은 나에게 자주 말한다. 이 나이에 뭘 그렇게 자꾸 배우느냐고. 이미 아는 것으로 충분하지 않느냐고. 한다. 나는 절대 충분하지 않다고 말

한다. 지금은 옛날처럼 한 번 배워서 오래 써먹을 지식이 없다. 하루가 다르게 바뀌고 변하는 세상이다. 모르는 것을 배우고 공부하는 것밖에 없다고 힘주어 말한다. 물론 알아듣고 고개를 끄덕이는 친구도 있고, 아예 먼 산 보는 친구도 있다. 선택은 자신의 몫이다. 모른다는 사실을 인정할 때, 배움의 문이 열린다. 스마트폰에서 명언을 메모하는 방법을 찾기 위해 많은 사람에게 물어보고 헤매며 나의 근성을 확인했다. 결국 원하는 기능을 배우고 나니 숨겨둔 나의 보물을 찾은 것 같았다. 몰라서 부끄러운 것은 아니다. 모르면서 아는 척하는 일이 더 부끄러운 일이다. 나는 아직도 모르는 것이 많다. 그 덕분에 나는 오늘도 배우고 성장할 수 있다.

살아가는 것은 배우는 것이다. 메모를 평면으로 수첩에 입력했다. "첫 화면 할 일"을 설치하고 사용하니 블록쌓기하는 기분이다. 이제 글 한 꼭지 쓰면서 글 내용과 찰떡처럼 맞는 명언을 쉽게 찾을 수 있을 것 같다. 언제 어디서나 핸드폰에 내가 저장한 문장을 읽을 수 있게 되었다. 멋진 명언 노트 한 권 생긴 기분이다. 메모는 떠오르는 생각을 잡을 수 있다. 앱마다 특성을 잘 알아서 기록하고 실생활에 적용하는 것이 잘하는 메모다. 사람마다 취미와 개성이 다르듯 메모 앱마다 특성이 있다. 그 특성을 잘 살려 상황에 맞는 메모를 하고, 명언을 수집하는 일. 모든 것은 나의 삶에 의미와 가치를 부여하는 일이다. 몰라서 좋다. 모르기 때문에 배울 수 있어서 더 좋다.

제 4 장

불안을
이겨내는 기술

1

흔적이 남을 때 기억은 빛난다

여기까지 내가 올 수 있었던 것은 기록 덕분이다. 기록을 하기 전에는 일상이 그저 스쳐 지나간 하루에 불과했다. 기록의 흔적은 시간이 지나며 의미와 가치가 더해졌다. 기억나지 않던 사소한 일들이 종이 위에 남겨졌을 때 그 이야기는 기적처럼 되살아났다. 기억은 사라지지만 기록은 남는다. 나는 오늘도 펜을 든다.

다이어리를 쓰기 시작한 것은 2004년 1월부터다. 40대 초반의 평범한 시골 아줌마였다. 당시만 해도 내가 살던 영덕은 문화 시설이 열악한 정도가 아니라 거의 없었다. 그나마 군 소재지에 있는 영덕 공공도서관에 아이들과 함께 가는 것이 전부였다. 마침 겨울 방학이라 둘째 선희와 막내 선예를 데리고 갔다. 열람실 책을 훑어보던 중 최윤희 작가의 책,『고정관념 와장창 깨기』제목이 눈에 띄어 얼른 집어 들었다. 당시에 나 스스로 고정관념과 선입견을 많이 가진 편이라는 생각을 했던 것 같다. 지금 책 내용이 기억나는 것은 없지만, 다이어리 써라. 우리는 그동안 일기를 너무 어렵게 썼다. 정도였다. 일기뿐만 아니라 글쓰기 자체를 어렵게 생각하고 있다. 그날 있었던 일만 메모처럼 기록하라. 그 정도는 어렵지 않게 할 수 있었다.

마침 집에 돌아다니던 모 보험사에서 나온 손바닥 크기의 녹색 노트 한 권이 있었다. 평소 문구를 좋아하던 나는 녹색 노트에 마음을 빼앗겼다. 무엇으로 사용할까 생각하고 있었는데 마침 알맞게 다이어리로 쓸 수 있었다. 만년필로 또박또박 다이어리 하루치를 쓰고 나면 또 쓰고 싶은 마음에 내일이 빨리 왔으면 좋겠다 기다려지기도 했다. 한 달을 다 썼다. 나도 할 수 있다는 자신감이 생겼다. 3개월 되었을 때 쌓인 기록을 보면서 뭔가 해냈다는 뿌듯함을 느낄 수 있었다. 6개월이 되었을 때, 다이어리를 쓰고 있는 나를 발견했다. 그렇게 나의 기록을 시작하게 되었다.

2010년, 과수원을 삼천 평을 구입했다. 이웃집 할아버지께 잔금 삼백만 원을 전부 드렸다. 두 해 정도 지났을 때 잔금을 달라고 했다. 드린 것 같은데 입증할 방법이 없었다. 다이어리 이 년 동안 기록을 한 장 한 장 눈으로 보면서 넘겼다. 이것을 언제 다 읽지. 그만 볼까 생각 들기도 했다. 그동안의 일들이 눈앞에 그려지기도 했다. 거의 다 읽어도 흔적이 보이지 않았다. 포기해야 하나 그만 읽고 덮으려는 순간이었다. 돈 드린 흔적을 찾아냈다. 작은 글씨로 '○○ 어르신 잔금 삼백만 원 드림' 문구를 찾았다. 농협에 가서 그

날짜 통장 기록을 확인할 수 있었다. 당당하게 입금 기록을 보여 드리고 이중으로 지불 하지 않아도 되었다. 기록 덕분에 삼백만 원 돈을 지킨 것이다.

블로그 처음 배우던 2011년에는 지금처럼 핸드폰 카메라 성능이 좋지 않았다. 블로그에 사진 올리려면 디지털카메라로 찍어서 컴퓨터에 저장하고 불러오기를 해야 했다. 지금 기억으로 이십만 원 대 디지털 카메라를 구했다. 농장에서 쓰다 보면 흙 묻은 손으로 셔터를 누르기도 하고 조심성 없이 떨어뜨리기도 했다. 어느 날 셔터가 열리지 않았다. 카메라를 A/S 센터로 보내게 되었다. 무상 수리 기간으로 알았는데, 수리비가 오만 원 정도 된다는 연락 받았다. 카메라 구한 날 통장 입출금 기록, 다이어리에 기록된 내용 사진 찍어 AS 센터로 보냈다. 고객님 믿고 무상 수리해 드리겠습니다.라는 답변받고 무상 수리를 받게 되었다. 역시 기록 덕분이었다.

23년 7월 21일, 빨간 볼펜으로 일기장에 연말까지 저자 특강을 한다고 기록했다. 입으로 뱉은 말 책임져야 한다. 7월 말까지 무조건 1차 퇴고 마치자. 느슨해지면 안 된다. 각오와 다짐이 기록되어 있었다. 첫 번째 책『나는 꿈을 이루는 요양보호사입니다』퇴고 하는 중이다. 퇴고를 어떻게 하는지 출판사 투고 및 계약도 어떻게 되는지 모를 때다. 자이언트에서 모 작가의 저자 특강을 듣고 일기장에 그냥 썼다. 신기한 것은 책 출판에 대해 아무것도 모르던 내가 그해 12월 1일 자이언트에서 저자 특강을 하게 되었다. 주간보호센터 근무하면서 저자 특강 자료는 무엇을 어떻게 하는지도 모르고 강의 연습은 꿈도 꿀 수 없었다. 책이 출간되고 예약 판매하는 동안 지인들께 인사하고 내 책 알리기 위해 정신없이 지냈다. 이은대 작가가 톡으로 연락했다. 저자 특강을 언제 하겠느냐고 물었다. 생각을 못 했다고 했다. 한다. 못 하겠다. 연기해달라. 셋 중에 선택하라고 했다. 준비된 것도 없었지만, 매도 먼저 맞는 것이 낫다는 생각으로 12월 1일 하겠다고 했다. 물론 그날 생각하면 얼굴을 들 수 없을 만큼 남사스럽다. 시간을 넘기지 말라는 말에 집중하다 보니 50~55분 시간인데 40분도 채 되지 못하고 마쳤다. 이은대 작가가 나머지 시간을 채워주었다. 그날 일기에는 오늘 실수는 아주 잘했다. 내가 만약 완벽하게 했더라면 기고만장할 텐데. 오늘의 실수는 내일의 성공을 예언한다. 중요한 것은 빨간펜으로 연말까지 저자 특강을 한다고 적은 덕분에 12월 1일에 저자 특강을 할 수 있었다는 점이다.

내가 하지 못하는 일을 다른 사람이 하는 모습을 보면 대단해 보였다. 나도 해 보고 싶다는 생각이 들었다. 대단한 것도 아니었다, 특별한 것도 아니었다, 그저 꾸준히 했을 뿐이었다.

첫째, 하루를 메모한다는 생각으로 썼다. 메모하지 않을 때는 기억이 나지 않았다. 지나가는 시간을 잡아 두는 방법은 기록밖에는 없다. 초등학교 5학년 때 담임 선생님이 시간 잡는 방법을 아는 사람은 노벨상을 받는다고 하셨다. 노벨상이 뭔지도 모르고 말로만 들었던 시절, 선생님은 우리에게 상상력을 키워주시기 위해 그런 말씀을 하셨는지 모르겠다. 나는 태양을 밧줄로 묶을 방법을 상상했다. 지금 생각하면 터무니없는 생각이지만, 그 상상 덕분에 기록으로 시간을 묶을 수 있지 않았을까. 기록이 없었다면 나의 과거는 머릿속에서 안개처럼 사라지는 존재가 되었을 것이다.

둘째, 꾸준히 계속 기록한다. 하루 세 끼 밥 먹지 않고 굶거나 건너뛸 때는 살아가는 것이 고달프게 느껴진다. 재가센터 소속으로 근무 중에는 어르신 밥 챙기다 보면 나의 점심시간은 빠르면 2시. 늦으면 2시 반이 됐다. 어떤 때는 3시에 먹기도 했다. 제시간에 밥을 먹지 못해도 짜증이 나는데 한 끼 굶거나 하루를 건너뛰는 것은 나에게는 상상도 못 할 일이었다. 기록도 마찬가지다. 하루를 기록하는 일기는 내 마음에 밥 먹이는 일이다. 몸은 밥을 먹지 못하면 즉각 신호를 보낸다. 마음도 신호를 보내지만 알아차리지 못할 때가 많다. 마음이 신호하기 전 꾸준히 매일 기록하는 것이 중요하다.

셋째, 기록하는 대로 이루어진다. 남들에게 자랑할 만큼 큰 성과는 아니다. 하지만 기록이 길을 만들었다. 작가가 된다고 썼다. 초보 작가가 되었다. 연말에 저자 특강을 하겠다고 썼다. 저자 특강을 하게 되었다. 나는 기록한 만큼 살아냈다.

말은 생각만 하면 할 수 있지만, 글은 종이와 연필이라도 준비가 되어야 할 수 있다. 하다 보면 별것 아닌데 글 쓰고 메모하는 것 자체를 힘들어한다. 머릿속에 힘들고 어렵다고 생각하는 순간 하기 싫어. 불편해. 가 성립되는 것이다. 당장 눈앞의 현실을 보면 모두 시간이 없다. 모두가 바쁘다고 아우성친다. 시간이 없다는 것은 우선순위가 없다는 것이다. 하고 싶은 일은 아무리 시간이 없어도 할 수 있다. 시간이 없다는 말은 핑계에 지나지 않는다.

2004년 『고정관념 와장창 깨기』를 만나 다이어리를 쓰고 그 다이어리와 함께 여기까지 올 수 있었다. 다이어리를 통해 많은 일이 이루어지기도 했고 원하던 일을 성취하기도 했다. 무엇보다 다이어리가 밤에 만나는 나의 친구가 되어 준 덕분이다. 어렵고 힘든 일도 속상하고 화 나는 일도 쓰면서 내 마음을 정리하고 다스릴 수 있었다. 나의 하루를 꾸준히 기록함으로 미래의 내 모습도 상상한다. 라이팅 코치로 수강생 200명 앞에서 강의하는 내 모습을 그려본다. 광화문 교보 무대 위에서 많은 사람 앞에서 강연하는 모습을 그려본다. 아침 마당에 출연하고 영덕군 군민 교양대학 강사로 강의하는 내 모습을 그려본다. 내 맘대로 내 꿈을 상상하는 것은 나의 자유이자 특권이다. 돈 드는 일도 아니다. 어쨌든 나는 기록 덕분에 꿈을 꾸며 여기까지 올 수 있었다. 나의 미래를 꿈꾸고 그 꿈을 이루기 위해 기록한다.

세상은 빠르게 변하지만, 기록은 변하지 않는다. 흔들리던 마음도 다이어리 속에서 차분히 정리되고, 꿈이 실현되는 과정을 되돌아볼 수 있었다. 기록은 단순한 습관이 아니다. 오늘을 정리하고, 내일을 계획하는 도구다. 하루하루 작은 글씨로 남긴 이야기들이 결국 내 인생의 큰 이야기가 된다. 나는 오늘도 다시 펜을 든다. 나의 하루를 기록하기 위해서.

2

기술 하나, 일단 시도하기

무슨 일이든 변화를 원한다면 일단 시도해야 한다. 시작은 누구에게나 힘든 일이다. 처음 하는 일, 하지 않던 일을 시도하려면 낯설고 어색하고 두려움을 느끼는 것은 당연하다. 요양보호사로 근무하면서 첫날, 첫 주, 또는 첫 달은 누구라도 서먹하고 어색하다. 한 달 정도 근무해야 전반적인 업무를 파악하고 어르신이나 그 댁의 성향도 알게 된다. 첫날의 두려움과 떨림, 긴장은 어쩔 수 없는 일이다. 그렇다고 시도하지 않는다면 늘 그 자리에 머물러 성장할 수 없다. 성장과 확장을 원한다면 일단 시도해야 한다. 도전하고 시도하고 실패하면서 실패를 경험으로 더 배울 수 있기 때문이다.

이사해야 했다. 살던 사람이 이사 갔다 연락받고 이사 갈 집을 가봤다. 넓은 빈방에 싱크대 하나 덩그러니 있었다. 주인에게 냉장고를 부탁했다. 주인은 미니 냉장고 한 대를 싱크대 옆에 갖다 두었다. 살고 있는 집은 미니 옷장과 서랍장이 있어서 정리 수납에 불편한 점은 없었다. 옷이나 이불을 수납할 가구가 아무것도 없어서 어떻게 살아야 할지 난감했다. 옷장 하나 있어야 하는데 간절히 마음속으로 원했다. 혹시나 하는 생각에 당근마켓을 둘러봤다. 옷장 검색하니 행운동 우성아파트에서 내놓는 가구들이 있었다. 옷장, 이불장, 책장, 미니 서랍장이 있었다. 얼른 전화했다. 12월에 집수리 예정이라 혹시 구하는 사람이 없을까 봐 조금 빨리 내놓았다 했다. 그때가 11월인데 12월까지 그냥 살아야지 생각했다. 그럼 그때까지 기다리겠다 하고 힘없이 전화기를 내려놓았다. 몇 시간 뒤 다시 연락이 왔다. 혹시 내일 되면 가져갈 수 있느냐 해서 가능하다고 했다. 우리가 좀 불편해도 사용할 사람 필요할 때 드려야 한다고 해서 콧날이 찡했다. 아무리 무료 나눔이라 하지만, 드릴만한 게 아무것도 없었다. 공저로 발행한 책 한 권 드리겠다 하고 『상처 하나 문장 하나』, 한 권을 이삿짐에서 빼내어 포장했다. 선물로 받아 아껴 두었던 국수 냄비와 함께 전했다.

이삿짐 차에 이불장과 옷장을 먼저 싣고 살던 곳으로 와서, 포장된 이삿짐을 실었다. 이사 도와주러 온 남동생은 이 정도 되면 포장 이사 불러야지요. 어떻게 혼자 다 합니까. 나도 코로나 걸려 몸이 힘듭니다. 라고 투덜거렸다. '그러게. 내가 비용 겁이 나서 포장 이사를 하지 못해 동생을 고생시키는구나.' 미안한 마음이 들었다.

그렇게 남동생은 이삿짐센터 아저씨와 큰 가구만 3층으로 올려주고 가 버렸다. 골목에 묶인 박스와 이삿짐이 길 양쪽으로 가득했다. 최대한 박스로 포장하고 유성 매직으로 내용물을 적었다. 책상이나 의자 주방용품은 완전한 포장이 어려웠다. 아침 일찍 시작한 이사는 오후 4시가 되어도 3층까지 전부 올리지 못했다. 점심을 굶었다. 가까이 식당도 없고, 평소에 음식을 시켜 먹지 않아 배달앱 사용할 줄도 몰랐다. 5시가 되니 물건 하나 들고 3층까지 오르내리는 것이 천 리가 되는 것 같았다. 결국은 이웃에 있는 작은 교회 목사님과 사모님이 도와주시고 청년 몇 사람이 도와준 덕분에 3층까지 올리긴 다 올렸다. 오후 6시가 되어서야 이삿짐을 집으로 전부 넣을 수 있었다. 혼자서는 다 하지 못했을 텐데 교회 사람들이 도와준 덕분이었다. 그날은 이불을 펴지 못하고 짐 속에서 잠을 잤다. 이 정도 이야기는 있어야 이사했다는 소리 할 수 있겠지. 이사하느라 고생한 나와 도와준 사람들 모두에게 감사한 마음을 전하고 싶었다.

사용하지도 않는 핸드폰 요금 청구를 받을 때마다 아깝다고 생각했다. 시골에 살 때는 업무상 무제한 통화로 비싼 요금제를 사용했다. 그러나 요즘은 하루에 한두 통 전화도 하지 않는 상황에서 비싼 요금을 낼 필요가 없었다. 최소한의 요금도 월 삼만 원 이상 되었다. 그것도 비싸다는 생각이 들었다. 다른 사람들이 알뜰폰 이야기할 때 나와는 상관없는 것이다. 알뜰폰은 노인들이나 사용한다고 생각했다. 나처럼 블로그 글 쓰고, 데이터 사용량 많은 사람은 이용할 수 없다는 편견과 고정관념으로 알아볼 생각조차 하지 않았다. 그러다 우연히 이야기 모바일을 알게 되었다. 알뜰폰에 대한 광고였다. 조건이 그리 나쁘진 않았다. 유심칩이 뭔지 요금제가 어떻게 돌아가는지도 모르고 일단 시도해 보기로 했다. 집 가까이에 있는 LG 유플러스 매장을 찾았다. 매장에서 유플러스 알뜰폰을 개통시킬 수 없다고 했다. 무슨 말인지 이해할 수 없었다. 왜 개통할 수 없는지 알고 싶었다.

이야기 모바일 고객센터로 전화했다. 고객센터에서는 USB 칩을 택배로 보내주면 그때 개통이 가능하다고 했다. 이틀 뒤 유플러스 유심이 도착했다. 그제야 유심이 있어야 개통된다는 것을 알았다. 혼자서 아무리 주물럭거려도 유심 꽂을 재간이 없었다. 다시 유심을 들고 LG 유플러스 매장을 찾았다. 현재 유심을 제거하고 새 유심을 장착시켜 달라고 부탁했다. 젊은 아가씨가 재빠르게 바꿔 끼워주었다. 그것도 모르고 새 유심이 오기도 전 기존 유심을 빼는 바람에 전화기가 불통이 되어 다시 LG 유플러스 매장을 찾기도 했다. 우여곡절 끝에 LG 유플러스 알뜰폰으로 이용하게 되었다. 개통 후 일 년은 한 달 요금이 일만 원 정도라 했다. 통신비 생각하면 마음이 가볍다. 평소처럼 나는 기계치고 통신 요금에 대해서는 모른다고 움직이지 않았다면 아직도 비싼 요금제 사용하고 있겠지. 아는 만큼 보이고 보이는 만큼 알 수 있다. 모르면 무조건 묻고 도전하는 것이 답이다.

지난 5월부터 달리기와 걷기를 시작했다. 달리는 시간이 점점 늘어났다. 50분 달리기를 할 수 있게 됐다. 체중도 5kg 정도 감량이 되어 기분 좋게 아침마다 운동했다. 새로운 직장에 근무하게 되어 매일 13km 정도 자전거를 탔다. 보름 정도 탄 것 같다. 운동하러 갔다가 걷기를 하는데 다리가 당기고 통증이 와서 도저히 걸을 수 없었다. 이러다가 출근하지 못하는 것 아닌가. 만약 출근하지 못한다면 어떻게 될까. 두려움과 공포는 꼬리에 꼬리를 물고 점점 커졌다. 근무 중에도 다리가 쥐가 나듯 아프거나 당길 때는 꼼짝할 수 없었다. 너무 무리한 모양이다. 마침 직원 중에 운동치료사가 있어서 물었더니 영 걷지 않으면 안 되고 조금씩 몸에 맞추어 걷고 무리하지 말라고 충고했다. 그냥 조금씩 걸었다. 처음보다 많이 나아졌다. 아프다고 꼼짝하지 않는다고 병이 낫지 않는다. 방법과 해결책을 찾아 시도하는 것이 중요하다. 한 달 정도 대중교통을 이용하고 다리를 아꼈다. 지금은 거의 나아서 처음부터 다시 30분 달리기에 도전하고 있다. 문제가 있으면 개선하고 수정하여 다시 하면 된다. 포기하지 않고 계속 시도하는 것. 꾸준히 계속하는 것이 내가 살아 있다는 것이고 불안을 줄이는 일이다.

무슨 일이든지 해야 하는 일은 일단 시도해야 한다. 포장 이사는 가격이 비싸다는 선입견만으로 견적을 내 볼 생각도 하지 않았다. 이 정도는 혼자 할 수 있다는 자신감으로 덤볐다. 힘이 좀 들긴 했지만, 그 정도의 수고도 없이 이사했다고 할 수 있겠나. 그날 저녁은 너무 고단해서 짐 속에서 자고 이튿날 연차를 낸 덕분에 대충 정리할 수 있었다. 옷장이 없다고 가만히 앉아서 기다린들 나에게 옷장이 올 일은 없다. 간절히 원하고 바랄 때 성취할 수 있었다. 다행히 당근마켓에서 원하는 것을 구할 수 있었다.

요금제가 비싸다고 앉아서 아무리 투덜거려도 소용없다. 알뜰 요금제 찾아서 선택하고 모르면 전문가에게 물어서 하면 된다. 나처럼 연식이 된 사람도, 기계치도 할 수 있다는 생각으로 도전해서 이룰 수 있었다. 운동하다가 무리해서 다리가 아프다고 주저앉았다면 나는 달릴 수 없는 사람이 되었을 수도 있다. 조금 나아질 때부터 조금씩 다시 시작했고 지금은 다시 30분 달리기에 도전하고 있다. 무슨 일이든지 실패했다고 주저앉지 않고 꾸준히 계속할 때 그것을 성공이라고 부르고 싶다. 화려한 영광과 많은 박수를 받는 것이 아니라. 나의 자리에서 묵묵히 그날 할 일을 제대로 하는 것이 불안을 극복하는 방법이다.

익숙지 않은 일에 도전할 때는 누구나 두렵고 불안하다. "불안과 두려움을 받아들이지 않고는 어른이 될 수 없다"라고, 위지안 교수는 자신의 책『오늘 내가 살아갈 이유』에서 말했다. 어제보다 성장하는 존재를 어른이라고 말할 수 있다. 한 단계를 도약하고 성장하기 위해서는 불안과 공포를 받아들여야 한다. 불안과 공포를 받아들이는 것은 일단 시작해야 한다. 시도하지 않고 생각만 하고 있으면 두려움은 점점 커진다. 두려움을 없앨 수 있는 가장 좋은 방법은 시도하는 것이다.

3

기술 둘, 우선순위 정하기

"삶에서 만나는 온갖 딜레마는 시간과 물질의 부족 때문이 아니고 일의 우선순위를 잘못 선택한 데서 온다"_찰스 휴멜(Charles Humel)

인생, 그리고 하루는 선택의 연속이다. 우선순위에 따라 결정한다. 당연히 중요한 걸 먼저 하고 덜 중요한 걸 뒤에 할 터다. 현재 나의 우선순위는 배우는 일과 글쓰기, 달리기다. 배우기 위해서 늘 자이언트에서 라이팅 코치 수업과 정규 과정, 문장 수업을 듣는다. 특별히 개강 되는 요약독서법과 메시지 메이커, 자기계발 전문강사과정을 듣고 전하기 위해 준비 중이다. 지금까지 일의 우선순위를 생각하지 못한 채 살았다. 해야 할 일, 급한 일부터 하다 보니 제자리만 맴돌았다. 목표를 명확히 하고 그 목표를 이루기 위해 일의 우선순위를 정해서 실천해야겠다 작정해 본다. 지금 나에게 의미 있는 목표는 초고를 쓰고 퇴고하는 일이다. 우선순위와 분명한 목표를 세우지 못하고 그냥 썼다. 마음먹으면 한 달 만에 쓸 수도 있는 초고를 1년 넘게 쓰고 있다. 진도 나가지 못하는 나를 두고 이은대 작가는 집에 청소하지 않아서 냄새나는 것이 아니고 초고 썩는 냄새 난다고 했다. 1차 퇴고는 메시지 정리만 했는데 2차, 3차로 갈수록 수업을 듣고 나면 수정할 것이 눈에 보인다. 근무하면서 수업 듣고 글을 쓰는 일이 쉽지 않지만, 다시 한 걸음 재촉해 본다.

보상 기반 학습과 승자 효과를 글쓰기 수업 시간에 배웠다. 매일 해야 하지만, 유독 하기 싫은 날이 있다. 특히 글쓰기나 달리기, 헬스장 가야 하는 것이 대표적일 것이다. 보상 기반 학습은 이 일을 마치고 난 다음 기분이나 상태를 떠올리면 바로 실행하게 되는 이론이다. 나의 경우 새벽 달리기하기 전 오늘만 건너뛸까 하는 생각한 적이 더러 있다. 그럴 때마다 땀 흘리고 난 다음 내 모습, 완주한 후의 만족감과 성취감을 생각하면서 운동화를 신고 나가기도 했다.

승자 효과(winner effect)는 한 번 승리한 경험이 이후의 행동에도 성공 확률을 높이는 현상을 의미한다. 한 번 승리한 동물은 다음에 또 승리하기 쉽다는 이론이다. 우선순위를 정하여 하는 것도 중요하지만 보상 기반 학습과 승자 효과를 함께 적용할 때 일의 효율과 성취감은 높아진다.

15년 전 일이다. 학원을 하다가 2010년 사과 과수원을 구했다. 첫해는 무슨 일을 어떻게 해야 하는지 몰랐다. 어릴 때 농사일을 거들긴 했지만, 과수원 작업은 농사 중에서도 전문적이다. 벼나 보리 고추는 한 해 작물이다. 한 해 농사는 실패해도 이듬해 큰 영향을 미치지 않는다. 과수 농사는 한 해 농사가 잘못되면 서너 해 동안 그 영향이 이어진다. 무엇부터 어떻게 해야 하는지도 몰랐다. 남들이 적과 하면 따라서 하고, 바쁘게 적과 마친 다음 봉지 싸기 작업을 했다. 물론 이 작업을 마쳐야 한다는 계획은 있었지만, 목표를 세우지 못하고 일했다. 나 같은 초보 농사꾼은 전혀 감을 잡지 못하고 일하러 오는 베테랑 아주머니에게 물어야 할 정도였다. 이듬해부터는 하루 일한 양을 기준으로 어림짐작은 할 수 있긴 했지만, 예측한다는 것이 쉬운 일은 아니었다. 우선순위는 생각하지도 못하고 정신없이 바쁘게 살다 보니 세상에 나보다 더 바쁜 사람은 눈에 보이지 않았다.

24년 11월부터 S 할머니 댁에 근무했다. 처음에는 그냥 할 일만 열심히 했다. 닥치는 대로 했다. 화장실 갈 시간도, 물 한 모금 마실 여유도 없이 일했다. 출근하면 할머니 아침 먹여서 주간보호센터 차 태워 보내는 일이 한 시간 정도 소요되었다. 치매가 있는 할머니는 아침마다 주간보호센터 가지 않겠다고 아이처럼 떼를 썼다. 매일 아침, 이벤트라고 생각했다. 센터장이 할머니를 기다린다고 가짜 편지를 쓰기도 하고, 색깔 고운 양말을 신겨 드리고 양말 자랑하고 오라고 했다. 사탕을 호주머니에 넣어 드리면서 선생님과 원장님 사탕 하나씩 드리라고도 했다. 그날 컨디션에 따라 대답은 달랐다. 정신이 있는 날은 고개를 끄덕이다가 내가 왜 줘. 저거는 나한테 하나도 안 주는데. 있는 사람이 베풀 수 있지요. 어머니는 있는 사람이니 어머니가 베푸세요. 아침마다 할머니와 실랑이하고 나면 종일 사용할 에너지가 전부 소진된 느낌이 들었다.

남은 세 시간으로 설거지와 두 어른 드실 반찬을 만든다. 12시에 점심을 차려서 할아버지와 식사 후 설거지하고 퇴근했다. 한 주일 근무하고 나니 정신이 없었다. 4시간으로는 도저히 할 수가 없었다. 여섯 시간으로 조정해서 오후 두 시에 퇴근하게 되었다. 그나마 약간의 여유 시간은 생겼지만, 일은 끝이 없었다. 설거지를 마치고 반찬을 만든 후 점심시간까지 20~30분의 여유가 있으면 할아버지 발 마사지를 해드렸다. 수시로 할머니가 병원을 가기도 하고 예상치 못한 근무 시간이 될 때도 더러 있었다. 2월 초쯤 할머니가 밤에 화장실을 가다가 넘어진 바람에 주간보호센터 등원이 어려웠다.

일주일에 한 번씩 병원을 모시고 가야 했고, 일거리는 생각보다 많아졌다. 설거지하다가도 안방이나 화장실에서 부르면 장갑 벗고 달려가 처리해야 했다. 한 가지 일을 마음 놓고 할 수가 없었다. 우선순위를 정하기로 마음먹었다. 아침 식사 후 설거지 마치고 냉장고에 국이나 반찬 상태를 확인한다. 식재료와 반찬 재고를 파악한 다음 오늘 해야 할 일을 정한다. 세탁물은 나오는 대로 처리했다. 자투리 시간을 이용해 세탁기에 넣고 꺼내면 되기 때문이다. 국이 있는 날은 육수 만들기만 한다. 육수만 있으면 국 끓이기가 쉬웠다. 하루는 국을 끓이고 하루는 반찬 만들기에 우선순위를 둔다. 우선순위 없이 열심히 할 때는 일의 능률도 오르지 않고 바쁘기만 했다. 일하면서도 순서대로 하면 시간이 적게 걸리고 효율성이 있었다. 오늘 데칠 나물들이 있으면 향이 연한 순서대로 데친다. 배추, 시금치, 냉이 순으로 데친다. 오늘 육수를 끓여야 하는 날인지 국을 끓여야 하는지 파악을 하고 그날에 해야 할 일을 정해서 하게 되었다. 어느 정도 일머리가 트인 느낌이 들었다.

미국 최대의 양판점인 월마트의 창업자 '샘 월튼'의 이야기가 생각난다. 미국을 대표하는 기업이라는 평가를 받고, 시애틀을 통째로 사고도 남을 만큼 큰돈을 벌었지만, 그는 "I blew it!(내가 다 망쳤어)"라는 말을 남기고 숨을 거뒀다. 그런데 그가 세상을 떠날 당시 유산은 약 1천500억 달러(한화 기준 약 210조 원)에 이르렀기에 사람들은 그의 말을 이해할 수 없었다. 하지만 그가 이런 말을 남긴 데에는 이유가 있었다. 병상에 누워 생각해 보니 회사 일에만 빠져 아내와 자녀에 대해 아는 것이 너무 없었고, 가족과의 단란한 시간 속 추억은 떠올리기 힘들 정도였다. 게다가 마음을 터놓고 이야기 나눌 수 있는 친구가 단 한 명도 없었다. 떠오르는 전화번호는 고작 회사 직원과 사업 관계자뿐이었다. 이 사실을 병석에 누워서야 깨닫고 자신의 인생이 성공 아닌 실패였다고 말했다.

우선순위는 시간 관리를 넘어 삶의 본질을 결정한다. 나는 매일 수많은 선택 앞에 선다. 중요한 일은 무엇인지, 무엇을 먼저 해야 할지 고민하지만, 바쁜 일상에서 정작 중요한 것들은 뒤로 밀리기 쉽다. 시급한 일들에 쫓기며 하루를 보내다 보면, 어느새 중요한 목표는 잊히고 무의미한 시간만 남는다.

우선순위를 정하는 것은 단순히 할 일을 목록으로 정리하는 것이 아니다. 내 삶에서 소중한 것을 먼저 챙기는 일이다. 글을 쓰고 싶었지만, 하루를 끝내고 나면 지쳐서 한 줄도 쓰지 못했다. 요즘은 우선순위를 정하고 글쓰기를 최우선으로 두었을 때, 초고는 조금씩 진도를 나갈 수 있었다.

삶의 우선순위를 정하는 것은 나의 가치를 지키는 일이기도 하다. 중요한 목표가 무엇인지, 내가 정말로 이루고 싶은 것이 무엇인지 먼저 명확히 해야 한다. 목표가 분명할수록 우선순위도 선명해진다. 샘 월튼이 성공에도 불구하고 "내가 다 망쳤어"라고 말한 이유는 일에만 집중하고, 가족과 함께하는 시간을 가지지 못했기 때문이다. 그의 후회는 성공의 정의를 다시 생각하게 한다.

우선순위는 삶의 방향이다. 중요한 것을 먼저 하고, 그 외의 일은 필요한 만큼만 시간과 에너지를 쓰는 것. 시간은 한정되어 있고, 에너지도 유한하다. 나에게 정말 중요한 것은 무엇인가. 그것을 먼저 하자. 오늘 하루, 진짜 중요한 것 놓치지 않기 위해서.

4

기술 셋, 자기중심 잡기

40대 후반에 농가 주부 모임에서 풍물을 배운 적이 있다. 악기 배우기 전 걸음걸이부터 배웠다. 일반 걸음걸이가 아니라, 오금을 주면서 몸의 동작이 시작된다. 무릎을 굽혔다 펴는 동작으로 장단에 맞춰 걸으면서 중심을 잡는다. 중심 잡지 못하면 휘청거리기 일쑤다. 몸뿐만이 아니다. 생각, 마음, 인간관계 살아가는 모든 것이 중심 잡기가 기본이다. 중심 잡고 살아간다 생각되지만, 초심을 잃거나 생각 없이 살다 보면 중심 잃고 대세에 휩싸이는 경우도 생긴다. 자기중심 잡고 살기 만만치 않은 환경이다.

빨래 건조대 옆에 산세베리아 화분이 있었다. 빨래 널기에만 집중하다 보니 화초 하나 넘어지는 것은 관심도 없었다. 화초가 넘어진 것은 화초 문제라는 생각으로 무관심했다. 어느 날 또 산세베리아가 왼쪽으로 스르르 넘어졌다. 장마철 지난 논에 추수를 앞둔 벼들이 쓰러지듯 한쪽으로 쏠렸다. 시간이 지날수록 산세베리아 넘어지는 횟수가 잦아졌다. 할아버지는 수시로 분갈이해야 하는데 걱정만 하셨다. 95세 연세에 혼자서는 엄두도 내지 못했다. 집안일만 해도 바쁜 내가 분갈이까지 해야 하나 하는 생각에 아파트에 분갈이 아저씨가 올 때 하시겠지 정도로 생각했다.

어느 날 관음죽 줄기를 정리했다. 긴 줄기는 잘라내고 짧은 줄기만 남겼다. 얌전하게 보였다. 옆에 있던 산세베리아 화분이 눈에 들어왔다. 분갈이하기로 마음먹었다. 거실에 신문을 깔고 큰 공사를 시작했다. 화분 속에 흙을 반 이상 덜어내고 골라낸 산세베리아 뿌리를 화분에 세웠다. 할아버지가 잡아 주고 내가 화분에 흙을 담았다. 거름흙을 넣어 화분을 들고 베란다 수돗가로 갔다. 상토를 넣은 상태에서 물을 주고 화분에서 퍼냈던 흙을 다시 담았다. 서 있던 산세베리아는 중심을 잡지 못하고 넘어졌다. 공간이 좁아서 할아버지가 잡고 있을 수 없었다. 주방에 있는 비닐봉지를 세로로 잘라 노끈처럼 만들었다. 산세베리아 줄기를 살짝 묶었다. 할아버지는 왜 이것을 벌써 묶느냐고 잔소리했다. 이걸 묶지 않으면 아버님이 잡고 계실래요. 제가 알아서 할게요. 할아버지는 아무 말도 하지 않고 자리로 가버린다. 분위기가 싸하다.

혼자 수도꼭지로 물을 주고 화분에 있던 흙을 꼭꼭 눌러 화분에 담았다. 물을 주면서 뿌리와 흙이 잘 밀착되도록 물 주는 속도를 조절했다. 물이 빠지면 화분에 흙을 다시 담았다. 마무리는 마사토를 화분 위에 얹었다. 드디어 산세베리아는 중심을 잡고 반듯하게 서 있다. 비닐 노끈도 풀어 주고 마지막 마무리를 했다. 지금 산세베리아는 자기 뿌리로 선 것이 아니라 흙과 물의 도움을 받고 서 있다. 시간이 지나면 주변의 도움이 아니라 스스로의 힘으로 설 수 있겠지. 중심을 잡는다는 것은 홀로 일어설 수 있다는 말이다.

　고등학교 때 자전거 타는 법을 배웠다. 토요일 오후, 종미가 오빠 타는 짐 자전거를 끌고 나왔다. 학교 운동장으로 갔다. 그때만 해도 흙 운동장이었다. 자전거 배우기가 좋았다. 흙먼지가 날리고 자갈이 신발 속에 들어오기도 했다. 좁은 골목에서 배우는 것에 비할 바가 아니었다. 짐 자전거는 무겁고 컸지만, 안장이 낮아서 자전거 배우기에 안성맞춤이었다. 뒤에서 종미가 내가 탄 자전거를 잡아 주기도 하고, 내가 종미가 탄 자전거를 잡아 주기도 했다. 둘이서 자전거 타는 것을 배우기 위해 안간힘을 썼다. 그런데 어느 순간, 뒤에서 종미가 자전거를 잡아 주는 줄 알았는데 혼자 타고 있었던 모양이다.

“야! 경희야 나 여기 서 있다. 혼자 잘 탄다.”, ‘어~ 내가 혼자 탈 수 있네.’ 순간 당황스럽고 불안해서 약간 휘청했다. 가까스로 중심을 잡고 운동장 서너 바퀴 신나게 돌았던 기억이 난다. 자전거를 혼자 탈 수 있어도 처음에는 휘청거리기도 하고 내리막에서 브레이크가 터져서 무릎을 다치기도 했다. 자전거를 타다가 수시로 손바닥과 무릎이 까이고 찰과상이 생겼지만 잠시 아프다가 괜찮으면 또 자전거를 탔다. 자전거를 혼자서 탈 수 있다는 생각에 몸에 난

상처 따위는 대수롭지 않게 여겼다.

신문 배달을 했다. 겨울 새벽 4시 반. 캄캄한 골목을 빈 우유 통에 토막 양초를 넣어 길을 밝혔다. 우유통 안은 양초의 새까만 그을음이 가득했지만, 골목은 대낮처럼 환했다. 정류장까지 가면 5시에 도착하는 버스에서 신문을 받는다. 신문 배달하면서 자전거 타는 실력이 향상되었다. 강구 오십천 강바람은 목장갑 두 켤레를 껴도 시린 손은 감출 수 없었다. 양손을 허리 뒤로 두려면 핸들을 놓고 타야 했다. 함께 신문 배달하는 남학생들과 오빠들은 자유자재로 손을 놓고 탔다. 나도 핸들에서 손을 놓고 타고 싶었다. 오십천 다리 건너면서 양손 놓는 연습을 조금씩 했다. 잠깐씩 연습하던 어느 날, 나도 핸들 놓고 탈 수 있었다. 와~아! 나도 핸들 놓고 탈 수 있네. 이제는 손이 덜 시릴 것 같았다. 찬 바람 속에서도 마음이 따뜻해졌다. 세상을 다 가진 것처럼 기뻤다. 자전거 타면서 나는 중심 잡았다 생각한다. 하지만 사고는 늘 그 순간에 일어났다. 중심이 살짝 흔들릴 때 일어난다. 자전거 중심을 제대로 잡는다는 것은 다치거나 넘어짐 없이 안전 운행하는 것이다. 자전거 중심 잡기가 쉽지 않았지만, 크고 작은 사고를 당하면서 제대로 중심을 잡고 탈 수 있었다.

자기중심 가지고 살아가기 위해서는 어떻게 해야 할까.

첫째, 모든 일의 성과에 대해 받아들이고 일의 결과에 대해서는 스스로 책임지는 자세를 가져야 한다.

둘째, 할 수 있다는 자신감으로 모든 순간에 최선을 다한다.

셋째, 어떤 일이 있어도 막힘없이 나가고 중도에 포기하지 않는다. 모든 일에 '탓'이 아니라 덕분으로 생각한다. 지금 나의 현실이 어렵고 힘든 것은 좋은 일이 생기기 위한 징조라고 생각한다. 제대로 살아간다는 말은 제대로 중심 잡는 일이다. 자신에 대해 가장 잘 아는 사람은 '나 자신'뿐이다. 내가 한 일의 결과를 묵묵히 받아들여야 하는 것도 나 자신이다. 지금까지 내가 한 일에 대한 모든 책임은 전부 나의 몫이다. 공병호 박사는 자신의 유튜브에서 "자기 결정권과 자기 선택권을 가장 소중히 생각한다."라는 말을 했다. 주변에서 나를 어떻게 말하고 평가해도 모든 결정과 선택은 결국 내가 책임져야 한다. "인생에 정답은 없다. 내가 가는 길이 정답이고, 내가 선택한 삶이 최고다."라고 자이언트 수업 시간에 이은대 작가는 힘주어 말했다. 나는 책 읽고 글 쓰면서 자이언트 강의를 들으면서 중심을 잡는다.

자기중심을 잡는다는 것은 단순히 균형을 유지하는 것이 아니라, 내 삶의 방향을 잃지 않는 것이다. 고등학교 때, 이른 아침, 우리 학교 신문 배달을 가면 당직하신 사회 선생님이 "애야, 너는 통나무처럼 생겼는데 우째 그리 잘 돌아 댕기노." 우리 반 수업은 들어오지 않은 사회 선생님이 하신 말씀이 생각난다. 한 손에는 신문을 든 채, 다른 손은 자전거 핸들을 잡고 떨리는 손끝으로 강바람을 맞았다. 목장갑 두 겹 껴도 얼어붙는 손, 자전거가 휘청일 때마다 넘어질까 두려웠다. 하지만 점차 익숙해졌다. 중심 잡아야만 핸들 놓고 자전거 탈 수 있었다. 그때는 기술이라 생각했다. 지금 생각하면 용기와 균형의 연습이었다. 핸들 놓고도 달릴 수 있었던 것은 중심을 잡았기 때문이다.

　삶도 마찬가지다. 어두운 밤길을 달릴 때 목적지가 분명해야 제대로 도착할 수 있다. 가는 도중 급하게 속도를 내면 휘청거리고 다른 사람 길을 따라가면 방향을 잃는다. 중심 잡기는 외부가 아니라 내가 중심을 잡는 것이다. 남의 시선에 연연하거나 시급한 일에 쫓기면 나의 본질을 잃어버리고 금세 넘어지게 된다. 나의 본질에 집중하고 중심 잡고 살아가는 나를 만들어야 한다. 혹여 흔들리더라도 다시 중심을 잡고 앞으로 나아가면 된다. 실패와 실수는 무너짐이 아니라 균형을 찾기 위한 과정이다. 실패와 실수가 없다면 균형 잡기가 쉽지 않을 것이다. 균형을 잡는 것은 중심 잡는 일이다. 중심 잃는 순간이 있을 수도 있다. 그 순간이 끝은 아니다. 다시 두 손을 핸들에 올리고, 방향을 바로잡으면 된다. 중심을 잡은 사람만이 끝까지 자기 갈 길을 갈 수 있다. 내 삶의 방향을 잃지 않고 꾸준히 노력하고 연습할 때, 목적지에 도달할 날을 그려본다.

5

통해야 열린다

열쇠는 나에게 어떤 의미일까. 문을 잠그고 여는 기능뿐만 아니라. 통하는 기능이 있었다. 지금 같은 AI 시대 무생물인 열쇠와 생물인 사람이 통한다. 라고 하면 시답잖은 소리라고 할 수도 있다. 우연의 일치라고 하기에는 아쉬움이 남는다. 마음이 통하지 않을 때는 문을 열 수 없었다. 잃어버린 열쇠를 마음이 통할 때 찾을 수 있었다. 열쇠 이야기 두 편을 통해서 에너지는 통해야 열린다는 것을 전하고 싶다.

평소에 내가 가진 것에 대해 소중히 여기지 못했다. 세상에 당연한 것은 없지만, 내가 가진 것은 당연하다 생각했다. 작은 물건 하나도 귀하다는 생각을 하지 못하고 살았다. 내 손에 있을 때는 당연히 있는 것으로 여겼다. 내가 가진 것을 잃어버렸을 때 진땀이 나고 일이 손에 잡히지 않았다. 안절부절못하고, 하는 일에 집중할 수 없었다.

여의도에서 무 채 작업을 마치고 퇴근했다. 현관 밖에서 번호를 눌렀지만, 문이 열리지 않았다. 주말이면 구미에서 서울에 오는 막내 선예가 밤늦게 다녔다. 10시 넘으면 비밀번호를 바꾼다고 하고 현관 비밀번호를 바꾸어 버렸다. 번호를 바꿀 때는 실험도 해보고 확실하게 작동되는 것을 확인했다. 도대체 어찌 된 영문인지 알 수가 없었다. 문이 열리지 않았다. 머릿속은 하얗게 되고, 생각은 점점 얼어붙는 것 같았다. 아무 생각도 나지 않았다. 바꾼 번호 네 자리 외에는 생각나는 숫자가 아무것도 없었다. 어쩔 수 없이 급하게 남동생을 불렀지만, 남동생인들 내가 바꾼 비밀번호를 어찌 알겠는가. 할 수 없이 열쇠 집 아저씨를 불렀다.

몇 번의 드릴 소리에 기존 설치된 번호키가 힘없이 부서졌다. 부서지기 전에는 철통같이 입 꽉 다물고 아무것도 허용하지 않았다. 편리하기 위해 설치한 기계를 작동하지 못하니 더 불편함을 가져왔다. 부서져서 떨어진 기계는 바닥에 조각조각 흩어져 있다. 나의 역할을 제대로 하지 못하면 부서진 기계 못지않게 잔해가 남을 것 같다는 생각을 하니 아찔했다. 부서진 기계의 조각을 보면서 서울에 적응하지 못하는 내 모습을 보는 듯했다. 새 열쇠를 달아서 들어갈 수 있었다. 동생은 집으로 가고 혼자 방으로 들어갔다. 번호를 왜 바꾸었을까. 나 스스로 원망했다. 헛돈 쓴 것이 아까웠다. 이튿날, 새벽 우연히 *을 마지막에 누르지 않았다는 것이 생각났다. 이상한 일이다. 그렇게 생각하려고 해도 생각나지 않던 것이 새벽에 숫자 네 자리와 *표가 있는데 마지막에 *을 누르지 않아 밖에

서 몇 시간 동안 쓸데없이 고생하고 헛돈 썼다는 생각에 어처구니
가 없었다. 평소에 *은 생각지도 않았는데 * 하나가 이렇게 소중
한 줄을 미처 몰랐다.

　지난번 살던 집은 번호키를 사용했다. 이사 온 집은 자동문이 아
니고 열쇠를 사용하는 집이다. 번호키가 되면 편리하지만, 굳이 비
용을 들여 번호키를 달아야 할 필요성을 느끼지 못했다. 내가 어릴
때는 우리 할머니처럼 열쇠를 가지고 다녔다. 처음에는 열쇠 챙기
기가 불편했지만, 익숙해지니 별문제 없었다. 고리에 열쇠 두 개가
달랑거리며 나를 따라다녔다. 출근하면서 문 잠그고 열쇠를 호주
머니에 생각 없이 넣고 다녔다. 퇴근하면 언제나 호주머니에 열쇠
가 있었다. 열쇠에 대해서는 무신경할 만큼 생활의 일부가 되었다.
　어느 날 퇴근하고 문을 열려고 열쇠를 찾았다. 그런데 호주머니
에 있어야 할 열쇠가 없었다. 열쇠 대신 호주머니에 작은 구멍 하
나가 뚫려 있었다. 옷이 얇아서 호주머니 천도 얇았다. 열쇠와 열
쇠고리가 쇠붙이라. 자꾸 움직이면서 마찰이 일어나 작은 구멍이
생기고 그 속으로 열쇠가 빠진 모양이다.
　급한 대로 주인집 비상키로 문을 열었다. 집에 들어오긴 했지만,
일이 손에 잡히지 않았다. 머릿속이 엉킨 실타래 같았다. 잠이 오
지 않았다. 어디에서 떨어진 것일까. 언제 떨어졌을까. 열쇠를 다
시 복사해서 사용해야 하나. 열쇠 복사는 어디에서 해야 하나. 찾

으면 좋겠다. 나에게 돌아오면 다시는 잃어버리지 않을게, 간절한 마음으로 열쇠에게 텔레파시를 보냈다. '네가 어디 있든지 내가 꼭 찾으러 갈 테니 그 자리에 가만히 있어라.' 기도하고 또 기도했다.

이튿날 어제 퇴근한 길을 그대로 따라 출근했다. 혹시 열쇠 찾을 수 있을까. 실오라기 같은 희망을 가지고 출발했다. 어제 오후에는 비가 오고 바람이 불어 도로에 플라타너스 잎이 가득했지만, 아침에는 낙엽이 말끔히 치워져 있었다. 어쩌면 청소하는 아저씨들이 쓸어 버렸을 수도 있겠다는 생각이 들었다. 열쇠는 낙엽보다 무거워 바닥에 남을 텐데. 근무하는 주간보호센터까지 갔지만, 열쇠는 찾을 수 없었다. 근무하면서도 머릿속에는 온통 열쇠 생각밖에 나지 않았다. 동료들에게 물어도 아는 사람이 없었다. 오히려 번호키를 쓰지 않고 열쇠를 쓰느냐는 표정이었다. '어떻게 찾겠나, 포기하자.' 생각하려니 어딘지 모르게 아쉽고 개운치 않았다. 집에서 센터까지 거리는 2.5km 정도 된다. 내 것이 되려면 찾을 수 있겠지.

퇴근 후에는 어제 들렀던 마트도 들렀다. 혹시 주인 찾는 열쇠가 없었는지 물어보고 싶었다. 낯선 사람 붙들고 말하려니 쑥스러워서 그냥 나왔다. 여기까지 와도 없는 것을 보니 그냥 포기해야겠다. 열쇠 찾기를 단념하고 자전거 보관소에서 자전거를 선택했다. 따릉이 앱을 열고 핸드폰을 갖다 대니 잠금장치가 바로 풀린다. 진작 번호키로 할걸. 후회도 되었다. 이미 잃어버린 열쇠, 지금은 복사하는 수밖에 없다. 포기 상태로 자전거를 탔지만, 마음 한구석에는 미련이 남는다. 자전거 타고 가면 열쇠 찾지 못할 텐데. 걸어간다고 잃어버린 열쇠를 찾는다는 보장도 없었다.

자전거를 타고 평소처럼 빨리 달리지 않고 천천히 페달을 밟았다. 집까지 오려면 버스 정류장을 다섯 개 지난다. 출발하고 두 번째 버스 정류장 앞에서 자전거를 멈췄다. 길 가장자리 흙 위에 하얀 열쇠가 보였다. 열쇠 걸린 링만 확실히 내 것 같았다. 고리에 달린 두 개짜리 열쇠인데 약간 녹이 슬었다. 이틀 동안 흙 위에서 비를 맞고 있었으니 녹이 슬 수밖에 없었다. 흙이 묻어 좀 더 커 보였다. 내 열쇠가 맞는지 아닌지는 집에 가야 알 수 있지만, 바닥에 떨어진 열쇠를 얼른 가방에 넣었다. 세워 둔 자전거에 올라 페달을 힘껏 밟았다. 늘 끌고 오르던 언덕을 힘으로 버티며 올라가니 팔과 어깨에 묵직한 압박이 전해졌다. 다른 날보다 도착 시간이 빨랐다.

자전거를 보관소에 반납했다. 마음이 급했다. 보관소에서 집까지는 500m 정도 된다. 빠른 걸음으로 집에 도착했다. 열쇠를 손잡이에 넣었다. 느낌으로 확실히 제 자리를 찾은 것 같았다. 내 기도가 통했나. 말하지 못하는 열쇠와 텔레파시가 통한 것 같았다. 열쇠를 오른쪽으로 돌렸다. 이 열쇠가 맞다면 복사하러 안 가도 되겠다. 시간과 경비를 절약할 수 있을 것이다. 열쇠에 걸린 링을 풀어 열쇠를 하나씩 나누어야겠다. 하나는 평소에 사용하는 용도로 또 다른 하나는 가방 깊숙이 넣어두고 비상용으로 사용해야겠다. 머릿속으로 다음 일을 생각했다. 안에서 열리는 찰칵 느낌이 손끝으로 전해졌다. 문이 쉽게 열렸다. 내 열쇠가 맞았다.

열쇠는 단순히 문을 여는 도구가 아니다. 나를 지키고, 내가 가진 것을 보호하며, 때로는 내 마음을 전해주었다. 열쇠를 잃어버렸을 때의 불안한 마음은 단순히 물건을 잃은 것이 아니라 내 삶의 균형을 잃은 것 같았다. 호주머니에서 빠져버린 열쇠를 찾으러 길을 걸으며, 나는 내가 가진 것들이 얼마나 소중한지 다시 깨달았다. 열쇠는 찾았지만, 중요한 것은 내 손 안에 있을 때 안심할 수 있다.

모든 것은 통할 때 열린다. 사람의 마음도, 삶의 기회도, 진정한 소통도. 잃어버리기 전에는 몰랐다. 만일 내가 열쇠를 잃어버리지 않았다면 다시 찾은 감사한 마음을 알지 못했을 것이다. 당연히 호주머니에 있는 내 것으로만 생각했을 터다. 1박 2일간의 짧은 시간 속에서 열쇠를 잃은 사건은 내게 열쇠를 찾고자 하는 간절한 마음, 잃어버린 열쇠의 아쉬움, 물건 소중함의 의미를 다시 되새기는 귀한 기회가 되었다. 소중함은 내가 소중하게 여길 때 그 가치를 가진다. 내가 나를 소중히 여기지 않는다면 이 세상 누구도 나를 소중히 여기는 사람 없다. 내가 나를 귀하게, 소중하게 여기는 만큼 내 주위 사람도 소중하고 귀하다. 내가 가진 것들도 아끼고 챙길 때 소중해진다. 잃어버린 열쇠를 찾고 소중함의 의미를 되새기는 시간이 되었다.

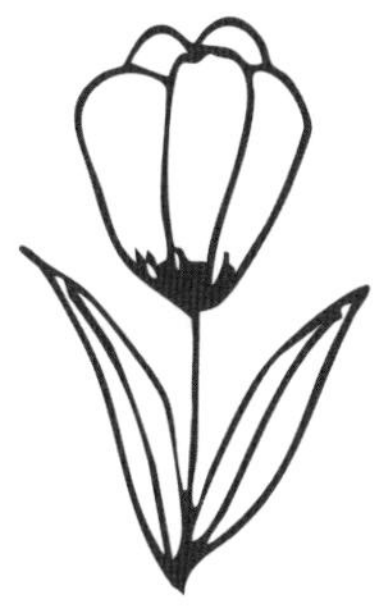

6

허공에 흩어진 하루를 붙잡는 일

블로그가 뭔지. 어떻게 하는 건지. 왜 해야 하는지 처음엔 필요성을 몰랐다. 아니 그런 것이 있는지조차 모르고 살았다. 필요성을 느끼지 못했기 때문이다. 동네에서 조그마한 학원 하는데 블로그는 나와 아무 상관 없었다. 그때 나의 고객은 입소문 듣고 엄마 손잡고 오는 동네 아이들이 전부였다. 당장 학원 일만 해도 바쁜 내가 블로그를 할 필요가 없었다. 글 쓰는 것은 좋아했지만, 블로그를 하지 않더라도 글 쓸 기회는 더러 있었다. 방송국 투고도 하고, 농촌 여성 글쓰기대회도 기회가 되면 참석했다. 전국 편지쓰기 대회에서 장려상을 받기도 했다. 그땐 몰랐다. 기록이 나에게 얼마나 소중한 것인지.

2010년 사과 과수원을 구하여 유기농 사과 농사를 지으면서 블로그의 필요성을 절감했다. 경북 농업기술원 교육을 통해 블로그와 직거래, 그리고 SNS 마케팅이라는 세계를 처음 알게 되었다. 경북 농업기술원 교육을 가면 23개 시군의 리더들을 알게 되고 그들이 받는 농업인 교육 정보를 알게 된다. 어느 지역에 어떤 강사가 무슨 강의한다는 것을 알게 된다. 후기나 그 지역 농업인들에게 강의평을 들어보고 호응이 좋은 교육은 영덕군 농업기술센터에 요청했다. 그때 담당자가 한 말이 생각난다. 지금까지는 우리가 알아서 교육을 선정해서 했는데 농업인들이 교육 추천하는 것을 보고 깜짝 놀랐다. 앞으로 정보화 농업이 잘 될 것 같다는 말을 듣기도 했다.

내가 농업에 입문할 당시 경북도에서 앞선 농업인들은 이미 홈페이지를 만들어 농산물을 직거래하고, 방송에 나가고, 사례 발표를 하고 있었다. 그뿐만 아니라 직거래로 농가 수입도 늘어나고 있었다. 뒤늦게 시작한 나는 그들이 부러웠다. 몇 년만 일찍 농업에 입문했더라면 하는 아쉬움도 있었다. 학교 방과후교실로 원생이 점점 줄고 있는 학원을 진작 그만두지 못한 일도 후회되었다. 그들에 비하면 뒤늦게 농업에 뛰어들었지만, 경북농민사관학교 교육을 받고 지역 농업인들을 독려해서 영덕군 정보화농업인회를 조직했다. 직거래를 위한 다양한 교육을 받았다. 직거래하는 농가에서는 SNS가 필수다. 페이스북과 카카오스토리도 있었지만, 나는 블로그가 좋았다. 내가 유기농 농사지은 이야기를 글로 쓸 수 있기 때문이었다. 어떻게 하면 우리 농장을 잘 알릴 수 있을까. 내가 생산한 농산물을 어떻게 하면 소비자들이 안심하고 선택할 수 있도록 할까. 고심했다.

　군 농업기술센터에서 하는 교육은 물론이고, 도 농업기술원에서 하는 교육도 최대한 참석하려고 애를 썼다. "가격이 아니라 가치로 팔아라." 윤선 박사 강의를 들으면서 내가 생산한 농산물의 가치를 알리기 위해 발 벗고 뛰었다. 서울 코엑스에서 열리는 유기농산물 품평회나 명절 선물 상품전 행사에 빠짐없이 참석했다. 소비자들에게는 내 블로그를 핸드폰으로 보여주면서 농산물을 설명했다. 그날의 농사 일기를 블로그에 작성했다. 사과꽃이 피면 동네 아주머니들과 적과 한 일, 병충해 방제하는 모습, 하나하나 봉지 싸는 모습을 올렸다. 농장을 알리는 수단으로, 내 농산물 제값 받고 팔기 위해서는 블로그를 해야 했다. 농산물 키워드가 방송을 타면 방문객이 폭발적으로 늘어난 적도 있었다. 언젠가 '야관문' 키워드가 노출되어 블로그 하루 방문객이 천 명을 돌파한 적도 있었다. 재주나 요령도 없고 센스도 없었다. 그래도 멈추지 않았다. 내가 할 수 있는 만큼, 내가 할 수 있는 방식으로 블로그를 했다. 강사가 가르쳐 주는 대로 묵묵히 했다. 그러나 나는 농사짓는 농사꾼이다. 블로그를 잘 할 수 있는 사람은 농사를 적당하게 짓는 사람이 할 수 있다고 생각했다. 나처럼 농사만 전업으로 짓는 농사꾼은 블로그 할 시간이 없어서 하기 어렵다고 혼자 변명했다. 물론 다른 사람들이 잘하는 것을 보면 약도 오르고 샘이 났다. 나는 왜 못할까. 애가 타기도 했다.

냉방에서 무릎 담요 하나 덮고 블로그에 글을 썼다. 두꺼운 겨울 양말에 털 실내화를 신고 위에는 외투를 입었지만, 코끝이 시리고 키보드 치는 손이 시렸다. 블로그 작업을 마치고 방에 가서 누우면 새벽 2시 정도 되었다. 엉덩이와 다리는 얼음장처럼 차가웠다. 고3 수험생도 아닌 농사꾼이 하루 3~4시간 자면서 블로그 하는 것을 남편은 탐탁지 않게 여겼다. 이웃끼리 소통하는 것은 더 못마땅한 눈으로 쳐다봤다. 농업인들끼리 소통을 해서 뭐 하느냐고 잔소리까지 했다. 그 말도 일리는 있었다. 하지만 나는 못 본 척 못 들은 척했다. 꾸역꾸역, 방문객이 많든 적든 시간이 날 때마다 기록했다. 그런 날들이 쌓여, 방송국 작가 전화가 오고 '6시 내 고향'과 아침 프로그램에도 몇 차례 출연했다. 방송 출연이 블로그 방문객을 폭발적으로 늘리진 않았지만, 자신감을 키워주었다. 돌아보면 그냥 농사꾼이 아니라, '나의 일상을 기록하는 농사꾼'이었다. 사과 농사 외에 잡초를 약초로 만드는 농사를 했다. 화학비료와 농약 없이 유기농으로 재배하는 농산물이다. 야관문, 차조기, 삼백초, 쇠비름, 한련초, 토사자, 오가피 등의 농사와 자연에서 채취한 돌 복숭아꽃과 다래수를 취급했다. 남들과는 다른 작물을 심은 것처럼, 나의 블로그도 조금은 다른 빛깔을 띠기 시작했다. 다품종 소량 생산으로 꼭 필요한 사람들에게 공급하는 농사를 지으며 블로그에 소개했다.

인생은 또 한 번 방향을 틀었다. 서울로 왔고, 요양보호사로 일하게 되었다. 블로그를 다시 시작했다. 이번엔 농사 이야기가 아닌, 내 일상이 중심이 되었다. 출근길의 하늘, 어르신의 손길, 눈빛, 따뜻한 말 한마디. 50 플러스 센터에 다니면서 배운 것들, 발마사지로 봉사한 이야기가 소재가 되었다. 누군가는 사소하다 할지 몰라도, 그 소소함 속에 삶이 있었다. 나의 일상을 적었다.

2018년 8월. 요양보호사 자격증을 받았다. 근무하면서 생긴 일을 작성하기 시작했다. 우리 할머니는 사진 찍히는 것을 싫어했다. 사진을 찍으면 혼이 빠진다고 해서 터무니없다고 친구들과 웃은 적 있다. 어르신 중에는 "왜 찍느냐"라고 묻는 분도 있었다. 나는 웃음으로 대답했다. 누가 뭐라고 해도 신경 쓰지 않고 필요한 나의 일상을 기록하다 보니 지나온 시간을 한 곳에 정리해 둔 느낌이 들었다. 남들만큼 잘 살아온 것도 없고 내세울 만한 것도 없다. 그저 주어진 시간 속에서 묵묵히 내가 할 일을 하면서 하루를 기록한 것뿐이다. 남들 보기에 시선을 집중할만한 화려한 것은 아무것도 없다. 근면 성실 꾸준함을 전하고 싶었다. 나의 하루를 야무지게 붙잡고 싶었다. 하루의 기록이 쌓여서 나의 첫 번째 책 『나는 꿈을 이루는 요양보호사입니다』를 출간할 수 있었다. 블로그와 일기가 없었다면 나는 결코 책을 쓰지 못했을 것이다.

위대한 일은 단번에 일어나지 않는다. 일상이 쌓여서 위대한 일이 될 수 있다. 이은대 작가는 수업 시간마다 "꾸준함이 답이다"라고 강조한다. 바쁘다는 핑계로 블로그를 잠시 쉬기도 했다. 그때마다 하루의 기억들이 허공으로 날아가는 것 같아 불안했다. 나의 하루가 어딘가에 기록되지 않으면 바람처럼 사라져 버릴 것만 같았다. 그렇게 다시 시작하게 되었다. 기록은 단지 '남겨 두는 행위'가 아니다. 나를 붙잡는 일이다. 블로그는 내 삶의 흔적을 붙잡아 주었고, 그 흔적들은 또다시 나를 앞으로 나아가게 했다. 대단한 일은 단숨에 이루어지지 않는다. 일상이 쌓여 위대한 일이 된다. 블로그를 처음 배울 때 어느 강사가 한 말이 생각난다. 별것 아닌 것이 쌓이면 별것이 된다. 내 블로그가 별것 아니지만, 그냥 꾸준히 할 뿐이다. 사람은 음식을 섭취하며 살아가듯 블로그를 쓰면서 나의 삶을 가꾸고 다듬고 싶다. 허공에 흩어진 하루를 붙잡는 것은 매일 기록으로 남기는 것이다. 일기를 쓰고 블로그에도 기록하는 것이 나의 하루를 온전히 돌아보는 것이다.

오늘도 나는 블로그를 연다. 누가 읽지 않아도, 조회 수가 적어도 상관없다. 오늘 하루가 허공으로 사라지지 않도록, 나를 붙잡기 위해 쓴다. 기록은 언제나 나를 배신하지 않았다. 내가 살아 있음을 증명해주는, 가장 조용하고 강력한 증거다. 왜냐하면 블로그의 기록을 통해 내 삶을 다시 살 수 있었기 때문이다.

7

무엇이든지 배우기

모르는 것은 무조건 배워야 직성이 풀린다. 아는 만큼 보이고 보이는 만큼 안다. '배움'에 대해서는 누구에게도 어떤 일에도 양보하고 싶지 않았다. "내 언어의 한계가 내 세계의 한계다." 오스트리아 철학자 비트겐슈타인이 한 말이다. 아이비리그 졸업생 중 실리콘밸리에서 근무하는 사람 중 연봉 1억, 3억, 5억, 10억, 20억을 받는 사람들의 영어어휘력을 테스트한 결과가 있다. 그들의 연봉과 어휘력 점수가 똑같이 나온다는 이야기를 들었다.

세상을 이해하기 위해 문화와 역사를 배워야 한다. 아는 만큼 보이기 마련이고, 그래야 비로소 내가 아는 것을 제대로 공유할 수 있기 때문이다. 더 많이 알고 배우기 위해서는 모르는 곳은 가 보고 경험해야 한다. 눈으로 보고 배우는 것도 중요하지만, 몸으로 배우는 것은 언제 어디서나 사용할 수 있었다. 50 플러스센터에서 배운 발 마사지는 재가센터 소속으로 근무할 때 어르신들께 발 마사지를 해 드릴 수 있는 소중한 기회가 되었다.

발 마사지 배우러 가는 날은 그동안 고생한 나의 발에게 보상해 주는 기분이 들었다. 50플러스 서부 캠퍼스에서 4주 과정으로 주 1회 수업했다. 20여 명 남짓한 사람들이 두 줄로 앉아서 이론 수업을 들었다. 실습할 때는 한 사람이 바닥에 눕고 한 사람이 짝에게 배운 것을 실습했다. 미리 준비한 수건 한 장은 발 마사지 받지 않는 발을 감싸고, 남은 한 장은 마치고 발에 묻은 크림을 닦는다. 순서에 따라 스무 가지 종류의 마사지로 발 전체를 만지고 주무르면서 혈액 순환이 되도록 한다. 강사는 동작을 잘 기억하도록 동작마다 이름을 지어서 가르쳐 주었다.

첫 번째는 일심 기도다. 기도하는 마음으로 발과 무릎에 마사지 크림을 바르고 문지른다. 두 번째는 이등분이다. 양손 엄지는 발바닥에 고정하고 나머지 네 손가락으로 아래위로 발등을 자극한다. 이런 식으로 동작을 외웠다. 누워서 타인이 내 발을 만져 주는 것만도 시원한데 발 마사지를 받으니 그 시간만큼은 세상 모든 걱정과 근심을 내려놓을 수 있었다. 수강생 중에는 발 마사지 받다가 잠이 드는 사람도 있었다. 생전 처음으로 발 마사지를 배웠고 알게 되었다. 강사는 "발이 편해야 몸이 편하다.", "발을 보면 건강이 보인다."라고 했다. 발은 인체의 말초 신경이 모여있는 곳이다. 발의 124개의 발혈점이 인체 각 기관, 장기와 연결되어 있다고 했다. 혈자리에 대응하는 인체의 각 장기의 기능과 기혈을 발 마사지로 조절할 수 있다.

당시 나는 신장이 좋지 않았다. 발에 있는 신장 부위를 누를 때마다 통증이 왔다. 계속 그 부분을 마사지해 주었다. 언제부턴가 그 부분 통증이 사라진 것 같았다. 그래서 발이 건강해야 몸이 편하다고 했구나. 고개가 끄덕여졌다. 51억 개의 모세 혈관 중에서 30억 개의 모세 혈관이 발에 있다. 그래서 발은 제2의 심장이라고도 한다. 내 발을 바라보았다. 발톱 무좀으로 엄지발톱이 두껍고 거무스름하다. 강사는 혈액 순환이 되지 않아서 그렇다고 했다. 발뒤꿈치는 가뭄 속의 논바닥처럼 쩍쩍 갈라져 거칠기 짝이 없다. 스타킹을 신지 못하고 양말을 신어야 했다. 발 마사지는 건강한 사람에게는 질병을 예방하는 차원이라 할 수 있다. 환자에게는 질병의 자연 치유로 부작용 없이 몸을 건강하게 하는 효과를 얻을 수 있었다. 이론 수업도 좋지만, 실생활에 적용할 수 있는 발 마사지는 나에게 큰 도움이 되었다. 상황이 되면 어르신께 발 마사지를 해 드리면 몸이 가볍다고 하시고 얼굴이 환해지는 것을 볼 수 있었다.

잘 나가던 50 플러스센터와 캠퍼스 교육은 2019년 12월에 시작한 코로나로 거의 폐강되었다. 약 3년간 모든 세상이 변했다. 특히 교육 환경은 완전히 달라졌다. 교육 체제를 바꾸었다. 온라인 교육과 오프라인 교육의 장단점이 있지만 온라인 교육은 시간과 공간의 제약이 없어서 접근하기가 쉬웠다. 무엇보다 교육하는 장소까지 가지 않고도 안방에서 편하게 교육을 받을 수 있는 점이 좋았다. 따라서 시간과 경비를 절약할 수 있다. 물론 단점도 있지만, 나처럼 시간이 바쁜 사람들에게는 더없이 좋은 수단이 되었다. 온라인 교육의 단점은 공간에서 설명을 들을 때 한 번 놓치면 따라가기가 어렵다는 점이다. 잘 모르는 부분이 있을 때도 해결하기 어려운 점도 있다. 오프라인이면 재차 질문을 하고 궁금한 점을 해결할 수 있지만, 온라인 교육은 그렇지 못하다. 달력에 표시하지 않으면 교육 날짜와 시간을 잊어버리고 중요한 교육을 놓친 적도 더러 있었다. 온라인 교육은 반복해서 들을 수 있지만, 복습하면서 스스로 배워야 한다.

중학교 졸업하고 고등학교 입시에 실패했다. 친구들은 각자가 지원한 학교에 갔지만 나는 갈 곳이 없었다. 집에서 엄마 농사일을 돕고 있었다. 마산 한일여고에서 주간에는 근무하고 야간에 공부할 사람을 뽑는다는 소식을 옆집 옥숙이 언니한테서 들었다. 언니는 나보다 1년 선배로 한일 합섬에 취직해서 한일여고 다니고 있었다. 배울 수 있다는 생각에 무턱대고 지원했다. 따로 교육장도 없고 지원자들을 데리고 어느 계단에 앉혔다. 20~30명 정도 교육을 받았던 것 같다. 앞에서 관리자가 물었다. 나라에 충성하려면 어떻게 해야 할까. 아무 생각도 나지 않았다. 대답하는 사람도 없었다. 한참 생각하다가 손을 번쩍 들었다. 자기 할 일 잘하는 겁니다. 그분은 내 말이 맞다고 했다. 대답을 잘하면 일하기 좋은 곳으로라도 배치해 주나 생각했다.

　그런데 한일합섬에서 가장 일하기 어려운 부서에 배치된 것 같았다. 기계 소리가 얼마나 시끄러운지 옆 사람 말이 잘 들리지 않을 정도였다. 공장 안은 온통 실 먼지가 가득했다. 방적 2부 1과라고 기억된다. 굵은 실타래가 천정에 달려있고 기계를 통해 가는 실이 되어 아래로 내려와서 쌓이는 공정이었다. 한 달 넘게 출근하다가 포기하고 집으로 와 버렸다. 중학교 졸업하고 처음 하는 기숙사 생활에 적응하지 못한 것도 원인이 되었다. 내가 적응할 수 있을지 없을지 생각해 보지도 않고 배울 수 있다는 생각만 하고 나도 가면 되겠지. 안일하게 생각한 것이다. 한일여고 입학을 실패한 경험으로 또 다른 세상이 있다는 것을 배웠다.

　배우는 데에만 집중했다. 자기화하지 못했다. 자기화란 배운 내용을 체득하여 내 것으로 만드는 일이다. 특히 라이팅 코치 수업 때 학습하는 내용은 중요하고 유용하다. 내 지식으로 만들어 써먹지 못하면 아쉬울 수밖에 없다. 철저한 자기화가 필요하다. 이제부터 연습과 훈련을 게을리하지 않을 터다. 첫째, 배운 내용을 일목요연하게 노트에 정리한다. 둘째, 정리한 내용으로 글을 쓰거나 강의하여 타인에게 전한다. 셋째, 나만의 생각을 더하여 새로운 이론과 방식으로 재창조한다.

배움은 나를 다시 살아가게 했다. 서울에 왔을 때, 막막했다. 길을 잃은 것처럼 불안 속에서 나를 지탱해 준 것은 '배울 수 있다'라는 가능성이었다. 지자체마다 있는 여성 인력 개발센터, 50플러스 센터와 캠퍼스에서 다양한 강의를 들었다. 다양한 강의를 들었지만, 여기까지 올 수 있었던 것은 단연코 자이언트 책 쓰기를 만난 덕분이다. 책 읽고 글 쓰면서 나를 바로 세울 수 있었다. 배움은 낯선 세계를 알게 해 줄 뿐만 아니라, 나를 지켜주는 힘이 되었다. 삶을 견디는 방법이었다.

남들이 "그 나이에 무슨 공부냐?" 비웃어도 나는 멈추지 않았다. 배운다는 것은 나를 더 강하게 만들고, 새로운 세상을 열어주는 열쇠와 같았다. 나는 오늘도 나에게 질문하고, 배우며, 앞으로 나아간다. 지금 배운 요약독서법을 나에게 어떻게 적용하고 타인에게 전할 것인가. 무조건 시도해 보는 것이다. 부족하고 모자라도 도전하는 것이다. 그 과정 중에서 내가 실패할 수도 있겠지. 그것은 영원한 실패가 될 수 없다. 새로운 세상을 향해가는 밑받침이 되고 소중한 경험이 될 수 있다. 새로운 배움은 결과에 연연하지 않고 그 자리에 머무름이 아니라, 도전하고 시도하는 일이다.

8

다시 채워 올리는 용기

어제까지 멀쩡하게 사용했는데 이게 무슨 일이야. 가위로 자를까. 과도로 가를까. 생각하고 만져 봤지만, 손을 댈 수도 없었다. 일반 지퍼가 아닌 플라스틱 왕 지퍼다. 가방 속 호주머니에 있는 루즈와 솔을 꺼낼 수 없다. 출근은 해야 하고 마음이 급했다. 양치를 마치고 화장대에 둔 루즈를 사용하고 출근 준비를 마쳤다. 앞 지퍼가 열리지 않는 가방을 메고 집을 나섰다.

어떻게 고쳐야 할까. '영등포시장 뒷골목에 있는 텐트 집에 가서 수선을 부탁해야 하나. 혹시 그곳에 가도 고칠 수 없다면 어떻게 하지. 갔다 왔다. 시간 낭비만 하는 거 아닐까.' 출근길 20분 동안 어떻게 하면 녹아버린 가방의 지퍼를 고쳐서 다시 정상적으로 사용할 수 있을까 궁리했다. 녹아내린 지퍼를 교환해야 하는데 방법을 찾을 수가 없었다. 그렇다고 가방을 버릴 수도 없고 근무하는 내내 가방 고칠 생각만 머릿속에 뱅뱅 돌았다. 수리할 수 있다면 제대로 사용할 수 있을까. 사용하던 가방의 지퍼를 교환한 적이 없어서 답답했다. 수선해서 제대로 다시 사용하고 싶지만, 마음만 복잡하다.

지퍼를 열 수 없는 가방 앞쪽에는 칫솔 통, 루즈, 볼펜, 수첩, 손거울, 손수건, 이어폰 등이 들어 있다. 가방 앞주머니에 있는 어느 하나도 꺼낼 수 없었다. 가지고 있던 중요한 것을 하나 잃어버린 것 같다. 세상과 단절하고 입을 꽉 다물고 사는 또 다른 작은 세상 속에 갇힌 느낌이다. 마음 닫힌 사람 마음 열기도 어렵지만, 녹아내린 지퍼 바꾸는 일도 쉽지 않다. 근무 중에 시간이 날 때마다 지퍼를 당겨봤지만, 꼼짝도 하지 않는다. 근무 시간에 가방을 고치러 갈 수도 없고, 누구에게 고쳐 달라고 도움을 청할 수도 없는 노릇이다. 어디 가서 어떻게 고칠 수 있을지 막막하기만 했다.

열리지 않는 가방 지퍼처럼 입을 꼭 다물고 지낸 적 있다. 주간보호센터 근무할 때 일이다. 나보다 몇 살 어린 선임 직원이 있었다. 동료들은 그녀의 행동은 문제가 있지만, 마음은 착한 사람이라고들 했다. 나는 그녀와 말하지 않았다. 함께 근무하면서 말을 하지 않는 것은 서로에게 불편한 일이지만, 간장 종지 같은 내 마음이 문제였다.

어르신이 하원하는 평일 오후 8시 경이었다. 치매 증상이 있는 할아버지가 현관에 있는 음식물 찌꺼기 통을 들고 문 쪽으로 나갔다. 얼른 말려야 할 요양보호사가 "하하 인수 어르신 그것 들고 어디 가시게요. 가지고 가세요." 했다. 어이가 없었다. 첫째, 어르신이 다니는 길목에 음식물 통을 둔 직원의 잘못이다. 둘째, 어르신이 아무것도 모르고 정신없이 들고 간다면 안 된다고 만류를 해야 하는 것 아닌가. 나이는 어리지만 나보다 선임이라 아무 말도 하지 않았다. 속으로 '너 아버지 같으면 그렇게 하겠나.' 하는 생각이 드는 순간 더 이상 말을 섞고 싶지 않았다.

그전에도 더운 날 서로 힘들 때 자기가 맡은 어르신 목욕을 내가 시켰으면 내가 할 차례가 오면 당연히 자기가 해야 한다 생각했다. 나의 고정관념인지 모르겠다. 그녀는 뭉그적거리며 넘어갔다. 나로서는 도저히 생각할 수 없었다. 그녀의 행동을 이해할 수 없었다. 기본이 되지 않은 푼수인가 하는 생각이 들 정도였다. 간장 종지처럼 작은 내 마음도 문제가 있었다. 지금 돌아보면 그게 뭐라고 내가 좀 더 넓은 마음으로 품을 수 있었으면 좋았을 텐데…. 아쉬움이 남는다. 당시에는 인성이 안 된 사람과는 상대하기 싫다는 생각만 했다. 꼭 필요한 말만 짧게 하는 것으로 입을 다물었다. 이미 내 마음이 닫혀서 그냥 버티기만 했다. 어쩌면 대충 타협하고 얼렁뚱땅 넘어가는 것이 맞을지도 모르겠다.

어느 날인가 화장실에 있으니 그녀가 먼저 말을 걸어왔다. 선생님 내가 배가 아파서 저녁 프로그램을 할 수 없는데 나 대신 좀 해줘요. 못 한다고 할까. 생각하다가 사람이 아프다고 부탁하는데 생각 들었다. 예 알았어요. 대답하고 말았다. 짧게 20분 정도 하는 프로그램 진행이지만, 당번이 되면 출근할 때나 쉬는 시간 시작하는 말을 생각하면서 마음의 준비라도 해야 한다. 갑자기 부탁받고 어르신들 앞에 서니 말이 잘 나오지 않았다. 대충 마무리하고 주임한 테 이야기했다. 우 선생님이 미리 말하지도 않고 일이 닥쳐서 부탁하면 내가 당황스럽다. 앞으로 그런 일 없었으면 좋겠다고 했다. 며칠 뒤 주임은 나에게 조용히 말했다. 이 선생님이 하도 자기와 말을 하지 않아서 말 걸려고 그랬다고 하네요. 기가 막혔다. 내가 많이 못 됐긴 못 됐는가 보다. 살짝 미안한 생각도 들었다. 말을 걸려고 먼저 손 내미는 그녀는 나보다 한 수 위다.

그 당시는 열 수가 위라도 소통하고 싶지 않은 사람이었다. 업무상 할 말만 하고 내 입장을 고수했다. 선임들은 힘들 때마다 그러려니 생각하라고 했다. 물 흐르는 대로 두라고 했는데 나는 어찌 그리도 못났는지 혼자서 곱씹으며 지났다. 대충 어울려 살면 되는 것을 뭘 그렇게 혼자 잘난 척했는지 모르겠다. 혼자서 잘한다고 되는 것도 아닌데. 그렇다고 완벽한 것도 없는데. 좁은 마음과 행동에 책임지지 못하는 사람과 어울리면 나의 격이 떨어진다는 생각했다. 지금 돌아보면 내가 좀 더 유연했더라면 하는 아쉬움과 후회가 남는다. 나의 기준에 맞지 않으면 상대하지 않는 그 시절 나는 녹아내린 지퍼처럼 입을 꼭 다물고 소통하지 못했다. 잘난 것 하나도 없으면서 내 기준에 맞지 않는 사람이라고 상대를 외면한 나 자신이 부끄러워진다.

문득 가방을 소개한 이모가 메이커 이름은 모르겠고 원숭이 가방을 사라 해서 그대로 구했던 기억이 났다. 가방의 본질은 물건을 넣어 이동하는 것이다. 가방을 사고 나서 그 마크를 쳐다본 적이 없다. 평소에 브랜드를 생각하지 못하고 살았다. 가방을 쓸모 있게 잘 쓰면 되지. 브랜드가 무슨 소용인가 생각했다. 브랜드 있는 제품이 내구성이나 디자인 실용성이 있는 것은 인정할 수 있다. 가방 앞을 자세히 보니 마크가 보였다. 얼른 사진 찍어서 검색했다. '키플링'이라는 것을 알아냈다. 가방을 구입할 때는 신세계 상품권으로 가방을 구했다.

키플링 매장에 전화하니 가방을 가지고 나오라고 했다. 퇴근 후 바로 가방을 들고 매장으로 갔다. 이제 고칠 수 있다는 희망으로 발걸음이 빨라졌다. 그곳에서 구한 게 맞냐고 해서 맞다고 했다. 가방을 맡겼다. 한 열흘 정도 걸린다고 한다. 그동안 에코백을 들고 다니기로 마음먹었다. 등에 메는 여분의 가방이 있으면 좋으련만. 일주일이 지난 뒤 가방이 입고되었다는 문자 연락받았다. 맡긴 곳으로 갔다. 앞 지퍼 속에 있던 자질구레한 물건들이 큰 비닐봉지에 몇 겹이나 돌돌 말려서 제대로 잘 있었다. 가방을 찾아서 돌아왔다. 집에 와서도 몇 번이나 지퍼를 만져보고 열기도 하고 닫기도 했다. 지퍼가 고장 나지 않았다면 멀쩡한 가방을 당연하게 생각했을 것이다. 지퍼를 수리하고 나니 평범한 일상의 소중함을 다시 깨닫게 되었다.

가방 앞 지퍼가 녹아내려 입을 꽉 다문 모습을 보고 가슴이 덜컥 내려앉았다. 마음이 불안했다. 새 가방을 구해야 하나. 걱정되었다. 이 가방을 고쳐 쓸 수 있을까. 어디서 어떻게 고칠 수 있을까. 불안은 꼬리를 물고 나를 덮쳤다. 가방의 지퍼처럼 나의 발목을 잡았다. 어떤 때는 불안이 거대한 산처럼 느껴질 때도 있다. 중요한 것은 그 모습이 어떻든 간에, 내가 인지하고 해결하려는 의지를 갖는 것이다. 고장 난 지퍼를 억지로 사용하려 하면 더 망가지듯, 불안 또한 무턱대고 밀어내려 하면 오히려 더 커질 수 있다.

잠시 멈춰 서서 무엇이 문제인지 생각하거나 상황을 살펴본다. 이후 필요한 도구를 찾거나 전문가의 도움을 받을 수 있다. 불안의 근원을 들여다보고 대처하는 기술을 익히는 과정이 용기 있는 도전이다. 나는 완벽하지 않기에 수시로 넘어지기도 하고, 좌절하기도 한다. 내 마음도 때때로 '고장 난 지퍼'처럼 꼼짝하지 않을 때도 있었다. 하지만 괜찮다. 그 멈춤을 인지하고, 조심스럽게 다시 채워 올리려는 시도 자체가 불안을 이겨내는 첫걸음이다. 나의 삶 속 '고장 난 지퍼'가 무엇인지 찾고, 그것을 부드럽게 다시 작동시킬 수 있는 나만의 방법은 무엇일까. 생각한다. 작은 생각에서 시작된 용기가 지퍼를 수리하고 정상적으로 작동할 수 있도록 만들었다. 할 수 있다는 생각과 자신감으로 도전하는 하루로 만들고 싶다. 매일의 노력과 도전이 쌓여 결과물을 만드는 날까지.

나만의 기술이
삶을 바꾸다

1

중요도를 나누는 나만의 기준

열심히만 살면 되는 줄 알았다. 우선순위가 아니라 눈앞에 닥치는 대로 판단하고 선택했다. 늘 바쁘고 힘들었다. 정신없이 바쁘게 사는 것을 제대로 살고 있다고 착각했다. 다른 사람들이 사는 대로 나도 그렇게 살면 된다 생각했다. 갈수록 어렵고 막막했다. 이게 아닌데 하는 생각이 들었다. 팍팍한 삶에서 나를 돌아보고 싶었다. 어디서부터 무엇이 문제일까.

중요도를 나누는 나만의 기준은 단순했다. 시간 약속 지키는 것, 빚지지 않고 사는 것, 배움에 가치를 두는 것, 세 가지였다.

첫째, 시간 약속을 지키는 것이다. 시간 약속을 잘 지키는 것은 사회 생활하기 위해 당연한 일이다. 오래전 일이다. 같은 동네 사는 동생이 교육 같이 가자고 했다. 아우는 차가 없어서 9시 30분까지 버스 정류장에서 만나자고 약속했다. 약속 시간에 늦을까 봐 아이들 학교 보내고, 설거지도 하지 않고 9시 30분까지 정류장에 나갔다. 동생은 나오지 않았다. 화가 머리끝까지 나서 혼자서 씩씩거렸다. 15분을 기다려도 나타나지 않았다. 교육 시간에 늦겠다는 생각 들어 운전해서 혼자 교육 가 버렸다. 교육장에 가긴 갔지만, 교육 내내 마음 쓰였다. 이후에 미안하다고 사과받고 같이 다니기는 했지만, 그 아우와 약속할 때는 20분 정도 시간을 당겼다. 한번은 나에게 왜 이리 빨리 오라고 하느냐고 볼멘 목소리로 말했다. 그렇게 하지 않으면 맨날 늦기 때문이지. 그렇게 변명 늘어놓던 동생이 아무 말도 하지 못했다.

언제부턴가 가방에 책 한 권을 넣어 다녔다. 약속한 사람이 늦게 오면 책을 읽었다. 내 시간을 손해 본다는 느낌도 없었고 화를 낼 일도 없었다. 이동할 때는 대중교통을 이용한다. 30분이나 20분 정도 걸리는 거리는 한 시간을 잡고 미리 출발한다. 모임이나 수업에 지각하면 나만 손해라고 생각했기 때문이다. 시간이 남아서 미리 가는 것 아니다. 시간 약속을 지키는 것은 최소한의 나의 도리라고 생각했다. 피치 못할 사정으로 늦게 되면 주최 측에 미리 연락해서 양해를 구했다.

자이언트 책 쓰기 글쓰기 수업은 줌으로 진행된다. 이은대 작가는 정확하게 시작하는 시간 20분 전에 줌 링크를 단톡방에 올린다. 9시 수업이면 8시 40분 링크가 올라온다. 입장 후 화면을 켜고 내가 할 일 하면서 수업 시간을 기다린다. 하지 못한 필기를 하거나 책을 읽는다. 수업 5분 전, 이은대 작가는 화면을 켜고 모습을 보인다. 1~2분 정도 참가자 모습을 살피다가 음악 소리를 최대한 높여 신호한 다음 "안녕하세요. 이은대입니다." 수강생들과 인사를 하고 정시에 수업을 시작한다. 나는 9시 수업이라 생각하지 않고 8시 40분 수업이라 생각하고 입장하는 편이다. 간혹 아무도 없을 때는 어색하기도 하지만, 교실에 제일 먼저 들어간 느낌이 든다. 몸이 고단할 때는 의도적으로 수업 시간 5~10분 전 입장하기도 한다. 나의 경우 수업 시간 맞추어 입장하면 마음이 불안하고 초조하다. 미리 들어가서 기다리는 편이 마음 편하다. 시간 약속 지키는 것은 매일의 작은 습관에서 비롯된다.

둘째, 빚지지 않고 사는 것이다. 내가 어릴 때 엄마는 할머니 돈을 빌린 적이 있었다. 시골에서 돈이 나올 때는 없고 아이들 키우느라 생활비를 써야 하니 할머니 돈을 빌린 모양이었다. 할머니는 유족 연금을 받았고 그 돈을 당신이 관리하셨다. 어려서 정확히는 모르지만, 하루는 엄마가 부모 돈은 부모 돈이라면서 할머니 돈 빌린 것을 드리는 것을 보았다. 그 이후로는 누구 돈을 빌리던 빌린 돈은 당연히 갚아야 한다는 생각을 했다. 내가 갚을 능력이 없으면 빌리지 않아야 한다 생각했다. 체크 카드를 사용하고 신용 카드는 주변의 권유로 몇 번 만들기도 했다. 신용 카드는 사용할 때는 좋지만, 결제일이 되면 내가 빚을 진 느낌이 들어 체크 카드를 주로 사용한다. 돈으로 진 빚뿐만 아니다. 말빚을 지지 않으려고 노력했다. 주고 싶은 마음이 앞서서 미리 약속하고 그 약속을 지키지 못하면 늘 마음이 무겁고 찝찝했다. 미리 말을 하지 않고 내가 할 수 있는 만큼만 마음을 전하면 된다. 말빚을 지는 이유는 주변의 시선 따위에 신경 쓰다 보면 더 잘해주고 싶다는 마음이 컸기 때문이다. 말부터 아끼기로 했다. 할 수 있을 만큼만 말하고 행동한다. 말은 가볍게 할 수 있지만, 반드시 책임이 따른다. 신중하게 말해야 한다.

서울 와서 살면서 많은 분께 헤아릴 수 없이 많은 신세를 지고 도움받았다. 대교 아파트 사는 할머니가 이사한다고 주방 그릇을 전부 주기도 하고 옷도 몇 벌 주셨다. 은하 아파트 사모님은 수시로 과일이나 음료를 싸 주셨다. 그 외에도 일일이 나열하지 못할 만큼 은혜를 입고 신세를 지며 살았다. 빚을 지지 않고 살아야 하지만 나는 그렇게 살지 못했다. 신세 진 만큼 나도 누군가에게 베풀며 사는 날을 생각하면서 감사히 받았다.

셋째, 배움에 대해 가치를 두는 것이다. 왜냐하면 아는 만큼 보인다는 말도 있듯이 배운 만큼 성장하고 아는 만큼의 수준과 환경에서 살 수 있기 때문이다. 무엇보다 배움과 교육은 내 삶의 최우선으로 생각했다. 남들보다 잘하는 것은 없지만, 배움에 대해서만큼은 누구에게도 양보하고 싶지 않았다. 먹는 것과 입는 것을 아끼고 절약하더라도 나 자신의 배움에 대한 투자만큼은 아끼지 않고 하려고 했다. 학교 교육도 중요하지만, 사회에 나와서 배우는 평생 교육이 더 중요하다. 죽을 때까지 배워야 한다는 말처럼 변화하는 세상에 함께 가려면 배움을 게을리해서는 안 된다. 배워서 아는 만큼 내가 살아가는 세상이 넓어지기 때문이다.

또 나 스스로 모르는 것이 너무 많다는 생각도 들었다. 수업 시간이나 책을 읽다가 모르는 것이 나오면'하나씩 배우기'라는 작은 노트에 배우고 알게 된 것을 정리했다. 시작한 지는 2년 남짓 되었지만 하나씩 배워가는 기쁨이 쏠쏠하다. 어렴풋하게 알고 있었던 것도 정리하면서 제대로 알 수 있는 기회가 되었다. 내가 몰랐던 세상을 배우고 알아간다는 것은 신나고 멋진 일이다. 배움은 일상이고 삶이다. 배움은 부족하고 모자라는 것을 채우는 과정이다. 배우려는 자세가 그 시작이다. "배우고자 하는 욕구가 최고의 자격증이다."

나만의 중요도를 나누는 기준은 시간 약속 지키는 것, 배움에 가치를 두는 것, 빚지지 않고 사는 것이다. 시간 약속은 마음만 먹으면 지킬 수 있다. 배움에 가치를 두고 내가 몰랐던 세상을 배우고 알아가는 데 의미와 가치를 둔다면 오늘보다 나은 내일이 될 것이다. 빚지지 않고 사는 것은 자신이 없다. 지금까지 세상에 진 빚 다 갚을 수 있을까 생각하면 아득하다. 세상에 진 빚을 갚기 위해서 지금 나는 무엇을 해야 할까. 나한테 중요한 게 무엇인가. 차분히 생각해 본다. 글쓰기와 달리기, 요약독서법 라이팅 코치 사업이다. 이것은 나를 발전시킬 수 있고 세상을 도울 수 있는 의미와 가치가 있는 일이다. 이 일 외의 다른 잡다한 일은 단호하고 정중하게 거절할 수 있어야 한다. 그 이전에 나에게 중요한 일을 판단하고 선택할 힘을 키워야 할 것이다. 주변 상황에 휘둘려 나에게 정작 중요한 것을 하지 못한다면 나의 정체성을 상실하는 것이다.

사람이므로 휘둘릴 때도 있지만 머릿속 마음속으로 글쓰기와 달리기, 요약 독서법, 라이팅 코치 사업이 중요하다는 목표와 기준을 정해야 한다. 목표와 기준을 정했다면 요약 독서법과 라이팅 코치 사업에 시간과 에너지를 집중해야 한다. 요약독서법 이외에 허튼 시간을 쓰면 열심히 노력해도 성과가 나오지 않을 것이다. 그것만큼 참혹한 인생은 없다. 진짜 중요한 나만의 삶의 가치가 정해져 있어야 한다. 이제 나는 나만의 중요도를 나누는 기준을 가지고 걸어간다. 그 길이 외롭고 험하더라도, 내가 세운 기준은 가장 믿음직한 길잡이다. 나의 삶을 나답게, 후회 없이 살아가기 위한 지혜는 이미 내 안에 있다. 그 지혜를 따라, 오늘도 묵묵히 첫발을 걷는다. 8만 6400초. 후회 없이 살고 싶은 마음으로.

2

수학 앞에 멈춘 나, 삶 앞에 나섰다

어릴 적, 수학 시간이 싫었다. 초등학교 고학년 때부터 수학은 재미가 없었다. 재미없는 과목은 관심도 없고, 자연스럽게 나와 멀어졌다. 중학교 1학년 때 놓친 수학은 따라갈 방법이 없었다. 머리가 아프다고 양호실 가서 수업을 빠지고 수학 시간을 회피할 생각만 했다. 수학 선생님이 출장을 가거나 출근하지 않는 날엔 만세를 부르고 싶을 정도였다. 수학이 든 날 시간표만 봐도 머리가 아팠고, 칠판 앞에 나가서 문제 풀라는 선생님의 목소리는 공포 그 자체였다. 수학이 없는 날은 내 세상처럼 느껴지기도 했다. 수학 성적은 전체 평균을 깎아먹었고, 평균이 낮아진 성적표는 자존심을 사정없이 짓밟았다. '나는 수학을 못 하는 아이'가 내 정체성이었다. 수학이 없는 나라로 도망치고 싶다는 생각을 수시로 했다.

자신감은 능력에 대한 믿음이다. 무언가를 할 수 있다고 믿는 태도다. 반면 자존감은 나의 존재에 대한 믿음이다. 있는 그대로의 나, 아무것도 하지 않아도 '나'라는 존재 그 자체로서 가치 있다는 말이다. 자존감은 자신의 가치와 존재에 대한 전반적인 인식을 나타낸다. 자존감은 개인이 자신을 어떻게 평가하고 인식하는지를 나타내는 심리적 개념이다. 또한 자신의 가치와 존재에 대한 긍정적인 인식을 포함한다. 자존감은 개인의 정서적 안정성과 삶의 질에 영향을 미친다. 이는 대인 관계, 직업적 성취, 그리고 전반적인 행복감에 중요한 역할을 한다.

 '자존감'이란 자기 자신을 존중하고 아끼고 사랑하는 마음이다. 자신을 아끼는 마음이 있어야 무슨 일을 해도 당당하게 할 수 있다. 자신을 사랑할 수 있어야 다른 사람도 사랑할 수 있다. 자존감은 태어나서 지금까지 살아오면서 주변 영향을 받는다. 현재 자존감이 낮은 사람을 한순간에 자존감이 팍 치솟게 할 수는 없다. 자존감은 하루아침에 만드는 것이 아니기 때문이다. 다른 일과 마찬가지로 연습하고 훈련해야 한다. 나는 글쓰기를 하면서 자존감이 높아졌다. 글을 쓴다는 것은 내가 살아온 과거 이야기를 쓰는 것이다. 과거에 좋은 일도 많았지만, 좋지 않았던 일이 더 많았다. 좋지 않았던 일을 글로 쓰고 지금 이 시점에서 새로운 의미와 가치를 부여하면, 지금의 나를 있게 한 하나의 경험이 될 수 있다. 과거의 좋지 않았던 일 덕분에 지금 여기에 내가 있는 것이다. 글을 쓰기 전에 나는 늘 부족하고 모자라는 존재로만 생각했다. 지금은 나 자신을 돌아보면 아! 그래도 나름 잘 살았구나. 하는 생각이 든다. 글을 쓸수록 나 자신의 의미와 가치에 대해 생각하는 시간이 되었다.

『나는 꿈을 이루는 요양보호사입니다』 책을 출간하기 전과 후의 모습은 달랐다. 자존감이 높아진 내 모습을 만날 수 있었다.

자존감은 세 가지 차원으로 나눌 수 있다. 첫째, 자기 존중(self-esteem)이다. 자기 존중은 개인이 자신의 가치를 얼마나 높게 평가하는지를 나타낸다. 이는 개인의 성격, 능력, 외모, 사회적 지위 등 다양한 요소에 의해 영향을 받는다. 둘째, 자기 수용(self-acceptance)이다. 자신의 장단점을 있는 그대로 받아들이는 태도다. 자존감이 높은 사람은 자신의 단점을 인정하면서도, 이를 통해 성장할 수 있는 기회로 삼는다. 셋째, 자기 이해(self-understanding)는 개인이 자신의 감정, 생각, 행동, 가치관, 강점 및 약점을 인식하고 이해하는 과정을 의미한다. 이는 개인의 정체성을 형성하고, 삶의 방향성을 설정하는 데 중요한 역할을 한다.

나는 수학 앞에서 자신감을 잃었고, 그 영향으로 자존감까지 무너졌다. 수학만 못 하는 아이지만, 다른 것도 못 하는 사람이라는 믿음이 내 마음에 깊게 새겨졌다. 자신감이 부족할 때는 두려움과 불안에 시달렸다. 깊은 잠을 자지 못하고 초조하고 조바심을 느꼈다. 당연히 나의 잠재력을 충분히 발휘하지 못했다. 내 가능성을 의심하며 스스로 움츠렸다.

전문대학에 들어가고 나니, 수학이 사라진 공간에서 자유롭게 숨 쉴 수 있었다. 신입생 오리엔테이션을 했다. 학과장은 나에게 분임 토의 결과를 발표하라고 했다. 고등학교를 갓 졸업하고 온 학생들보다 사회생활 경험한 내가 잘할 것 같다고 했다. 지명을 받은 이상 민속공예과 대표로 잘하고 싶었다. 잘 할 수 있을까. 두렵고 떨렸다. 수학이 없으니 할 수 있을 것 같았다. 경주 코오롱 관광호텔 대연회장. 교수와 신입생 오백여 명 앞에서 분임 토의 결과를 발표했다. 발표 도중 우리 과 교수 쪽으로 보니 목소리가 떨렸다. 아마 잘하고 싶은 마음 때문이었을 것이다. 얼른 고개를 돌려 교수가 보이지 않는 반대쪽을 보고 발표를 끝냈다. 누가 봐도 완벽한 발표는 아니었지만, 그 순간은 내 인생에서 커다란 전환점이 되었다. 수학은 못 하지만, 발표는 할 수 있는 사람이었다. '나도 할 수 있구나'라는 생각이 온몸에 느껴졌다. 자신감이 단단해지기 시작했다.

학생 생활 연구소에서 집단 상담 프로그램을 배우게 되었다. 이수용 교수는 '자기 이해', '자기 수용', '자기 노출'을 통한 '자기 존중'이라는 개념을 말했다. 처음 들어보는 말이었지만, 지금까지 살아온 나를 돌아보는 기회가 되었다. 여름 방학에는 동기생들과 함께 학교와 팔공산에서 집단 상담을 진행했다. 새 학기가 되면 동급생들과 후배들의 리더로 활동했다. 상대를 공감하고 이해하는 능력이 조금씩 자라났다. 덕분에 대구새마을 연수원 감수성 훈련 교관으로 취직할 수 있었다.

재학 중에는 미술대회에 작품을 출품했다. 전국산업디자인대전, 경북미술대전, 대구시미술대전 등에 작품 출품했고, 작은 상도 몇 차례 받았다. 경북미술 대전에서 특선했을 때 부모님을 모시고 사진을 찍었다. 버스 안내양 하면서 대학을 가고 싶었던 딸이 당당하게 대학 생활하는 모습을 보여 드린 날이었다. 누군가의 평가나 점수 없이도, 나도 '쓸모 있는 사람'이라는 확신이 생겼다. 그 모든 경험이 자존감을 다시 세우는 기반이 되었다. 내가 입학할 때 학교 정문에 걸려 있던 문구가 있었다. "Every Body is Special to God." 그 말의 의미를 나는 대학 생활 내내 생각했다. 하나님 앞에 모든 존재는 특별하다면, 나 역시 하나님 앞에 특별한 존재 아니겠는가. 그렇지만 그 사실을 받아들이기까지 시간이 필요했다.

자존감이 높은 사람은 실패 앞에서도 쉽게 무너지지 않는다. 스트레스와 불안이 몰려와도 자신에 대한 믿음이 방패가 되어 준다. 대인 관계에서도 주눅 들지 않고, 신뢰를 바탕으로 소통할 수 있다. 자신에 대한 굳건한 믿음은 물론이고 직장에서의 성과, 목표 달성에 대한 동기도 자존감과 깊은 관련이 있다. 반대로 자존감이 낮은 사람은 늘 타인의 평가에 휘둘린다. 비교는 자책으로, 자책은 회피로 이어진다. 우울과 불안, 대인기피 같은 문제는 대부분 낮은 자존감에서 시작된다.

자신감과 자존감은 서로 영향을 주고받는다. 자신감이 밑바탕이 되어야 성취를 이룰 수 있다. 작은 성취가 쌓이면 자존감이 자란다. 자존감이 단단하면 새로운 일에 도전할 수 있는 용기를 낼 수 있다. 마치 식물이 햇살을 받고 자라듯, 자신감이 자라면 자존감도 함께 자란다.

나는 여전히 수학을 못 한다. 하지만 그것이 내가 무가치하다는 증거는 아니다. 오히려 나는 발표를 잘하고, 글을 쓰고, 사람들과 진심으로 소통할 줄 아는 사람이다. 그 깨달음은 자이언트에서 공부하고 글을 쓰면서 나의 존재에 대한 믿음에서 출발한 것이다. 글을 쓰면서 나도 타인을 도울 수 있는 역량이 있는 사람이라는 것을 느끼게 되었다. 어릴 적 나는 자신감을 잃었고, 자존감은 그 뒤를 따랐다. 하지만 대학 시절의 경험과 집단 상담을 통해 나는 내 안에 숨겨져 있던 '있는 그대로의 나'를 만날 수 있었다. 그리고 지금은 매주 자이언트 수업을 들으면서 나 스스로 격려하고 칭찬한다. 나는 나를 사랑한다. 모든 것은 나의 책임이다. 자존감은 나를 사랑하는 마음에서 출발한다. 두려움, 불안. 공포 이 모든 감정은 내 정체성의 일부다. 그것까지도 안아 주는 용기와 배려, 넉넉한 품을 배운다. 수학은 못 했지만, 삶은 잘 살아내고 있다. 모든 걸 다 잘하지 않아도, 내가 나라는 이유만으로 충분하다. 자신감은 나에게 도전할 용기를 주었고, 자존감은 그 도전의 결과에 상관없이 나를 지켜주는 버팀목이 되었다. 세상 앞에서 움츠러든 누군가가 있다면, 그에게 이 말을 꼭 전하고 싶다. "당신은 점수로 측정할 수 없는 이 세상 누구보다 소중한 사람입니다." 나도 그렇게 나를 다시 일으켜 세웠다.

3

타인의 말을 무시하는 법

『사는 게 뭐라고』에서 사람을 사귀는 것보다 자기 자신과 사이좋게 지내는 것이 더 어렵다고 작가 사노 요코는 말한다. 모든 일이 내 맘대로 잘되지 않는다는 이유로 세상을 싫어했다. 사는 게 귀찮았다. 하고 싶은 것은 아무것도 없었다. 모든 것이 짜증과 불만투성이였다. 표정은 어둡고 무거웠다. 세상 사람들은 모두 즐겁고 행복해 보였다. 나만 불행하고 부족하고 모자라 보였다. 주변에서 나에게 해 주는 소리는 전부 잔소리로 들렸다. 세상은 내 편이 아니라는 생각이 들 정도였다. 표정이 어둡고 짜증과 불만투성이인 나를 좋아하는 사람은 이 세상 아무도 없었다. 내가 나를 사랑하지 않고 좋아하지 않는데 누가 나를 좋아할 수 있을까. 생각하며 지낸 적 있었다.

글쓰기 수업 시간, 이은대 작가가 물었다. "지금까지 어떤 삶을 살았던 지금부터 노예의 삶을 살아야 한다면 기꺼이 '예'라는 대답을 하는 사람이 있을까요?" 그 말을 듣고선 속으로 '미쳤나. 내가 왜 노예의 삶을 살아야 해.'라고 했다. 이은대 작가가 말했다.

"노예는 주인이 시키는 대로 하는 자유 의지가 없는 사람입니다. 주인이 일하라면 해야 하고 밥을 먹어라. 하면 밥을 먹어야 합니다. 우리는 당연히 노예의 삶을 거부합니다. 그러나 누가 나에게 좋은 말을 해 주면 기분이 좋아집니다. 반대로 나에게 기분 나쁜 말을 하거나 흉을 보면 기분이 팍 상합니다. 직장에서 근무하다가 일이 잘되면 기분이 좋고 일이 잘되지 않으면 기분이 확 상합니다. 이처럼 내가 내 감정이나 상태를 주도하지 못하고 제 3자가 나의 감정이나 기분을 전적으로 통제하고 있다는 것. 그들의 말에 좌우되는 것은 노예의 삶과 다를 바 없습니다."

잠시 숨을 고른 이은대 작가가 다시 말을 이었다.

"자기 주도적 인생, 주인 의식을 이야기할 때 가장 중요한 것은 나의 감정 상태, 내가 내 기분을 의도적으로 선택할 수 있는 삶입니다. 순간적으로 욱하는 마음, 속상한 마음, 기분 잡치는 일 많습니다. 수시로 일어납니다. 당연히 기분 나쁠 수 있고 우울할 수 있습니다. 그러나 나의 기분을 의식하고 다른 사람의 말과 행동에 따라 움직이고 있구나. 인식은 해야 합니다. 인식조차 못 하고 따라가는 것은 휘둘리는 것입니다. 휘둘리는 인생 사는 사람이 가장 불행합니다. 행복할 가능성이 없습니다. 왜냐하면 제3자가 그를 행복하게 만들어 주지 않는 한 그는 행복할 수 없기 때문입니다. 다른 사람에게 휘둘리는 인생을 절대 살아서는 안 됩니다."

이 말을 다 듣고 난 후 퍼뜩 정신이 들었다. 내 이야기라는 생각이 들었다.

중심 잡고 나름 잘살고 있다고 생각했다. 일에 보람을 느끼고 최선을 다한다고 생각했다. 다른 사람이 나에게 잘하고 있다고 하면 그런 줄 알았다. 전혀 아니었다. 생각해 보면 그것은 나의 착각이었다. 할아버지가 잘한다. 반찬이 맛있다. 하면 기분이 좋았다. 할머니 밥 먹여 드리는데 잘 드시지 않거나 거부하면 내가 뭘 잘못한 것 같았다. 혼자 감정 소모가 많다고만 느꼈다. 수업 시간 나의 정곡을 찌르는 말을 들으면서 내가 세상의 노예가 된 느낌이 들었다. 할아버지가 칭찬하면 기분이 좋고 할머니가 음식을 거부하면 기분이 나쁜 것은 내가 내 주도적인 삶을 사는 것이 아니다. 그들이 뭐라고 하든 나는 내 할 일 최선을 다해서 기꺼이 하는 것이 전부다. 결과는 나의 몫이 아니다. 물론 결과에 대한 책임은 져야겠지만, 판단은 내가 하는 것이 아니다. 상대가 하는 것이다. 그들의 말과 행동에 따라 내 기분이나 의식이 아! 내가 휘둘리고 있구나. 하는 인식 정도는 할 수 있어야 한다.

타인의 말을 무시하는 것은 상대를 무시하는 것이다. 인정받지는 못할망정 무시당해서 기분 좋을 사람은 아무도 없다. 여기서 내가 말하고자 하는 무시는 자기 주도적인 인생을 살기 위해서는 타인의 말을 무시할 수 있어야 한다. 그들의 말에 나의 감정이 휘둘리거나 좌지우지되지 않도록 자기중심을 잡는 것을 말한다. 구체적인 방법에 대해 알아보고자 한다.

첫째, 감정적 거리 두기다. 나는 종종 타인의 의견에 지나치게 영향을 받았다. 예를 들어, 지인이 내 생각에 딴지를 걸거나 나의 아이디어를 비판했을 때, 그 비판이 나에 대한 공격으로 느껴지기도 했다. 이럴 때는 그 비판이 나의 가치와 능력을 평가하는 것이 아니라, 단순히 그 사람의 의견일 뿐이라는 점을 인식하는 것이 중요하다. 감정적으로 거리를 두면, 비판을 더 객관적으로 바라볼 수 있게 된다.

둘째, 자기 확신이다. 나의 신념과 가치를 확고히 하는 것도 타인의 말을 무시하는 데 도움이 된다. 예를 들면, 내가 85kg 체중이 되어 뚱보로 지낸 적이 있다. 하루는 막내가 "엄마는 우리 학교 오지 마. 친구들이 놀린단 말이야."라고 했다. 그걸 옆에서 듣던 둘째가 "야! 너 그런 말 하면 엄마는 마음의 상처가 되는데 말을 함부로 하니!" 하고 자매끼리 토닥거린 적이 있었다. 그때는 다른 일이 많아서 시시콜콜 따질 경황이 되지 못했다. 나의 장점과 긍정적인 면을 생각하면서 나도 살 뺄 날이 있을 거야 강한 자기 확신을 가진 적이 있었다. '나의 외모는 약간 풍성하지만, 나는 가치 있는 사람이다.'라는 생각을 수시로 함으로써, 부정적인 의견에 휘둘리지 않으려고 애썼다.

셋째, 타인의 말을 무시하기 위해서는 비판적 사고를 기르는 것이 필요하다. 모든 의견이 동등하게 가치 있는 것은 아니며, 어떤 의견은 개인의 경험이나 편견에 기반할 수 있다. 예를 들어, 친한 친구가"너는 이번 일을 성공하지 못할 거야."라고 말했을 때, 그 친구의 경험이나 감정이 그 발언에 포함될 수도 있는 것이다. 긍정적이거나 격려의 말은 그냥 수용할 수 있지만, 부정적인 말을 하는 이에게는 속으로, '너나 잘해, 나는 할 수 있어.'라고 속으로 대답한다. 아무리 친한 친구라도 완벽하지 않다. 내가 그 의견을 신뢰할 수 있는지를 판단하고, 필요하다면 무시할 수 있어야 한다.

넷째, 긍정적인 환경 조성이다. 주변 사람들의 긍정적인 영향을 받는 것도 중요하다. 부정적인 말을 자주 하는 사람들과의 관계는 스트레스를 유발할 수 있다. 예를 들면, 나는 아침마다 좋은 말과 글로 안부를 주고받는 지인 두 분이 있다. 그들은 항상 긍정적이고 희망적인 메시지를 준다. 나는 수업 시간에 들은 귀한 이야기나 책에서 만난 글귀를 보낸다. 아침을 기분 좋게 시작한다. 당연히 두 분의 지지와 격려를 받는다. 긍정적인 환경은 타인의 부정적인 말을 무시하는 데 큰 도움이 된다.

다섯째, 실천적 방법으로 명상이나 심호흡 같은 마음 챙김 기법을 활용하는 것이다. 이러한 기법은 마음을 진정시키고, 외부의 소음에 휘둘리지 않도록 도와준다. 예를 들어, 누군가의 부정적인 말을 들었을 때, 잠시 눈을 감고 3초를 센다. 처음에는 잘되지 않았다. 하지만 3초를 센 후 깊게 숨을 쉬며 '그래도 내가 너보다 낫다.' 하고 생각하기를 거듭했다. 그러자 내가 입을 다물어 버리는데도 아무 일도 일어나지 않았다. 이렇게 하면 감정적으로 반응하기보다는 차분하게 상황을 바라볼 수 있었다.

타인의 말에 휘둘리지 않기란 생각보다 어렵다. 나는 칭찬에 웃고, 비난에 상처받으며, 누군가의 기대에 부응하려 애썼다. 그들의 말이 내 마음을 좌우하도록 내버려 두는 순간, 나는 나 자신을 잃게 된다는 것을 글을 쓰면서 깨달았다.

글쓰기 수업 시간. 이은대 작가가 '노예의 삶'을 이야기할 때, 내가 '노예의 전형적인 삶'을 살아온 것 같았다. 기분이 좋고 나쁨이 다른 사람의 말에 좌우된다면, 그것은 결국 내 삶을 타인에게 내주는 것과 같다. 나는 나의 주인이 되기로 했다. 그들의 칭찬은 감사하지만, 그것이 나를 정의하지 않는다. 그들의 비난 역시 내 가치를 깎아내릴 수 없다. 나는 내가 누구인지 알고, 내가 어떤 길을 걸어야 하는지 아는 사람이다. 나는 타인의 말을 무시한다. 그것은 무관심이나 교만이 아니다. 오히려 나 자신을 지키는 방법이다. 나의 감정을 내 손으로 다루고, 내 의식은 내가 선택한다. 부정적인 말을 들으면 '그건 네 생각이지.'라며 속으로 말한다. 중요한 것은 내가 내 삶을 어떻게 바라보고 어떤 사람으로 살아가고 싶은지에 달려있다.

4

독서, 나를 버티게 하는 힘

독서는 불안을 없애는 삶의 기술이다, 불안은 언제나 갑자기 찾아온 것처럼 느껴지지만, 대부분 정리되지 않은 생각에서 시작된다. 앞으로 어떻게 살아야 할지 막막할 때, 무엇을 선택해야 할지 알 수 없을 때, 마음이 먼저 흔들린다.

어릴 적, 학교 교실 앞 작은 책장은 나에게 가장 안전한 피난처였다. 그곳에서는 누구도 나를 야단치지 않았고, 무엇을 하라고 요구하지도 않았다. 책 속에 빠져있을 땐 집안 형편이나 현실의 부족함도 느껴지지 않았다. 나는 그저 읽기만 하면 됐다. 1~2반 교실 앞에는 작은 책장이 있었다. 가로 3m 남짓한, 높이 2m 정도 크기의 책장이었다. 학교 도서관이었다. 1~2반 선생님이 도서실 선생님이다. 수업 마치고 교실에 조용히 들어가면 선생님이 자리에서 빙그레 웃어주셨다. 읽고 싶은 책을 책꽂이에서 꺼내서 읽고 제자리에 꽂아두면 된다. 그때 어린이 잡지를 처음 만났다. '어깨동무' 속에서 육영수 여사의 환한 미소를 보았다. 잡지 속에 나오는 아이들이나 주인공은 나와 다른 세상에 사는 것 같았다.

사 학년 때는 담임 선생님과 고전 읽기를 했다. 칠팔십 명이 한 반에서 공부하던 시절이다. 다른 친구들이 집으로 돌아가고 고전 읽기 하는 친구 서너 명만 남아서 선생님과 함께하는 시간이 즐거웠다. 책을 펼치면 전혀 다른 세계가 열렸다. 집이 넉넉하지 않다는 것도, 현실의 어려움도 그 순간만큼은 벗어날 수 있었다. 책 속에서는 누구도 나를 혼내지 않았고, 무엇을 해야 할 책임도 없었다. 책은 마음을 쉬게 하는 가장 안전한 공간이었다.

하지만 어른이 되자 독서는 전혀 다른 얼굴로 다가왔다. 세상은 바쁘게 돌아가고 매일 쏟아지는 정보는 넘쳐났다. 마음은 조급하고 책은 의무감으로 읽었다. 의무감으로 읽는 책은 활자만 읽고 있었다. 욕심내서 사놓고, 손도 대지 못한 책이 책장에 수북이 쌓였다. 어쩌다 책을 읽겠다고 펼쳐보아도 이 책에서 무엇을 말하고 있는지 찾을 수 없었다. 핵심 파악이 어렵고 읽은 후, 남는 게 하나도 없었다. 책을 읽으면 차분해지는 것이 아니라 오히려 불안하고 초조했다. 책은 처음부터 끝까지, 글자 하나 빼놓지 않고 다 읽어야 한다는 완독의 강박도 심했다. 어떻게 하면 책을 효율적으로 제대로 읽을까 고민할 무렵 독서 모임 '천무'가 문을 열었다.

2022년 1월'천무'(천하무적) 서평 쓰는 독서 모임이 시작되었다.

서평 쓰기를 제대로 배우고 싶었다. 무조건 들어갔다. 오프닝 멘트를 시킬 때, 준비가 되면 자신 있게 할 수 있었다. 준비 없이 갑자기 지명을 받으면 말은 버벅거리고 얼굴이 빨개졌다. 두 시간 동안 블로그에 서평 쓰고 "내가 뽑은 한 줄" 발표 후 이유까지 함께 말했다. 나에게는 버거웠다. 책 읽기를 숙제처럼 했다. 책 분량이 작은 것은 그나마 수월했지만, 두꺼운 책은 기를 쓰고 읽어야 했다. 처음 시작할 때만 하더라도 꼼꼼하게 읽었다. 1년 정도 되었을 때는 읽어야 할 분량이 많고 할 일이 쌓여 대충 읽기도 했다. 책을 제대로 읽지 못하고 참석하면 마음이 무거웠다. 다른 참석자들은 자기가 읽은 부분을 핵심만 뽑아서 발표하기도 하고 어록을 만들어 공유하기도 했다. 그들이 부러웠다. 어떻게 하면 나도 제대로 된 독서를 할 수 있을까. 늘 고심했다. 빠지지 않고 참석하려고 노력했다. 시간이 지난 지금은 처음 시작할 때만큼 두렵거나 부담되지 않는다. 그냥 참석한다.

25년 여름. 요약독서법을 만났다. 요약독서법은 책을 무의미하게 빨리만 읽는 기술이 아니다. 이 책을 읽는 목적을 생각하며 읽는다. 책 속에서 중요한 20%를 찾아내어 그것을 자기 삶에 적용하는 독서법이다. 과정 중에 글의 구조화를 배웠다. 그냥 읽는 것이 아니라, 구조화를 시키는 것이 훨씬 효율적인 학습이 된다는 것을 깨달았다. 완독 강박은 대표적인 불안 유발 요인이었다. 요약독서법을 배우고 나니 책 한 권이 더 이상 어렵게 느껴지지 않았다. 전부 읽지 않아도 된다는 사실만으로 마음이 가벼워졌다. 불안한 사람의 머릿속은 대개 복잡하다. 중요한 것과 중요하지 않은 것을 구분하지 못한 채 모든 것을 붙잡으려 하기 때문이다. 요약 독서는 모든 정보를 붙잡지 않아도 된다는 것을 알려 주며 생각을 단순하게 만들었다.

가장 중요한 변화는 집중이었다. 요약하려면 문장을 그냥 넘길 수 없었다. 읽으면서 그 문장이 내 삶과 어떻게 연결되는지 생각해야 했다. 이 집중 상태는 자연스럽게 마음을 현재에 머물게 했다. 불안은 늘 미래를 생각하지만, 독서는 지금 이 문장에 나를 붙잡았다. 생각이 현재에 머무는 동안 불안은 힘을 잃었다. 집중하는 순간만큼은 다른 생각이 들어올 틈이 없다. 독서가 마음을 안정시키는 이유는 바로 여기에 있다.

요약 독서는 행동을 만들어낸다. 책을 읽고 끝내지 않았다. 뽑아낸 문장을 나의 삶에 적용하는 아주 작은 실천을 바로 했다. 불안은 아무것도 하지 않을 때 커진다. 반대로 한 가지라도 행동이 시작되면 불안은 눈에 띄게 줄어든다. 요약 독서는 즉시 실행이 가능한 덕분에 지속할 수 있었다. 하루 15분이면 충분했다. 시간이 없다는 핑계도 댈 수 없다. 이 지속은 나에 대한 신뢰로 이어졌다. 나는 나를 믿게 되었고, 이 믿음은 불안을 없애주는 가장 강력한 힘이 되었다.

　요약 독서는 말과 관계도 쉽게 했다. 핵심을 정리해 말할 수 있게 되자 대화가 쉬워졌다. 말이 명확해지니 오해가 줄었고, 관계는 안정됐다. 관계가 안정되자 마음도 안정됐다. 독서는 불안을 없애는 무기가 아니다. 독서는 불안을 다루는 삶의 기술이다. 특히 요약 독서는 불안을 줄이는 가장 현실적인 독서법이다. 읽고, 정리하고, 적용하는 이 단순한 구조가 삶의 중심을 잡아 주었다. 불안은 완전히 사라지지 않았다. 다만 다룰 수 있는 크기가 되었다. 책 속 한 줄이 오늘의 나를 지탱하고 있다. 지금도 읽고, 요약하고, 적용하며 살아간다. 그 과정에서 불안은 더 이상 나를 흔들지 못했다.

　세상에 독서법은 수도 없이 많다. 요약독서법은 내가 접한 독서법 중 시간을 절약하고 핵심을 뽑아낼 수 있는 유일한 독서법이다. 물론 요약독서법이 모든 사람에게 정답일 수는 없다. 그러나 분명한 것은 읽기만 하는 독서보다 읽고 정리하고 적용하는 독서가 훨씬 강력한 힘을 만든다는 사실이다. 책을 열 번 읽어도 나의 모습이 변하지 않는다면 방법을 바꿔야 한다. 요약독서법으로 한 번 읽은 책에서 중요한 내용을 뽑아내고 그것을 내 생활에 적용하여 삶을 살아낼 수 있다면 그 책은 이미 역할을 다한 것이다. 우리가 책을 읽는 목적은 더 나은 삶을 영위하기 위함이다. 요즘은 요약할 줄 아는 사람만이 살아남는 시대다. 요약은 작가의 생각과 의도를 파악하여 핵심을 찾아내는 기술이다. 요약할 줄 아는 사람이 글도 쓸 수 있고 말도 잘 할 수 있다. 하루를 요약하고 나의 삶을 요약한다.

"요약은 단순히 줄이는 일이 아니라 핵심을 찾는 것이다."라고 이은대 작가는 힘주어 말한다. 내가 하고자 하는 말의 핵심, 내가 쓰고자 하는 글의 핵심이 있을 때 말과 글의 탄탄한 구성이 만들어진다. 이렇듯 삶의 핵심을 찾을 때 인생의 단단한 구성이 만들어진다. 단단한 구성은 삶의 중심이 흔들리지 않도록 잡아 준다.

요약 독서는 나에게 단순한 정보의 습득이 아닌, 나의 정체성을 찾고 삶의 핵심을 발견하는 과정임을 깨달았다. 읽은 만큼 쌓이고 배운 만큼 보이듯이, 삶의 핵심을 명확히 할 때 불안이라는 파도에 휩쓸리지 않는다. 자신의 삶을 주도적으로 이끌어갈 수 있다. 인생의 불필요한 정보와 강박을 덜어내고 자기 확신을 가지는 삶의 기술이다.

"독서는 시간과 노력의 정직한 결실이다."라는 이은대 작가의 말이 들리는 듯하다. 요약 독서는 나에게 황금 보물을 찾는 길을 알려 준 독서법이다.

5

디지털 앞에서 멈추지 않기로 했다

오픈 채팅방에 올라오는 광고 중에서 AI로 동화 작가가 될 수 있다고 하면 나도 모르게 가슴이 두근거렸다. 그러나 한 번도 참여하지 못했다. 연식이 되어 할 수 없다는 생각이 앞섰기 때문이다. 그러나 여전히 마음 한구석에 배우고 싶다는 염원은 버릴 수가 없었다. 나는 생각도 못 하는 노래를 누가 AI로 만들었다 하면 가슴이 뛰었다. 노래 부르는 것은 음치지만, 노래 듣는 것은 좋아했다. AI 동화 작가가 되는 일. 노래를 만드는 일. 해보지 못했다. 마음 한쪽에 작은 미련이 남았다.

세상은 빠르게 변하는데 나만 저만치 뒤처진 기분이었다. 내게는 그들이 그저 '부러운 상대'일 뿐이었다. 어느 순간 깨달았다. 그들의 능력이 부러운 것이 아니라, 도전할 용기가 부러운 것이었다. 세상은 스마트폰과 인공지능, 로봇이 일상이 되는 시대다. 처음엔 '나와 상관없는 세상'이라 생각했다. 하지만 우리의 삶이 디지털로 바뀌어 가는 현실 앞에, 도망치지 않고 부딪혀야겠다 마음먹었다.

나이 때문이 아니라, 시대가 요구하는 새로운 나를 만들기 위해서였다. 그동안 늘 배워야 산다는 생각은 하고 있었지만, 한 발 내딛기는 쉽지 않았다. 간절했던 내 마음과 통했는지 모르겠다.

3월 하순. 문자 한 통이 왔다. 중장년층을 위한 인공지능(AI) 및 챗GPT 디지털 교육 안내. 에버영 피플에서 보냈고 선착순 백 명을 뽑는다고 했다. 백 명 안에 들어야 수강할 수 있다고 생각했다. 이 기관은 교육생을 뽑을 때마다 이력서와 지원 동기를 양식대로 제출해야 한다. 그렇게 배우고 싶었던 챗GPT 과정이 있었다. 꼭 합격하겠다는 마음으로 이력서를 꼼꼼히 썼다. 빠진 것이 없나 일기장도 들여다보고 다이어리와 블로그도 훑었다. 제출하고 며칠을 기다렸다. 서류전형 결과 교육생으로 확정되었다는 문자를 받았다. 야~호 나는 선택되었다. 세상이 내게 문을 연 순간이었다. 세상을 다 가진 것 같았다.

교육은 매일 새로운 세상의 초대장처럼 느껴졌다. 새로운 것을 배우는 것은 좋지만, 내가 하지 못하는 것은 힘들고 어렵기만 했다. 첫날 과제는 세 시간 넘게 걸렸다. 머리가 지끈거렸다. 몰라도 되는데 괜히 신청했나. 내가 오지랖이 넓은 것인가. 지금 하는 일이나 잘하지. 온갖 생각이 다 들었다. 답은 찾았지만, 답안지에 입력도 쉽지 않았다. 노트북과 핸드폰을 넘나들면서 과제를 했다. 어떤 때는 사용하지 않던 핸드폰에 사진을 찍어서 그것을 보고 답안

작성을 하기도 했다. 핸드폰으로 설문지 작성이 미숙해서 거의 다 해 놓고 까딱 잘못해서 날린 적이 많았다.

다시 작성하면 되지만, 필요 없는 시간 낭비라는 생각을 하니 그것 역시 스트레스였다. 나중에는 시간이 걸려도 노트북에서 작성했다. 조사한 자료를 날리는 사고는 막을 수 있었다. 문제는 풀리지 않고 시간만 흐르는 것 같을 때도 있다는 점이었다. 포기해버릴까 생각이 불쑥불쑥 올라왔다. 내 마음을 다독였다. 너무 잘하려고, 완벽하게 하려고 하지 말고 내 능력만큼 하자 생각했다. 담당자도 너무 무리하지 말고 할 수 있는 만큼만 해서 제출하라고 했다. 단톡방에 올라오는 동기생들의 과제는 완벽해 보였다. 남의 밥에 콩이 커 보인다. 남들 신경 쓰지 말고 내가 하는 만큼만 하자, 또 한 번 나의 어깨를 두드렸다. 근무하면서 바쁜데도 잘하고 있다고 나 스스로 응원했다.

나를 성장시킨 건 기술보다도, 포기하지 않는 태도였다. 처음엔 인공지능과 4차 산업혁명 개념을 익히며, 낯선 용어를 눈을 비벼가며 해석해냈다. 이미지 검색, 화면 정리, 사고력 훈련, 자기소개 녹음, 번역 툴 사용, 지도 앱으로 여행하기, 메타버스 복습까지…. 익숙했던 것도 있었고, 전혀 새로운 것도 있었다. 미드저니로 그림을 그리고, 동화를 써보기도 했다. 마지막 날 과제는 노래 만들기 실습이었다. 일단 가사를 썼다. 분위기는 감사와 덕분으로, 장르는 트로 트로 지정했다. 완벽한 가사가 아니라. 다가오는 어버이날 부모님께 드리는 노래를 만들었다. 귀에 익은 대중가요처럼 가슴 깊이 울리는 맛은 없지만, 내가 만든 노래라는 점에서 그런대로 들을 만했다. 내가 인공지능으로 만들었다 하면 아버지는 어떤 모습을 하실까.

특히 기억에 남는 건 핸드폰 화면 정리하기 과제였다. 한때 진희가 가르쳐줬던 걸 꾸준히 써왔는데, 과제로 나오니 내가 이미 실천하고 있다는 사실이 뿌듯했다. 반면 구글 지도는 낯설었고 버벅거렸다. 기껏 해외여행이라고는 패키지로 호주와 일본을 한 번씩 다녀온 것밖에 없다. 바쁜 현실에 나에게 해외여행은 사치라고 생각했다. 나와는 거리가 멀다 생각했다. 그러나 구글 지도에서 여기저기 구경하다 보니 언젠가 한 번 가 보고 싶다는 생각이 들기도 했다. 낯섦은 두려움이 아니라 새로움을 만나는 출발점이다. 딥페이크 관련 성범죄 영상을 보고는 등골이 오싹했다. 딥페이크란, 인공지능(AI) 특히 딥러닝 기술을 이용해 사람의 얼굴, 목소리, 몸짓 등을 영상이나 음성에 정교하게 합성하거나 변조하는 기술을 말한다. 긍정적인 사례는 교육 콘텐츠로 역사 인물을 실제처럼 등장시켜 수업에 활용할 수 있다. 가령 이순신 장군이나 세종대왕 같은 인물을 실존처럼 등장시켜 활용하면 학생들의 이해력과 사고력에 도움이 된다. 부정적인 사례는 허위 정보 생산으로 정치인이나 유명인의 가짜 영상 제작이 가능하고 동의 없이 타인의 얼굴을 합성한 영상을 만들 수 있다. 기술은 양날의 칼임을 실감했다. 내가 알

고 배워야 기술에 휘둘리는 사람이 아니라 기술을 다루는 사람이
될 수 있다는 생각을 하게 되었다.

과제는 매일 아침 9시에 줌 회의를 하면서 올린다. 줌 회의 내용
은 10시경 영상으로 단톡방에 올라왔다. 낮에는 요양보호사로 근
무하고, 오후 5시 퇴근 후 저녁부터 새벽까지 과제를 했다. 잘 모
르는 부분은 몇 번씩 반복해서 영상을 보고, 중간에 졸다 다시 일
어나서 했다. 지브리 스타일 그림을 실습할 때는 용량이 부족해서
플러스를 구하든지 5시간 이후 사용하라는 메시지를 받기도 했다.
덕분에 근무하는 댁 할아버지와 할머니 사진을 지브리 스타일로
만들어 드리기도 했다. 할아버지는 신기한 듯 보시다가 손이 너무
크다. 얼굴이 너무 늙었다는 피드백을 주셨다. 할아버지는 기계가
그린 그림을 사람이 그린 그림으로 인식하시는 것 같았다.

매일 과제를 제출하는 것은 나 자신과의 싸움이었다. 퇴근 후 바
로 저녁을 챙겨 먹고 그때부터 저녁 수업이 없는 날은 홀가분한 마
음으로 하나씩 풀어갔다. 휴대폰 화면을 터치하고, 노트북 자판을
두드리는, 그 순간만큼은 세상을 열심히 배우는 학생이었다. 야간
에 책 쓰기 수업이 있는 날은 수업 마치고 11시에 시작해서 12시 넘
어 마무리할 때도 있었다. 출근해야 해서 과제 제출은 야간에 끝내
야 했다. 하다가 어려우면 챗GPT를 소환했다. 무엇보다 든든한 친
구가 되어 주었다. 모르는 건 주저 없이 물었다. 대답은 친절했고,

늘 기다려줬다. 이 친구는 내가 묻는 내용을 기억하고 연결해서 설명해 주었다.

　디지털 세상 앞에서 나는 한없이 작아졌다. 새로운 기술과 용어들이 마치 거대한 쓰나미처럼 나를 덮쳐왔다. 처음엔 두려웠다. '나이가 있는데 따라갈 수 있을까?'라는 생각이 수시로 들었다. 문제는 나이가 아니라, 도전하지 않는 나 자신이었다.

　중장년을 위한 AI 교육에 지원서를 쓸 때, 나는 그저 무모해 보일지 모르는 도전에 내 이름을 걸었다. 과제가 어려울 때는 포기하고 싶은 마음도 들었지만, 밤을 새워가며 화면을 넘겼다. 진희가 한 번 알려준 핸드폰 정리 방법을 과제에서 다시 만나 미소를 지었고, 중간에 자주 실패했던 구글 지도 사용도 다시 익혔다. 무엇보다 '할 수 없다'라고 생각했던 나 자신의 생각을 조금씩 바꿀 수 있었다.

　이제는 느낄 수 있었다. 기술은 사람을 소외시키는 것이 아니라, 배우고자 하는 사람에게는 세상을 넓혀주는 열쇠였다. 낯선 것에 도전하는 것은 나를 지키고, 나를 성장시키는 가장 확실한 방법이다. 더 이상 두려워하지 않는다. 익숙하지 않으면 계속하면 되고, 모르면 물으면 된다. 오늘도 디지털 앞에서 한 걸음 더 나아간다. 그리고 앞으로도 계속 나는 멈추지 않을 것이다. 디지털 시대, 나의 또 다른 이름은 'RAM(Reading Action Making) 읽고, 움직이고, 만들어 도전하는 이은설'이다.

6

기록의 힘으로 삶을 바꾸다

왜 기록해야 하는가? (Why)

졸업 후 연수원에서 근무할 때였다. 곰팡이 핀 20여 권의 일기장이 뒤 베란다에 있던 비닐 봉지 속에서 나왔다. 이사하면서 대수롭게 여기지 않고 둔 것이다. 중학교를 졸업할 무렵 유행하던 파스텔톤의 소녀들 그림이 그려진 손바닥 크기의 노트들이다. 표지는 얇은 비닐로 되어 있었지만, 습기에 견디지 못하고 곰팡이의 습격을 받았다. 일기장 내용이 궁금해서 곰팡이가 있지만 펼쳐보았다. 큼직한 글씨로 적힌 나의 하루가 들쑥날쑥하게 누워 있었다. 곰팡이 속에서도 내가 쓴 기록은 생생하게 살아 있었다. 지나온 시간을 차곡차곡 안고 있었다. 한때는 별로 중요하게 여기지 않았던 기록들이었다. 소중하게 간직하지 못하고 헌 신짝처럼 함부로 취급한 것이 미안했다. 왜 쓰는지도 모르고 그냥 썼다. 특별한 이유나 목적이 있는 것도 아니고 쓰고 싶어서 쓴 것이다.

글쓰기를 공부하면서 알게 되었다. 기록은 단순한 삶의 흔적이아니다. 내가 버티고 세상을 이기는 힘이 되어 준다. 어릴 때 엄마가 들에 가면서 달력 뒷면에 남겨놓은 삐뚤빼뚤한 손글씨처럼, 기록은 마음의 편지이며, 사랑의 배달부였다. 친구들은 엄마의 손 편지를 받는 나를 부러워했다. 나는 그게 특별한 줄 몰랐다. 친구들의 엄마도 당연하게 글을 써 주는 줄 알았다. 글쓰기 하면서 배웠다. 사람은 기록하면서 사는 존재다. 말로 전하지 못하는 것을 글로 전하고, 사라질 기억을 글로 잡을 수 있다. 나에게 기록은 삶의 중심을 잡아 주는 버팀목이 되었다. 생각을 머릿속에만 두면 허상에 불과하다. 종이에 옮기는 순간, 비로소 그 모습을 볼 수 있다. 내가 어디에 있는지 알고, 어디로 가야 하는지도 보였기 때문이다.

무엇을 기록할 것인가? (What)

아기를 낳고 며칠 동안 육아일기를 썼다. 갓난아기가 태어나서 1~2주 정도는 잠만 자니 시간이 많았다. 얼마간 쓰다가 끝까지 쓰지 못했다. 학원 일과 육아만 해도 바쁜 내가 일기까지 써야 하나 생각이 들었다. 누가 시키지도 않았고 하라고 한 사람도 없었다. 왜? 라는 명확성 없이 시작한 일이었기에 금방 관뒀고, 아이들과의 소중한 추억을 간직하지 못했다. 살아오면서 기록하지 못한 후회가 가장 큰 시기다. 물론 유치원 들어갈 때부터는 사진 정도로 남아 있지만, 이 세상 태어난 갓난아기 때 모습을 기록으로 남기지 못한 것이 지금도 아이들에게 미안하다. 육아일기 쓰기는 실패했다. 그 실패 덕분인지 모르겠다. 지금은 다이어리와 일기를 꾸준히 쓰게 되었다. 요양보호사를 하면서 요양보호사 일기를 따로 썼다.

2004년부터 다이어리를 썼다. 일기만큼 무겁지 않고 그날 있었던 일만 가볍게 쓴 덕분에 지금까지 지속할 수 있었다. 그것이 하루를 기록하는 습관이 되고, 나에게 작은 역사가 되었다. 덕분에 작가의 꿈을 이룰 수 있었다. 다이어리를 보면서 나의 지난 시간을 만날 수 있었다. 아이들을 키우고 학원을 하면서 있었던 일, 유기농 사과 농사를 지으면서 힘들었던 일, 새벽 5시에 영덕에서 출발하여 수원 농촌진흥청에서 교육받았던 일, 서울 와서 다시 시작할 때 참담했던 심정 등, 당시에는 힘들고 어려웠던 일들을 보면서 '그래 잘 견뎌왔구나.' 나 스스로 대견하고 기특하다는 생각이 들기도 했다.

대학노트 하루 한쪽 일기 쓰기는 22년 2월부터 시작했다. 글도 쓰지 못한 내가 너무 욕심을 냈나. 일이 바쁘거나 시간이 없어서 일기가 밀리는 날은 발을 동동 구르며 안달을 했다. 쓰기 시작하고 1년이 채 되지 않았을 때는 매일 써야 하는 일이 등에 진 짐처럼 느껴지기도 했다. 그 짐을 내려놓고 싶은 적이 많았다. 그러나 수업 시간마다 일기를 쓰라고 목청을 높이는 이은대 작가의 큰 목소리가 귀에 쟁쟁했다. 포기할 수가 없었다. 수업 시간에 기록이나, 태도를 말할 때는 나에게 하는 말처럼 들려 가슴 뜨끔할 때도 많았다. 꾸역꾸역 쓰고 있다.

어떻게 기록할 것인가? (How)

기록은 특별한 기술이 필요하지 않다. 기록은 거창한 것이 아니라, 생활 속의 작은 습관이었다. 기록하겠다는 마음만 있으면 된다. 하나 마음은 쉽게 흔들린다. 바쁘고, 지치고, 무심하면 기록은 멈춘다. 멈추지 않기 위해서 처음부터 거창할 필요 없다. 가벼운 마음으로 쉽게 쓸 수 있으면 된다. 무슨 일이든지 만만하면 자신감이 생긴다. 기록이 만만하면 지치지 않고 쓸 수 있다. 쓰다가 밀리면 채워서 쓰면 되고 또 시작하면 된다. 실패해도 괜찮다. 다시 시작하면 된다. 처음부터 성공하는 사람은 이 세상 어디에도 없다. 블로그를 운영하고 있다. 지금은 저품질이 되어 노출되지 않는다. 힘이 빠지고 글 쓰는 재미가 없다. 재미없으면 없는 대로 쓰면 된다. 내 글 창고에 글 보관한다는 생각으로 한다. 까짓것 어때서. 하늘이 늘 맑은 날만 있지 않고 구름 끼고 비도 오고 바람이 부는 날이 있는 것처럼. 언젠가 맑은 날 있겠지. 생각한다. 중요한 것은 내가 쓰는 것이다.

대학노트 한쪽 일기는 누구에게 보여주기 위한 것이 아니라, 나 자신에게 쓰는 글이다. 어떤 날은 수다쟁이가 되고 어떤 날은 침묵하는 사람이 되기도 한다, 그날 있었던 일을 마음이 이끄는 대로 적는다. 요즘은 구글 타이머를 30분 맞춰두고 쓴다. 빨리 쓰면 20분 정도 걸린다. 그러나 30분 안에 쓰다가 딴짓하는 날이 많아 거의 30분 걸린다. 하루를 기록하는 일, 나의 글 창고에 마음의 보물을 채우는 일이다. 기록의 방식은 정함이 없다. 중요한 건'지금 쓰는가'다. 부족해도 된다. 꾸준함은 완벽보다 강하다.

무엇이 될 수 있는가? (What if)

기록이 없었다면, 『나는 꿈을 이루는 요양보호사입니다』는 세상에 나오지 못했을 것이다. 요양보호 일기를 바탕으로 쓴 책은 나에게는 요양보호사로서의 다짐이 되었다. 누군가에게는 새로운 도전의 불씨가 되길 바랐다. 힘들고 어려울 때는 종이 위에 울음을 쏟아냈다. 글은 나에게 희망과 용기를 주었다. '두고 봐라. 나는 결코 여기서 주저앉지 않는다.'라고 다짐했다. 버티고 견디며 살아낼 수 있었다. 이제 나는 더 큰 꿈을 품는다. 아이들 웃음이 교실에 가득했다. 책상 위에 체스판이 놓였다. 나는 3월부터 초등학교 방과후 체스 강사로 출강하고 있다. 8년 동안 입던 요양보호사 앞치마를 벗었다. 50년 묵은 꿈 하나가 조용히 이루어졌다. 나처럼 나이 들어 창피하다고 숨어 사는 사람들을 세상 밖으로 나오라고 손짓과 큰 소리로 불러 보고 싶다. 내 이야기를 세상 사람들과 함께 공유할 터다. 당신 안에는 나보다 더 훌륭한 인자가 숨어 있다고 전해 주고 싶다. 이 책이 출간되면 교보문고 광화문점 강당에서 저자 특강할 나 자신을 선명하게 그려본다. 서울 와서 교보문고 광화문 점에 처음 간 날이었다. 마침 그날 김미경 작가 『엄마의 자존감 수업』 저자 특강을 들었다. 신선했다. 나도 저 무대에 설 수 있을까. 막연한 꿈을 꾸었다. 이제는 그 꿈을 이루기 위해 기록으로 남기고 싶다. 나는 이미 그 꿈을 글로 썼고, 쓰는 대로 이루어진다는 것을 알고 있다. 쓰면 이루어진다.

기록은 나를 지켜주는 든든한 울타리다. 중학교 시절 적은 일기장에서 나는 잊고 있던 나 자신을 만났다. 그때는 단순히 흘려보낸 시간이었지만, 지금 돌아보면 어린 시절 나를 만나는 듯했다. 우리는 매일 기억을 잃어간다. 하지만 기록은 모든 것을 잡을 수 있다. 기록하지 않은 꿈은 잊히고, 기록하지 않은 다짐은 바람처럼 사라진다. 기록은 완벽할 필요가 없다. 다만 꾸준히 쓰고, 다시 돌아와 계속 쓰는 것이 중요하다.

내가 쓰고 있는 펜은 내 인생의 길잡이가 되었다. 나를 지켜주는 신념이다. 기쁨도, 슬픔도, 불안도 모두 기록에 담았다. 그 기록은 나를 더 강하게 만든다. 내 삶의 흔적이자, 나를 다시 일으켜 세울 힘이 되어 주었다. 내가 살아 있다는 증거다. 내가 꿈꾸는 내일을 향해 오늘도 나는 기록한다.

7

작은 인연이 불러온 기적

자이언트에서는 출간 작가들의 저자 특강이 수시로 열린다. 개인 저서 낸 작가들이 한 시간 동안 준비한 특강을 하는 것이다. 들을 때마다 나는 언제 저렇게 저자 특강할 수 있을까. 생각하곤 했다. 자이언트에 들어간 지 얼마 되지 않았을 무렵,『고맙습니다. 내 인생』김규인 작가의 저자 특강을 들었다. 열심히 살아온 그녀의 모습에 박수 보내는 것은 당연한 일이다. 책 내용도 중요했지만, 작가의 딸이 일러스트레이터인데 책 속 삽화를 직접 그려 주었다고 했다. 그 순간, 마음 한구석에서 나도 할 수 있을까. 내 책에 삽화를 넣고 싶었다. 누가 어떻게까지는 생각하지 않았다. 그냥 삽화가 들어있는 책을 출판하고 싶었다. 나는 그림을 잘 그리지는 못했지만, 책 속에 나온 그림을 오래오래 들여다보곤 한다.

고등학교 때 단짝 경주가 생각났다. 친구는 나처럼 체구는 있고 말이 적고 조용한 편이었다. 요즘 같으면 이모티콘 정도의 아기자기한 그림을 잘 그렸다. 경주의 손재주가 부러웠다. 학교 졸업 후에는 연락이 되지 않아서 만나질 못했다. 경주와 연락하고 있었으면 부탁할 수도 있을 텐데. 아직도 그림을 그리는지도 궁금했다. 초고를 쓰면서도 수시로 경주 생각이 났다. 만나지 못한 것이 못내 아쉬웠다.

현실은 녹록지 않았다. 초고가 마무리되고 퇴고를 하면서, 마음 속에 품어온 그 소망을 내려놓을 수밖에 없었다. 나는 그림을 그리지 못한다. 주변에 도와줄 사람도 없었다. 책 속에 그림이 없는 책을 내야 한다는 사실이 안타까웠다. 책 내용상 그림이 있으면 그래도 좀 더 따뜻할 텐데, 미련이 남았다. 내가 하지 못하는 일은 내려놓아야 한다는 아쉬움을 속으로 삼켜야 했다. 그렇게 삽화는 나의 책 구상에서 서서히 희미해졌다.

2023년 가을 어느 날, 한 통의 전화를 받았다. 영등포구청 바우처 카드 담당자 전화였다. 연말까지 바우처 카드를 사용하라는 독려 전화였다. 캘리그라피를 배우고 싶지만 마땅한 곳을 찾지 못했다고 했다. 구청에서 몇 군데 추천해 주었다. 다른 곳은 정한 시간이고 풀잎문화센터는 내가 시간을 조정할 수 있었다. 근무하는 나의 상황에서 가장 적합한 곳이었다. 미리 전화 통화하고 영등포 풀잎문화센터를 찾았다.

풀잎문화센터는 건물 2층에 있었다. 쌀쌀한 바람이 옷깃을 여미

게 하던 날, 유리문 너머로 내부가 훤히 보였다. 몇 팀의 수강생들이 책상에 앉아 작품을 만들고 있었다. 벽에는 수강생들의 작품이 정갈하게 걸려 있었다. 문은 잠겨 있었지만, 누군가 문밖의 나를 보고 문을 열어주었다. 센터 원장이었다. 처음 만난 그녀는 온화한 미소와 함께 "어서 오세요."라고 인사했다. 그 순간, 얼었던 마음도 스르르 녹아내렸다. 수업이 진행 중이었다. 원장은 내게 자리를 내주었다. 이곳을 찾은 이유와 알게 된 경로를 물었다. 여러 가지 이야기를 함께 나누었다. 캘리그라피 교재와 수강생들이 제출한 작품들이 파일 안에 가득 들어 있었다. 캘리그라피를 배우면 글씨뿐만 아니라 그림도 그릴 수 있다고 했다. 눈이 번쩍 뜨였다. 귀가 솔깃했다. 자신감이 생겼다.

"퇴고 중인 책에 삽화를 넣고 싶은데, 제가 배워서 넣을 수 있을까요." 조심스레 물었다. 원장은 망설임 없이 말했다.

"그럴 수도 있지만, 배워서 넣기는 시간이 바쁘니 제가 삽화를 그려 줄게요."

생각지도 못한 원장의 대답에 나는 내 귀를 의심했다. 그 말은 마치 폭풍우 휘몰아치는 바다에 구조선이 도착해서 배와 사람을 전부 구하는 느낌이 들 정도였다. 처음 만난 사람에게 그런 제안을 선뜻 하는 것은 보통 마음이 따뜻한 분이 아니라는 직감이 들었다. 그 순간, 나는 의자에서 벌떡 일어나 춤이라도 덩실덩실 추고 싶었다. "감사합니다. 이제는 제 소원을 풀 수 있게 되었습니다."라고 말했다. 나의 환한 표정을 본 원장도 내 손을 잡으며 기뻐했다. 내가 도와줄 테니 좋은 책을 쓰라고 용기를 북돋아 주었다. 집으로 돌아오는 발걸음이 공중에 둥둥 떠가는 기분이었다. 세상에 이런 일도 있구나. 이렇게 큰 선물을 받다니. 한 분의 귀한 마음이 나를 이렇게 기쁘고 행복하게 해 준다는 사실이 믿어지지 않았다. 세상 다 가진 것 같았다. 하나님께 감사하다는 기도를 수도 없이 드렸다.

퇴고하는 동안 원장은 삽화에 쓸 그림을 원본으로 전해주었다. 출판사 담당 작가와 연락해서 적당한 위치에 그림을 하나씩 넣었다. 책이 나오고 인사하러 갔다. 본인이 그린 그림을 보고 교회 사람들에게 자랑하겠다고 열 권을 구하고 모자라서 재차 다섯 권 정도 더 주문해 주었다. 세상 모든 짐을 나 혼자 짊어진 것처럼 살아왔다. 나를 도와줄 사람은 아무도 없다는 생각을 하기도 했다. 그날 이후, 다시 글을 쓰는 이유를 되새겼다. 나의 작은 이야기가 누군가에게 위로가 되길 바랐다. 내가 하지 못하는 일을 대신해 줄 수 있는 사람이 있다는 사실이 믿어지지 않았다. 내가 이런 복을 누려도 되나. 나는 복 받은 사람이라는 말이 절로 나왔다. 이번 일은 내가 글을 쓰는 힘이자 삶을 견디는 이유가 될 수 있었다. 세상은 아직 따뜻했고, 그 온기를 고스란히 등에 지고 돌아올 수 있었다. 이은대 작가는 "내 삶을 글에 담아 세상을 이롭게 하는 책을 펴낸다."라고 했다. 부족한 나를 세상이 이렇게 도울 줄은 미처 생각지도 못했다.

4월 12일 천안에서 독서 특강이 열렸다. 이은대 작가의 신간『나이 오십은 얼마나 위대한가』출판기념 강연이었다. 강의를 마치고 줄을 서서 사인받은 책을 원장에게 전했다. 제목만큼이나, 삶을 다시 시작하려는 내게 힘을 준 책이었다. 책을 건네자 원장은 두 손으로 내 손을 꼭 잡고는 환하게 웃었다.

책은 언제 나오냐고 물었다. 초고가 거의 마무리 단계라고 말하자 원장은 두 번째 책도 자신이 삽화를 그려 주겠다고 했다. 그 말을 듣는 순간 가슴이 또 한번 뜨거워졌다. 원장님께 그림을 받기 위해서라도 글을 더 서둘러 써야겠다고 마음 먹었다. 이런 고마운 사람이 있다는 게 믿어지지 않았다. 현실은 여전히 힘들고 고단했지만, 나를 믿어 주는 사람이 있다는 사실 하나만으로도 발걸음은 날아갈 것 같았다. 책을 쓰는 일은 혼자 걸어가는 외로운 길이라 생각했는데, 내 곁엔 이렇게 함께 걸어주는 사람이 있었다. 아무리 힘든 하루도, 누군가의 진심 어린 말 한마디가 온 세상을 밝히는 등불이 될 수 있다. 풀잎문화센터 원장과의 인연은 내가 포기하지 않도록 등을 두드려 준 따뜻한 봄바람이었다. 삭막하고 메마른 나에게 시원한 사이다처럼 스며든 감동이었다.

피천득 시인은 말했다.

"인생은 작은 인연들로 아름답다." 간절하면 이루어진다는 말은 그저 희망 고문이 아니라는 것도 알게 되었다. 간절히 바라면, 누군가는 응답해 준다. 그 응답은 대부분 사랑과 믿음의 형태로 다가온다.

작은 인연이 기적을 만든다. 처음에는 그저 캘리그라피를 배우고 싶었다. 나의 글에 그림을 더하고 싶다는 작은 소망이었다. 하지만 현실은 녹록지 않았다. 그림을 넣고 싶다는 꿈은 점점 희미해졌고, 결국 포기하려 했다. 그때 만난 풀잎문화센터 원장님. 처음 만난 날, "제가 삽화를 그려 드릴게요." 그 한마디가 내게는 기적이었다. 글을 쓰는 일은 혼자 하는 외로운 싸움이라 생각했다. 하지만 내가 만난 인연은 내 글에 그림을 더해주고, 내 삶에 용기를 더해주었다.

세상은 여전히 차갑고 삶은 고단하다. 하지만 그 속에서도 우리는 인연을 통해 따뜻함을 만날 수 있다. 내 글에 그림을 더해준 그 따뜻한 손길처럼, 누군가의 믿음은 내 꿈에 날개를 달아 주었다. 나는 혼자가 아니다. 나를 응원해주는 사람들이 있고, 그들이 내 삶을 더 빛나게 한다. 오늘도 나는 또 다른 기적을 꿈꾸며, 감사의 마음으로 글을 쓴다.

8

나는 아직도 신호를 기다린다

8년 전 그날. 하늘은 무표정했다. 내 삼십 년의 생이 구겨진 채 백팩 하나에 들어 있었다. 딱히 무겁지는 않았지만, 마음은 천근만 근이었다. 가방 안에는 속옷 두어 벌과 세면도구가 들어 있다. 달 그락거렸다. 들에 사는 나무와 풀도 사는 곳을 옮기면 자리를 잡을 동안 시간이 걸린다. 나를 반겨주는 이 하나 없는 서울에서 어찌 살아야 할까. 2호선 전철 안은 대낮처럼 환했다. 내 속은 새까맣게 타들어 가는 숯검정이 되었다. 아는 사람 하나 없다는 것이 다행이 라면 다행이었다.

시골에서 나름 잘 나가던 내가 서울에서는 대체 인간 같았다. 여 의도의 높은 빌딩들이 나를 내려다보며 비웃는 듯했다. 주눅 들었 던 마음은 점점 더 작아졌다. 하룻밤 사이에 높은 건물이 이곳저곳 으로 옮겨 다녔다. 여의도 한복판에서 귀신에게 홀린 것인가. 정신 차릴 수 없었다. 가만히 생각을 더듬었다. 다니던 골목이 달라서 착각한 것을 뒤늦게 알았다. 번호키 비번 바꾼다는 것을 잘못해서 문을 열지 못했다. 밖에서 몇 시간을 보냈다. 결국 번호키를 통째로 교환했다. 내가 적응하지 못하는 서울은 내 나라가 아니라, 외국 같은 느낌이 든 적도 많았다. 차라리 아무도 모르는 곳으로 가버릴까, 생각하기도 했다. 신길역 지하철 안전문이 설치되기 전 지하철이 들어올 때 철로로 뛰어내린다면 어떻게 될까. 숱하게 생각했지만, 뛰어내릴 용기가 없었다. 꿈도 목표도 없이 하루하루 살아내고 버티며 견뎠다. 아직 끝나지 않은 이야기들이 내게 남아 있었기 때문이다.

내 이름을 불러주던 분이 있었다. "이 선생 덕분에, 눈물이 나왔어. 이 선생이 의사다." 요양보호사로 일하던 어느 날, 그날도 MBC 라디오 여성시대 역대 수상작을 할머니께 읽어 드리고 있었다. 병원에서는 나이가 들어 눈물샘이 말라서 눈물이 더 이상 나오지 않는다고 했다. 그런데 매일 내가 읽어 주는 이야기를 듣고 할머니가 눈물이 나오게 된 것이다. 그 말이 나를 지탱했다. 누군가의 마음에 닿았다는 것, 그것만으로도 나는 견딜 힘을 얻었다. 하지만 서울살이는 호락호락하지 않았다. 어느 날, 쉬고 있는데 전화가 왔다. 무슨 일인가 하면서 전화를 받았다.

"이 선생님, 내일부터 나오지 마세요. 짐은 경비실에 맡겨둘게요."

일방적인 전화 한 통으로 나는 해고당했다. 이유는 기가 막혔다. 어르신의 화장품을 썼다는 터무니없는 오해였다. 그 당시 나는 화장을 하지 않는 사람이었다. 억울했다. 속에서 울컥 치밀어 올랐지만, 따질 수조차 없었다. 세상은 내 말보다 돈을, 진실보다 편견을 믿었다. 그날 서울 와서 처음으로 포장마차에 갔다. 맥주 1000cc와 닭똥집 한 접시를 시켰다. 컵에 생기는 맥주 거품이 내 속처럼 허무했다. '내가 뭘 잘못했지?' 술잔을 비워도 속은 더 쓰렸다. 결국, 시킨 술과 안주를 들고 집으로 왔다. 문을 열고 방에 털썩 주저앉는 순간 세상이 무너진 것 같았다. 내 몸과 마음은 물 묻은 휴지조각처럼 힘없이 찢어졌다. 일기장에 눈물 자국으로 글자가 번졌다. 마음속에는 얼룩진 글씨가 선명하게 박혔다. 그래, 내가 정말 약자인지 한 판 붙어 보자. 세상이 꽃 같네. 포장마차에서 본 문구가 머릿속에서 떠나질 않았다.

자이언트에서 이은대 작가와 글쓰기 공부를 한다. 수시로 말씀하신다. 표정 환하지 않은 사람은 무슨 일을 해도 성공할 수 없다. 내 표정이 무겁고 어두워서 그 말이 더 크게 들린지는 모르겠다. 표정 환하게 하려고 애를 썼다. 출퇴근 시간 혼자 히히거리며 다녔다. 절대로 남 탓하지 말고 마지막 화살표는 나에게 돌려라. 지금 내 생활이 힘든 것은 더 좋은 일이 일어날 징조다. 인생 한 치 앞을 모른다. 남은 인생은 누구도 장담하지 못한다. 얼마든지 달라질 수 있다. 작은 좌절과 사소한 자기합리화 말고 더 치열하게 노력해라. 늘 힘이 되고 용기를 낼 수 있도록 말씀하셨다. 그 말씀 한마디 붙잡고 버텼다. 종이에 써서 벽에 붙이고 수시로 쳐다보면서 읽고 마음을 잡았다.

배움만큼은 양보하고 싶지 않았다. 당산데이케어센터 야간 요양
보호사로 2년 9개월 근무했다. 코로나가 있고 메타버스가 나오던
시기다. 지인을 통해 알게 된 인천재능대학 인공지능 융복합과를
등록했다. 야간 수업이라 근무 시간과 겹쳤다. 제대로 배우려고 사
직서를 제출했다. 결과는 졸업하지 못했다. 한 번도 후회하지 않았
다. 그것 또한 나의 도전이기 때문이다. 내가 배우고 공부하지 않는
다면 살아갈 가치가 없다고 생각했다. 나와 함께 근무한 동료는 아
직도 근무하고 있다. 누가 맞고 틀린 것은 아니다. 서로 가치관이
다르기 때문이다. 나는 그들보다 새로운 세계를 만나고 도전과 배
움에 가치관을 둔 것뿐이다. 얼마 전에는 에버영 피플에서 디지털
역량 강화 교육을 20시간 받았다. 챗GPT를 배웠다. 자꾸 묻고 질
문하는 동안 친해진 것 같다. 기계와 친해진다는 것이 내가 생각해
도 웃음이 나온다. 살다가 모르는 것은 무엇이든지 물을 수 있었다.
줌 수업을 듣는데 소리가 자꾸 끊겼다. 수업 마치고 챗GPT를 소환
했다. 노트북 문제인지 회선의 문제인지 파악이 되었고, 멀티탭의
연결선을 빼냈다가 다시 꽂으라고 알려 주어서 해결하기도 했다.
특히 생활 법률 쪽은 잘 접하지 않아서 내가 허둥대면 차분하게 설
명해 줄 때는 큰 도움을 받기도 했다. 일일이 전문가에게 물을 수도
없을 때 챗GPT는 나에게 전문가 못지않게 도움을 주었다.

요양보호사이던 내가 『나는 꿈을 이루는 요양보호사입니다』 출간하고 초보 작가가 되었다. 아직은 작가라는 말이 쑥스럽기도 하지만 나의 자존감은 올라갔다. 초보 작가에 불과하지만, 책을 쓰기 전과 후 수업 시간 귀에 들리는 내용이 달랐다. 마음가짐이 중요하다는 것을 스스로 느끼게 되었다. 지난 24년 가을에는 그동안 꿈꾸었던 KBS 스포츠 예술과학원에서 공부할 수 있었다. KBS 출판 작가 마스터 과정과 KBS 트렌드 강사 과정을 수료했다. 그쪽 세상 사람들과 소통하면서 세상은 넓고 배울 것은 많다는 것을 깨달았다.

얼마 전 서울 모 재단에서 서울 영 시니어 인플루언서를 모집한다는 공고를 보고 지원했다. 1차 서류 전형 합격했다고 2차 면접 보러 오라는 연락을 받았다. 세 사람이 함께 면접장에 들어갔다. 서울 시정에 대해서 얼마나 알고 계십니까. 면접관의 질문에 내 옆에 앉은 아저씨는 본인은 서울시의 공무원으로 퇴직해서 지금도 OO 위원이고 서울 시청에서 매일 메일도 오고 있어서 훤하게 안다고 했다. 약간 긴장되었다. 저는 서울 시정을 하나도 모릅니다. 몰라서 알고 싶어서 지원했습니다. 당당하게 말했다. 며칠 뒤 영 시니어 발대식에 참석하라는 통지를 받았다. 나의 발목을 붙잡은 건 도전하려는 용기 부족이 아닐까. 일단 도전하고 떨어지면 될 때까지 하면 된다.

삶은 늘 신호의 연속이었다. 멈추고, 기다리고, 다시 출발하는 순간들의 반복. 그 시간 동안 나는 울기도 하고, 마음을 다치기도 했다. 그러나 다시 일어섰다. 요양보호사로 일하며 마음을 지켜준 건 따뜻한 말 한마디였고, 억울한 해고에도 좌절하지 않으려고 글을 썼다. 세상은 때로 불공평했고, 내 진심을 몰라주기도 했다. 하지만 나는 멈추지 않았다.

누군가는 말했다. "그 나이에 무슨 인공지능을 배워?" 비웃음 속에서도 나는 배웠고, 배운 것을 실천하고자 노력했다. 인공지능, 글쓰기, 라이팅 코치, 요약독서법 코치, 메시지 메이커, 자기계발 강사 자격 과정. 서울 영 시니어 인플루언서까지. 주저앉을 수도 있었지만, 나는 새로운 길을 찾았고, 도전을 멈추지 않았다. 신호는 언제나 바뀐다. 중요한 건 초록 불이 켜질 때를 기다리며, 내 길을 포기하지 않는 것이다. 빨간 불은 분명히 초록 불로 바뀐다는 사실을 알기에 나는 여전히 신호를 기다린다. 이제 두려움에 떨지 않으려고 한다. 기다림은 끝이 아니라 시작이다. 나는 준비되어 있다. 나 자신의 발전과 확장을 위해, 세상 사람을 돕기 위해 다시 걸어갈 것이다. 나 자신을 믿으며, 나를 기다릴 누군가를 위해 한 걸음 내디딘다.

"학교 출근 축하드리고 작지만 옷 한 벌 사세요." 막내 남동생의 톡을 받고 한동안 멍해졌다. 봉화초등학교 방과 후 교사 연수를 마치고 판교로 가는 버스 안이었다. 창밖으로 회색 건물이 길게 흘러갔다. 휴대폰 화면이 작게 빛났다. 나는 조카 대학 입학 축하금도 보내지 못했는데…. 동생이 축하를 보냈다. 배터리는 거의 닳아 있었다. 바쁘게 나오느라 충전기를 챙기지 못했다. 마음도 함께 흔들렸다. 내가 받아도 되나. 집에 돌아와 한 줄을 남겼다. 마음만 받으면 안 되겠냐고 물었다. 이튿날 아침 답이 왔다. 마음도 받고 돈도 받으라고 했다. 짧은 문장이었지만 가슴이 뜨거워졌다.

지난해 근무하던 댁 할아버지가 외투를 선물로 사 주셨다. 내 생애 가장 귀한 선물을 받은 것이다. 할아버지의 따뜻한 마음 뒤에는 책임과 부담감이 느껴지기도 했다. 받는 일도 삶의 한 부분이라는 것을 알았다. 고개 숙여 마음을 받는 사람이 다시 마음을 건넬 수 있다. 나는 받는 일에 서툴렀다. 늘 주는 사람이 되고 싶었다. 기대지 않으려 애썼다. 선물은 돈과 옷이 아니었다. 그 안에는 나를 믿는 마음이 들어 있었다. 받는 일은 약함이 아니었다. 관계를 잇는 용기였다.

8년 만에 요양보호사 앞치마를 벗었다. 2018년 자격증을 따고 재가센터에서 시작했다. 주간보호센터도 근무했다. 어르신 곁을 지켰다. 앞치마에는 밥 냄새와 약 냄새가 배어 있었다. 땀 냄새와 어르신 손의 따뜻함이 남아 있다. 나는 1% 다른 요양보호사가 되고 싶었다. 『나는 꿈을 이루는 요양보호사입니다』를 쓰고 요양보호사 교육원에서 강의하고 싶다는 야무진 꿈을 가졌다. 현실의 벽은 높았다. 학위가 없다는 이유로 멈춰 섰다. 다시 일터로 돌아왔다. 퇴근 후에는 글을 썼다. 새벽 공기를 마시며 달렸다. 어르신께 인내를 배웠다. 눈물 속에서 단단함을 배웠다. 그 시간은 실패가 아니었다. 나를 세우는 밑거름이 되었다.

3월 초등학교 방과 후 교실에 섰다. 아이들이 내 앞에 앉아있다. 오십 년 품었던 꿈이 이루어졌다. 체스 말을 하나 놓는다. 작은 말이 앞으로 나간다. 나도 그렇게 한 칸 한 칸 걸어왔다. 지인들은 축하한다고. 잘 되었다고 말한다. 아이들을 만날 생각에 설레기도 하지만, 처음이라 어떤 이야기가 만들어질지 두렵기도 하다. 낯설기도 하고 떨린다. 불안해도 멈추지 않기로 했다.

공병호 TV를 자주 보는 편이다. 오늘 아침 영상에서는 에너지(Watt)가 지능(Intelligence)과 지혜(Wisdom)로 전환되는 세상이 되다는 설명을 했다. 세계적인 미래학자 기업가이자 기술혁신 분야의 선구자인 피터 H.디아만드스의 글을 인용해서 핵심 메시지를 전한 것이다. 우리나라에서는 『어벤더스』와 『볼드』, 『미래는 당신의 생각보다 빠르다』라는 책들이 번역되어 소개되기도 했다. 전기(컴퓨터 용량)만 있으면 지능을 생산할 수 있는 시대가 됐다. 그는 말한다.

"인류는 노동과 자본 중심의 '결핍 경제'에서 에너지와 컴퓨팅 파워 중심의 '풍요 경제'로 진입하고 있습니다. 이 과정에서 에너지를 지능(AI)과 노동(로봇)으로 전환하는 능력을 가진 거대 테크 기업들이 전통적인 국가의 권력을 위협하기 시작했습니다. 경제 패러다임의 거대한 전환이 예고돼 있습니다."

지금 세상의 시간은 빠르게 변하다 못해 판이 뒤집히고 있는 시간이다. 이 상황에서 내가 할 수 있는 일은 아무것도 없다. 가진 것도, 배운 것도 없다. 그렇다고 그냥 주저앉을 수는 없지 않은가. '자이언트 에듀'에서 하는 요약독서법 강사 과정과 자기 계발 전문 강사 과정, 메시지 메이커 강사 자격 과정을 수료했다. 앞으로 마키아벨리 리더십, K-콘텐츠 과정을 배울 예정이다. 지금 상황에서 내가 할 수 있는 나의 미래를 준비하는 일이다. 세상은 빠르게 변하다 못해 판이 뒤집힌다고 한다. 이럴 때일수록 나는 나를 지켜야 한다. 배우면서도 다른 사람들에 비하면 나이, 학벌, 재정뿐만 아니라 모든 면에서 뒤떨어진다. 자연히 마음은 항상 불안하다. 남들보다 뒤처진 것 같고 나만 세상 밖으로 밀려날 것 같은 두려움이 밀려온다.

남과의 비교가 아니라 어제의 나와 비교했다. 무조건 배우고 부딪혔다. 부끄럽고 민망스러운 적도 있었다. usb를 받아 노트북에 끼워 보지도 않고 다이소 가서 변환 젠더를 구했다. 반응이 없었다. 쿠팡에 다시 주문했다. 그래도 먹통이다. 알고 지내던 모 평생교육원 팀장과 소통 후 노트북에 바로 연결할 수 있다는 것을 알았다. 어이가 없었지만 움직이지 않았다면 아직도 usb 영상을 보지 못하고 있을 것이다. 실수와 실패 덕분에 여기까지 올 수 있었다.

내가 전하고 싶은 메시지는 다음과 같다.

첫째, 무조건 도전하고 시도했다. 모르면 묻고 행동했다. 세상이 아무리 빠르게 변한다 해도 빨리 쉽게는 없다. 모든 일에는 시간과 정성을 들여야 한다. 하루 만에 책을 쓸 수 있는 사람은 없고, 하루 만에 몸을 만들 수 있는 사람은 없다. 공든 탑이 무너지지 않는다. 매일의 꾸준한 움직임과 노력의 반복으로 이루어진다.

둘째, 과거에 연연하지 말고 나의 주어진 오늘에 감사하고 무조건 배우기 위해 노력했다. 내가 부족하고 모자란다는 점은 누구보다 내가 제일 잘 안다. 내 주변 사람 아무도 기억하지 못하고 관심도 없는 것을 나만 혼자 아픔과 상처로 간직하며 사는 것은 아닌지 돌아본다. 설령 그 아픔과 상처가 있다 한들 전부 지난 일이다. 내가 버스 안내양을 하고 대학을 갔던 일, 신문 배달을 하고 고등학교를 마쳤던 일, 유기농 농사지으면서 국무총리상을 받았던 일, 모두가 지나간 일이다. 과거는 나의 통제권 밖이다. 내가 바꿀 수 있는 것은 내일뿐이다. 오늘 내가 글 한 줄 쓰고 책 한 페이지 읽어서 내일을 바꿔야지. 라고 사는 것이 현명한 선택이다.

셋째, 결국 나와 내 삶을 구할 사람은 나 자신뿐이다. 일어날 일은 일어난다. 내가 노력한다고 되는 게 아니고 나쁜 일이 일어나지 않도록 최선을 다해야 한다는 게 아니다. 이 일은 어차피 나에게 일어날 일이기 때문에 그것을 잘 받아들이고 수습하고 노력하는 것이다. 좋은 일이 일어나면 감사하고 나쁜 일이 일어나도 감사했다. 이만하기 다행이다. 보이스 피싱으로 큰돈을 잃고 빚더미 위에 앉았다. 하루하루 살면서 이병철 회장님 어록과 법륜스님 법문을 들었다. 어느 순간 내가 가진 것에 감사할 수 있었다. 이 추운 겨울 난방이 되지 않지만 내가 살 방 한 칸 있다는 것. 라면 한 개로 굶지 않고 먹을 수 있는 것. 가진 돈이 없어도 배울 수 있는 환경과 여건을 마련해 주신 분이 계신다는 것 모두가 감사한 일이었다.

이제는 조금 알 것 같다. 내가 아무리 인상을 써도 세상은 바뀌고 변하지 않는다. 오직 변할 수 있는 것은 내 마음이다. 무슨 일이든 신나고 즐겁게 해야겠다. 신바람 나서 하고, 시키지 않아도 자발적으로 하면 세상은 이미 내 편이 되어 주었다. 이 세상 내가 제일 잘하고 있다는 생각으로 오늘의 불안을 극복하며 멈추지 않기로 했다.

26.2. 丙午年 정월 보름에

날씨는 무덥고 이장마철에 많은 농사 하느라
매우 바쁘지 가네 이서방과 아이들도 두루무고
하고 너도 항상 눈코 뜰사이 없이 바쁜 몸이라
건강 한지 궁금 하구나
이곳 할머니도 별일 없이 두루무고 하다 염여지덕분
에 마음이 아니오라 작년 삼베 사 놓건을
이제 철이 되어서 부치주꾸마 이것을 할매가
세탁을 해서 보내야 올은데 그냥 보내서
미안 하다 양재물로 만든 비누로 세탁해서
비누칠 해서 살마서 홋이불은 이서방이
덮 도록하고 보자기도 살마서 서라
할매가 쪼바부제)는 안 식고 서고 괜찬다
휘주머니는 풀주머니로 쓰리고 보낸다
삼베가 색은 험 에도 야무러서 좋다

날씨 더운 데 너무 일을 무리 하지 말고
몸을 잘 관리 해라- 文章 좋은 너한테
무쓴 말을 설지 모르겠다
두서 없이 起筆 하오니 安寧이갈
지내기 바라면서

大邱에서   할머니가

2006年 6月 22日